有爱的青春陪伴者

重启春光

CHONGQI

红樱 著

贵州出版集团
贵州人民出版社

图书在版编目（CIP）数据

重启春光 / 红樱著. -- 贵阳：贵州人民出版社，
2024. 9. -- ISBN 978-7-221-18539-6

Ⅰ. I247.5

中国国家版本馆 CIP 数据核字第 2024MY4056 号

CHONGQI CHUNGUANG

重启春光

红樱 / 著

出 版 人：朱文迅
责 任 编 辑：徐 晶
特 约 编 辑：蒋彩霞
装 帧 设 计：孙欣瑞 唐卉婷
封 面 绘 制：我还未老

出 版 发 行：贵州出版集团 贵州人民出版社
地 址：贵阳市观山湖区中天会展城会展东路SOHO公寓A座
印 刷：长沙鸿发印务实业有限公司
版 次：2024年9月第1版
印 次：2024年9月第1次印刷
开 本：880毫米×1230毫米 1/32
印 张：9
字 数：230千字
书 号：ISBN 978-7-221-18539-6
定 价：42.80元

贵州人民出版社微信

目 录

目录

第一章

——

两个时空重叠了

1

厉槿唯去了国外不到半年，就被迫回国了。

一坐上飞机，厉槿唯就打开电脑，头条新闻标题赫然写着："号称国内最安全的单身女性公寓安雀惊现隐藏摄像头，女性一天二十四小时被现场直播！"

安雀公寓是格瑞集团旗下近年来最热门的全国连锁公寓，也是厉槿唯坐上格瑞集团总裁位置后，一手创办出来的。

安雀公寓的理念是给独居的单身女性一个安心的家，全方位的保护，让单身女性不再恐惧独居。

然而现在，她不过是出国半年，安雀公寓就被爆出了装有隐藏摄像头的新闻！

看着热搜下评论区的骂声，厉槿唯怒不可遏，"啪"的一声重重关上电脑。

"咳咳！"

气急攻心，感觉到胸闷气结，厉槿唯忙从包里拿出药罐，倒出两粒药丸就直接吞下去。

"大小姐，喝口水吧。"

坐在旁边的程延青忙递上一杯水，厉槿唯接过，一饮而下。

程延青看着厉槿唯略显苍白的小脸，眸底划过不忍之色。他蹙眉担心道："大小姐，您这么着急回国真的好吗？您的身体，还没完全康复……"

"还不是因为那帮废物！"

厉槿唯握紧水杯，怒骂了一声。

程延青的目光落在她白皙修长的手指上，因过于用力，指尖泛着一种病弱的白。

就跟现在的厉槿唯一样。

她皮肤白皙，长发乌黑，随便戴一副珍珠耳环就显得贵气十足，外加冷若冰霜的气质，让人一看就知道是个富家千金。

但没人知道，那精致的妆容之下是怎样一张苍白病态的脸，宛如一尊随时会破碎的瓷娃娃，是那么虚弱且不堪一击。

她生病了，很严重的病。

之所以出国，是为了治疗，但对外，厉槿唯是声称去国外旅游。

而且为了不让某些人查到她出国的真正原因，这半年来，厉槿唯接受治疗都是躲躲藏藏、偷偷摸摸的。

见她闭上眼睛，蹙着眉头，程延青就想到，自从她爸妈去世，厉槿唯接手集团的那一刻开始，她的眉头就没有松开过一天。

程延青心疼她处于水深火热的处境中，却无能为力。

"延青。"厉槿唯清冷低沉的嗓音喊了他一声。

程延青回应："大小姐，您有何吩咐？"

"我不回厉家，不想看到那些惺惺作态令我作呕的嘴脸，你替我回绝了。"

换作以往，程延青一定会说"是"，但现在，他面露为难之色，甚至提议道："大小姐，要不，今晚，您就暂住厉家一晚上？"

厉槿唯听出端倪，冷眸倏地扫向他："你说什么？"

程延青似有难言之隐，欲言又止。

厉槿唯直视他的眼睛："程延青，你知道我哪儿都不去，我的家，就在格瑞酒店的顶楼，那里有一栋房子，是我十八岁那年，我爸妈送给我的生日礼物。所以，你最好老实告诉我，那房子怎么了，你为什么不让我去？"

程延青知道瞒不过她，只好老实交代："我也是刚收到消息，说是保洁阿姨昨晚连夜去打扫的时候，说那房子里，发生了点不寻常的……怪事。"

程延青斟酌了一番用词，最后选择了用"怪事"两个字来替代。

2

"说清楚，什么怪事？"

厉槿唯可没那么好糊弄。

"房子里明明只有保洁阿姨一个人，她却清晰地听到了脚步声，以及一些其他的动静，就好像，屋里还有另一个人的存在。"

厉槿唯嗤笑了一声："听你这意思，是那房子闹鬼？"

"大小姐，以防万一，在没调查清楚前，您还是先别回去住了吧。"程延青建议。

厉槿唯则是面无表情地看着他："程延青，你觉得，我像是怕鬼的人吗？在我眼里，人心，远比鬼更可怕。"

"我不相信这世上有鬼，大小姐，我是担心，有偷窥狂或者一些更可怕的歹徒躲在那里，您一个人住，实在是不安全。"程延青说这话时，是有私心的。

他希望听到，厉槿唯说出让他留下陪她一起这种话。

然而，厉槿唯只冷冷地说了句："有什么好担心的？我再怎么不堪一击，也不至于连自保的能力都没有。"

　　程延青话到嘴边，又咽回去了。

　　以厉槿唯的自尊心，不允许任何人看不起她。

　　下午两点，飞机就抵达上海了。厉槿唯一下飞机，就直奔格瑞集团。

　　那些高层都知道厉总今天回国，早早便到总裁办公室等候。

　　而厉槿唯到集团的第一件事，就是将自己这几天收到的财务报表全甩在了副总裁陈国辉的脸上！

　　"我养你们这帮废物有什么用！"

　　陈国辉的脸都绿了，他好歹是她舅舅，她就当着这么多人的面打他的脸？

　　但陈国辉就算再不甘心，现在也只能忍着。

　　霸气地将披在肩上的羊毛大衣一脱，厉槿唯坐下之后，冷厉的目光就扫过众人。

　　厉槿唯钟爱穿小黑裙，或是方领，或是 V 领，配上她的细腰长腿，再踩着高跟鞋，迈着腿走路时摇曳生辉，是男人眼中的性感尤物。

　　但此刻在场的这些高层，谁也不敢看她，全都低着头，战战兢兢，如履薄冰。

　　"都杵着干什么？一个个的，都没脑子吗？"厉槿唯小嘴一张，吐出的话尖酸又刻薄。

　　众人噤若寒蝉，大气不敢喘一声。

　　厉槿唯冷着脸道："负面消息不压下，是要留着过年吗？那些营销号都暗示得那么明显了，不知道拿钱堵住他们的嘴吗？

　　"受害者是谁？报警的时候不知道第一时间联系对方吗？

　　"花那么多钱请的负责人干什么吃的？关键时刻，受害者竟然找不到一个负责人，不得已才去报警？呵，你们可真行啊。"

说到这儿，厉槿唯都气笑了。

众人面面相觑，见她不再绷着张脸，还以为她训完了。

结果刚松一口气，就见厉槿唯抓起一个玻璃杯狠狠地甩到他们脚下。

"所以，你们现在告诉我，你们这帮废物就是这么管理公司的吗？"

"啪"的一声脆响，玻璃杯摔得粉碎！

众人的心肝都是紧张一颤。

厉槿唯的呼吸逐渐急促，她感觉到心口一阵压迫，疼得她喘不过气来。她握紧拳头，深吸了一口气，自己绝不能在这种时候倒下……

接下来的时间，厉槿唯片刻也没有耽误。

等着她处理的事情太多了，厉槿唯忙到连吃晚饭的时间都没有，一直到晚上十一点，才结束今天的工作。

程延青送厉槿唯到格瑞酒店，他想送她到家门口，却被厉槿唯拒绝了。

程延青只好站在酒店门口，看着厉槿唯清瘦的身影，许久，才深深叹了口气。

3

厉槿唯进了电梯，就撑不住了。

她抓着扶手，呼吸急促，额头有冷汗滑下，嘴唇都白了。

她太累了，浑身一点力气也没有，全靠一丝意志在硬撑。

电梯到了顶楼，厉槿唯跌跌撞撞地走了出去。

顶楼上盖着一栋小洋房，充满了童话般的梦幻，有花园，有秋千，星星灯闪烁着昏黄的灯光，为她照亮回家的路。

但推开门，屋内却是一片漆黑，冷冰冰的，毫无温度。

厉槿唯的眸底划过一丝难过的脆弱。

曾几何时，她还是爸妈捧在手里备受宠爱的小公主，是大哥最疼爱的妹妹。

可转眼间，她最爱的家人都离她而去了。

曾经那个温暖的幸福家庭，现如今，只剩下她一个人活着了……

身体越发疲惫，厉槿唯强撑着关上门。将玄关处的灯打开，厉槿唯便背靠着墙，慢慢滑落，坐在了地板上。

她太累了，就睡一会儿吧，就一会儿……

沉重的眼帘再也撑不住，厉槿唯闭上眼睛，头缓缓垂下，便昏过去了。

室内昏暗漆黑，冷风从敞开的窗户里灌进来，被风刮起的窗帘发出"沙沙"的声响。

挂在墙壁上的古董钟，随着秒针的走动，发出缓慢而匀速的"嗒嗒"声。

"嗒！嗒！嗒……"

距离十二点整还有三秒钟。

"嗒！"

还有两秒。

"嗒！"

还有一秒。

"咚！咚！咚——"

十二点钟一到，古董钟准时报点，浑厚的钟声带着一种历史的厚度，余音绕梁，回荡在整个客厅里。

就在钟声停止的那一瞬间，仿佛窗外的风忽然静止了，被风吹动的窗帘也平静了下来，四周寂静得有些可怕。

而后，一阵脚步声，缓慢地，仿佛从远方传来。

"咚！咚……"

那是皮鞋踩在地板上发出的声响，步履不紧不慢，走路的人似乎在闲庭信步，从容不迫。

空灵，虚幻，如同来自遥远的另一个时空。

厉槿唯做了一个梦。

她梦到昏迷的自己，被一道刺眼的白光给晃醒，她艰难地睁开眼睛，就看到有道颀长的身影从那团白光里走了出来——

那一瞬，宛如天神降临。

首先映入眼帘的是一双黑色干净的皮鞋，再往上，西装裤下的长腿笔直修长。

白衬衫的衣扣系得整整齐齐，挽起的袖子下则露出一截劲瘦白皙的手腕。

对方姿态很慵懒，一只手插兜，另一只手拎着西装外套，就随意地甩在身后搭着肩。

看不清长相，但不难看出，那是一个男人。

男人缓步朝她走来，尽管距离越来越近，但厉槿唯依然无法看清对方的脸。

男人在她面前单膝蹲下，似在打量她。

而后，男人伸手探向她的额头，在触碰她之前，她听到男人低沉磁性的嗓音，很温柔地说了句："冒犯了。"

他修长白皙的手在她的额头触碰了一下，便很快收回了。他的手很温暖，梦里的这种触感十分真实。

但之后还发生了什么，厉槿唯就不知道了。

因为，梦到这里就结束了……

4

"大小姐，昨晚没睡好吗？"

程延青双手扶着方向盘，趁着等红绿灯的工夫，透过后视镜，观察着厉槿唯的神色。

注意到她自从上车后，就皱着眉头，似乎有什么事想不通，他这才出声询问。

厉槿唯没说话，此刻动了动脖子，又揉了揉发酸的肩膀。

她在想，自己怎么会在浴缸里睡了一夜？

昨晚她明明记得自己在玄关靠着墙坐下了，估计是睡着了，而即便是在半夜昏昏沉沉中醒来了，那也应该是回卧室去睡，怎么会进了浴室，还躺在了浴缸里？

厉槿唯当时想到的第一个念头，就是昨晚那个奇怪的梦。

另外，通过查看监控，发现昨晚除了她之外，没第二个人出现了。尤其是门口的监控，她反反复复看了好几遍，没有任何异常。虽然客厅的摄像头刚好出了故障，一片漆黑，什么都看不到，但足以证实，昨晚那奇幻的一幕，就是她在做梦。

"大小姐？"久久没得到回应，程延青再次出声询问。

厉槿唯闭上眼睛，深吸了口气，复而睁开，这才说道："也就那样吧。"

闻言，程延青便没再过问了。

车子驶入大厦的地下停车场，厉槿唯收起复杂的心绪，解开安全带，正准备推开车门下车，忽然有个人猛地冲了过来。

厉槿唯一惊，但好在反应快，将车门再次关上。

"厉小姐！厉小姐！"

男人情绪很激动，手里捧着一大束玫瑰花。他大声喊着，手用力拍打车窗，唾沫横飞，面目狰狞，像一只饿了许久，终于按捺不住发疯的饿狼。

程延青及时跑过来将男人压制住，停车场的保安也注意到这边的动静了，几个人一起将这癫狂的男人给拖走了。

那束玫瑰花早在程延青过来压制住男人的时候，就已经掉到地上了，被踩了好几次，花瓣撒了一地，破烂不堪，极为讽刺。

"大小姐，您没事吧？"程延青喘着粗气，心有余悸，走过来确定厉槿唯的安全。

厉槿唯深吸了好几口气，这才推开车门下车，沉着脸对程延青说："这种事，我不希望再发生第二次。"

"我会处理的。"程延青脸色凝重，可见这件事的严重性。

但不知是不是"祸不单行"的缘故，平日遇不到的烦心事，今日接踵而来，那一道尖锐刻薄的谩骂声似乎巴不得让整个集团都听到——

"厉槿唯！你这个死丫头！你给我出来！"

正在总裁办公室里跟程延青讨论事情的厉槿唯听到声音，手中的钢笔被她当成了泄愤的工具，"啪"的一声被她狠狠摔到墙上，溅出的墨水在洁白的墙壁上留下了一道狰狞的痕迹。

总裁办公室外一阵吵闹。

没一会儿，一个打扮得雍容华贵的中年妇女闯进来了，身后还跟着两个保安以及一脸懊恼的夏妍。

夏妍是厉槿唯的秘书，发现拦不住，让陈夫人进来了。夏妍万分抱歉地对厉槿唯说："厉总，对不起，我没拦住她……"

"谁敢拦我！"

厉槿唯还没说话，张宝珠就趾高气扬地开口了，二话不说指着厉槿唯就开骂："厉槿唯，你还有没有家教了？陈国辉可是你舅舅，你竟然当着那么多人的面打他的脸，你还是个人吗你？"

"张宝珠，谁允许你进我办公室的？"厉槿唯的语气冷到了极点。

张宝珠一听就更气了，但她关注的重点不是擅自闯厉槿唯办公室，而是厉槿唯竟然敢直呼她的姓名！

"我可是你舅妈！你不尊称我也就算了，竟然连名带姓地叫我？果然没家教！"

这话准确无误地踩到厉槿唯的雷点上了，厉槿唯的眼神瞬间就跟把刀似的，狠狠地扫向她。

对上厉槿唯的眼神，张宝珠的心里一阵发怵，心想这死丫头看人的眼神是越来越狠了，跟个疯子一样。

5

陈国辉是听到消息之后急匆匆赶来的，发现自家老婆口无遮拦说错话了，他赶紧小心翼翼地对厉槿唯赔笑讨好，表示他现在就把人带走。

张宝珠被陈国辉拉走的时候还很不满地说："你怕她做什么？你可是她舅舅，她没爸妈教，你这个当舅舅的就更该管教她了！"

"你给我闭嘴吧！"

夫妇俩很快走远，总裁办公室里静悄悄的，死一般寂静。

夏妍跟程延青都没有贸然说话，但余光时刻注意着厉槿唯的动静。

厉槿唯的拳头都握紧了，青筋暴起，呼吸很急促。感觉到胃里一阵翻滚，她捂住嘴，蓦地站起来冲进了洗手间。

"砰"的一声，门重重关上。

厉槿唯趴在洗手台上一阵干呕，水龙头拧开，掩盖她干呕的声音。

程延青着急地在外面敲门："大小姐，您没事吧？"

夏妍也很紧张，两人在洗手间门外等了许久，才看到厉槿唯苍白着一张脸走出来。

"厉总，您还好吗？"夏妍担心地问。

"死不了。"厉槿唯有些不耐烦，冷着脸吩咐夏妍，"这里的空气让我感到恶心，叫保洁过来，我不想在办公室里闻到那女人身上的一丁点儿味道。"

"我马上去！"

夏妍赶紧去办。

这办公室厉槿唯是一刻也待不下去了，让程延青送她回去。

厉槿唯回到格瑞酒店，依然没让程延青跟着，一个人上了顶楼。

回到家，在玄关蹬掉高跟鞋，厉槿唯赤着脚进客厅，疲惫地往沙发上一躺，仿佛如释重负，她闭上眼睛，深深吐出了一口气。

但没给她多少休息的时间，没一会儿，就听到外面有人按门铃。

她抬眸看了眼显示屏，站在门口的是酒店客房服务员，尽管有些烦躁，但她还是起身去开了门。

服务员是将早上拿去换洗的衣物送过来，同时还递上了一张纸条。

"这是什么？"厉槿唯瞥了纸条一眼，没有接。

服务员说："这是从您的衣服上掉出来的，怕是重要的东西，我们不敢扔。"

从她衣服上掉出来的？

厉槿唯再次审视那张纸条，准确地说是便笺，浅绿色的竹兰花纹，可以看出使用这张便笺的主人品位很高雅。

纸条被折了一道，不打开的话，不知道里面写了什么。

厉槿唯最后还是把纸条接过来了。

服务员离开之后，厉槿唯回到客厅坐下，打开纸条，就看到上面写着一句话：

昨晚睡得可安好？若醒了，麻烦给我打个电话。

落款处写着一串电话号码，以及一个男人的名字。

傅亦卿。

厉槿唯的脑子瞬间"嗡"地响了起来，脑海里浮现昨晚梦里从一道刺眼的白光里走出来的神秘男人。

那，不是梦！

厉槿唯回过神来的第一件事，就是拿手机，照着纸条上的电话号码打了过去。

她要知道，这个叫傅亦卿的男人，到底是什么人！

6

"嗡嗡嗡——"

搁在桌上的手机发出声响，钢笔在纸张上书写的窸窣声随之停止，而后，一只修长白皙、骨节分明的手伸了过去。

将手机拿起，滑动屏幕，贴到耳边后，男人低沉而富有磁性的嗓音发出了一个音节："喂？"

电话那边的人不知说了什么，男人很认真地听着，他嘴角弯起，适时地给出回应："嗯，好的，明白了。"

在电脑前输入病人档案的黎致听到动静，长腿一蹬，办公椅往后滑出几厘米。

他慵懒地靠着椅背，一只手还握着鼠标。见傅亦卿已经挂了电话，黎致看了傅亦卿手里那部智能手机一眼，忍不住调侃了句："我说傅医生，都什么年代了，你还拿这种老人机呀？"

傅亦卿不慌不忙地将剩下的病历写完，套上笔盖，将笔收回笔筒里，他才笑着回了一句："还是智能手机拿着顺手。"

黎致见他作势要离开，这才问他："话说，谁打来的电话？"

"林主任打来的。"说话间，傅亦卿已经将挂在衣架上的白大褂取下，有条不紊地穿上。

他缓缓道："中国医学最新周刊想必你已经看过了，新型疾病的起源与病变史是一门课题，林主任为了研究，可谓是煞费苦心，这不，将如意算盘打到我身上来了。"

黎致听了忍不住哈哈大笑："谁让你傅医生是咱们医院年轻医生中的招牌啊，不仅是临床，科研也是强项，林主任不逮你逮谁？"

"新型疾病的起源算起来也有五十多年的历史了，要想达到林主任的预期，除非是穿越时空，回到过去，找出患上新型疾病的第一个病人，仔细研究观察，否则，很难达到。"这种玩笑话说出口，傅亦卿都忍不住摇头失笑。

黎致在一旁附和："你都这么说了，可想而知这项研究有多艰难，不过林主任敢那么想，还是因为你能力够强。你也说了，是很难达到，也就是说你还是能做到的。傅医生，林主任对你期望很高，你可得加油哦。"黎致给他做了一个加油鼓劲的手势，满满的幸灾乐祸。

黎致不说还好，这一说，傅亦卿停下系扣子的动作，抬头看他："我说黎医生，你若将你平时交女朋友的精力放在工作上，你进步的速度一定飞快。"

"哎呀，工作归工作，享受生活也很重要嘛。"黎致插科打诨，拒绝内卷。

说着，他还反过来戏谑了傅亦卿一句："倒是你，万年老光棍一个，要说你长得丑也就算了，偏偏你长了这么一张美人脸，啧啧，万花丛中过，片叶不沾身，不知道伤了多少女人的心。"

傅亦卿没附和黎致的玩笑话，此刻一言不发地盯着他看，嘴角挂着一抹似笑非笑的弧度。

黎致总算察觉到不对，忐忑地问道："你干吗用这种眼神看着我？"

"前段时间我出差，你在我家借住了几天，你有带女人去过，对吧？"傅亦卿与其说是询问，倒不如说是在阐述。

黎致头疼："兄弟，这都过去多久了，而且，我也花大价钱请最好的家政公司把你的屋子里里外外都打扫了一遍，你怎么还跟我提这事啊？"

黎致还以为傅亦卿是在跟他翻旧账，顿时倍感委屈。

傅亦卿笑着摆了摆手，示意黎致反应别这么大，他从容不迫道："我的意思是，你带过来的女友，知道门锁密码对吧？"

"什么意思？那女人去你家了？"

黎致这时总算反应过来了，难怪傅亦卿会突然提起这事，原来是那女人还不肯承认跟他分手的事实，还在纠缠他。而且因为不知道他已经搬走的缘故，还擅自去傅亦卿的家里等他。

黎致的脸色瞬间就黑了。

傅亦卿点头，如实说："嗯，昨晚下班一回家，就看到一个女人昏倒在走廊上。"

7

"您拨打的号码有误，请查证后再拨……"

这是厉槿唯将电话打过去后，等了一会儿收到的回复。冷冰冰的机械女声传入耳中，厉槿唯的眉头就是一皱。

她原以为是自己情急之下拨错了，结果仔细一看，才发现这串电话号码有十二位数字。

多了一个数字，这电话能打通才怪。

厉槿唯的脸色十分难看，这张纸条的出现，直接证实了她昨晚看到的那一幕不是梦。

她昏睡过去后发生了什么？她又怎么会在浴缸里醒来？

光是这么一想，厉槿唯就觉得呼吸困难，微颤的指尖都泛白了。

不管对方留下纸条是为了挑衅，还是出于别的目的，厉槿唯都绝不会善罢甘休。

只是，这一下午折腾下来，厉槿唯依然毫无收获。监控她找人过来查过，也重新将故障的摄像头修好了，但昨晚的画面是看不到了。

厉槿唯为此已经做好了彻夜不眠的打算。

她相信，那男人一定会再次出现！

晚上十点。

正在客厅守着的厉槿唯听到外面有动静，是脚步声。

原有些疲惫昏睡的厉槿唯瞬间清醒！

但透过监控一看，发现来者并不是她在等的人……

赵溪一下班就过来找厉槿唯了，因此身上还穿着职业西装，脚上踩着高跟鞋，利落而又干练。

或许是常年在法院打官司的缘故，让她温婉大气的气质中透着一丝凌厉冷锐的攻击力。

赵溪走到门口，刚准备按门铃，谁料还没按下，门就先一步打开了。

赵溪顿了一下。

看着眼前这个让她既熟悉又陌生的小姑娘，赵溪笑了笑，举起手里的一瓶红酒，说："要喝一杯吗？"

两人没进屋，就在外面坐下了。

厉槿唯披着一件羊毛毯，手里摇晃着高脚杯，显得漫不经心。

厉槿唯抿了口红酒，尽管医生叮嘱过，她不能再沾酒，但她身为一个集团总裁，不可能没有应酬，有应酬，就得喝酒，只是喝多喝少的问题。

赵溪来找她没什么事，只是知道她回国，过来找她聊聊天，问她这半年在国外玩得是否开心。

赵溪并不知道她出国是为了治病，更不知道她身体出了严重的问题，以为她这半年真的是去玩了。

厉槿唯也没有否认，随口说了句玩得很开心。

然后，就无话可说了。

赵溪盯着厉槿唯看了很久，曾经娇纵明艳的大小姐，如今会孤僻冷漠到这种程度，显然厉家这几年的变故，对她造成的打击太大了。

先是最宠爱她的大哥离世，后父母因故身亡，曾经那个温暖幸福的家，如今，只剩下她孤苦伶仃一个人了……

赵溪见厉槿唯一直没有主动跟她说话就知道，厉槿唯是不太想见到她的。

因为，她是她大哥的女朋友，甚至差一点，她就是她大嫂了。

是见人思人也好，是愧疚不敢面对她也罢，赵溪都会坚持过来看厉槿唯。她会一直把厉槿唯当自己的妹妹对待，她会代替她大哥照顾保护这个妹妹的。

赵溪是临近十一点的时候离开的。

厉槿唯因为赵溪的到来，回忆起了不好的往事，扰乱了心绪。她又从酒柜里提了几瓶酒出来，一个人坐在外面，静静地喝了一杯又一杯。

厉槿唯最后意识都不太清醒了，昏昏沉沉的，直到十二点整，钟声准时敲响，厉槿唯才感觉清醒了一点。

就在她起身准备回屋睡觉的时候，她一个余光从窗户扫过，那一瞬间，她浑身的血液都倒流了，直冲脑门。

厉槿唯感到一阵毛骨悚然！

有人！

她的家里出现了一个男人！

此刻就站在窗户边，正拿毛巾擦拭着湿漉漉的头发，一只手还拿着手机，不知在跟谁说什么，身上穿着棉质柔软的睡衣，衬托得他整个人都很柔和。

但厉槿唯只觉得可怕！

这个男人是从哪儿来的？又是什么时候开始"住"在她家里的？

甚至敢在她还在场的时候，旁若无人地去洗漱，就好像在自己家一样！

8

傅亦卿刚洗漱完出来，就接到快递电话，是他半个小时前下的订单送到了，让他到门外去接。

傅亦卿挂了电话之后，将毛巾往肩上一搭，就开门出去了。

而就在他打开门的一刹那，另一边的厉槿唯也同时推开了门！

傅亦卿闲庭信步，慢条斯理。

厉槿唯醉意微醺，跌跌撞撞！

然而，一个走出去，一个跑进来。

双方擦肩而过，却是谁也没有注意到谁。

仿佛，不存在同一个空间里……

傅亦卿住在一栋独立的庭院式别墅楼里，门外是一条铺了格子砖的小道，两边围着隔栏，一边种植花草，一边是铺了草圃的田园地。

左边的位置还搭着一座亭台，倚傍着一棵茂盛的红豆树，树下有秋千，还有一张藤木摇椅。夏日在这样的氛围下乘凉，别有一番风味。

傅亦卿刚走出门，空运机就从头顶盘旋着落下来了。

用空运机运输包裹已经流行很多年了，随着时代的发展，人们的生活越来越便利，效率越来越高。

据说，空运机创始人的灵感来源是几十年前的防疫时期。

如今防疫早已结束，但伴随而来的是更多的疾病与灾难，庆幸的是，祖国强大，依然让人民过着安稳的日子。

傅亦卿收到包裹后，在电子显示屏上签名。

而这一边的厉槿唯跑进屋后，找了一圈，愣是没找到那男人的踪影。

厉槿唯呼吸急促，紧紧握着手机，已经准备报警了。

但她很是不解，自己分明是在发现男人的第一时间就跑进来了，算准那男人躲不掉。

然而，他就在她眼皮底下消失了！

客厅里静悄悄的，此刻只有厉槿唯沉重的呼吸声。

要知道，她喝了酒，浑身软绵绵不说，还没半点儿力气，这么一折腾，脑袋都蒙了。

她只觉得头晕目眩。

忽然，她脚步一个趔趄，几乎就要朝结实的地板上重重摔下去。

厉槿唯都放弃挣扎了，然而，想象中的疼痛没有到来，倒是腰间陡然一紧，一只强而有力的手从她身后伸了过来，将她给搂住了。

一股沁人心脾的沐浴露清香涌入鼻间，掺杂着男人身上清冽独特的荷尔蒙。这种陌生的气息，让厉槿唯一下子清醒过来！

厉槿唯的瞳孔瞬间蓦地一缩，她猛地转头，就对上一个男人清俊好看的眉眼。

男人距离她很近，近到厉槿唯一抬手，就给了他一耳光。

"啪！"

那一耳光很响亮，不等对方从错愕中回过神来，厉槿唯又一把擒住他的上臂，弓腰，内向侧屈膝，利用支点，猛然发力！

厉槿唯给了对方一个狠狠的过肩摔！

傅亦卿的后脑勺磕到地板的时候，微微发出了一声闷哼。

没想到啊，他傅亦卿也会有这一天。

厉槿唯持续出招压制住对方之后，自己就先撑不住地喘起气来了，脸色更是惨白如纸。

她本就没力气，刚才的爆发力全靠求生的本能，促使她作出了拼死一搏的抵抗。

现在恶心想吐，头昏脑涨，眩晕间，厉槿唯险些又要昏过去。

"闭上眼睛，深呼吸。"

傅亦卿揉着发酸的肩膀坐起来指导她，语气中透着一丝无奈。

厉槿唯警惕的目光依然直勾勾盯着他。深呼吸间，厉槿唯沉声质问他："你是什么人？"

傅亦卿觉得有些冤枉，这小姑娘两次闯进他家里，他救了她两次，她对他怎么会有这么大的敌意？

还有，她是什么时候来的？

怎么悄无声息的，一点动静都没有？

9

傅亦卿取了包裹一进来，就看到她一个人站在走廊摇摇欲坠，当即脸色一变，本能地就上前接住她。

谁料，她竟然"恩将仇报"了。

"你来找黎致吗？"傅亦卿反问她。

厉槿唯喘着气，冷着脸说："谁是黎致？"

"嗯？"这下，轮到傅亦卿疑惑了。

"嗡嗡嗡——"

手机在这时刚好响起，傅亦卿看了一眼，正好，说曹操，曹操到。

傅亦卿先接了电话，还没开口，就听电话那端的黎致说："我说傅医生，你不是在开我玩笑吧？那女人昨晚在夜店蹦跶了一整夜，嗨得不得了，哪有工夫惦记我啊。"

傅亦卿沉默了两秒，才问了句："你到底，有几个前女友？"

"我前女友确实多得数不清，但带去你家的就那一个，金头发的性感美妞，身材很热辣。说起来，要不是她掉了根头发在你沙发上，你也不会发现我带女人去你家了。"

金头发？性感？热辣？

捕捉到这些关键词，傅亦卿的目光落在眼前的小姑娘身上。

长发乌黑，长相既清冷又美艳，瞳孔很黑，宛如一颗黑钻，耀眼夺目，身材高挑，腰肢纤细，穿着一件方领的宫廷式复古小黑裙，白皙的皮肤细腻又光滑。

这妥妥的贵气高冷千金大小姐气质，怎么看也跟黎致口中的性感金发美女扯不到一块儿。

既然不是黎致的前女友，那么这小姑娘是怎么进到他家里来的？

傅亦卿挂了电话，看着眼前的女人。半晌，他才问："你是谁？怎么会到我家里来？"

听到他这个问题的时候，厉槿唯满脸的不敢置信。

这是他家？

呵，开什么玩笑！

厉槿唯板着脸，一字一句，很用力地说："这里，是、我、家！"

"你家？"

傅亦卿环顾四周，脚下是实木地板，走廊摆放着熟悉的柜子与古董花瓶，玄关处的墙壁上挂着一幅用水墨绘制的木槿花画像，奢侈高雅中透着一丝低调，可不正是他家吗？

傅亦卿刚想再次告诉她，就看到她已经站起来，并且往后退去。

而在她的身后，是摆放在柜子上的花瓶。

"小心！"

傅亦卿立即出声提醒她，但还是迟了，她已经靠过去了。

然而，就在傅亦卿以为她会撞到柜子，并不小心将花瓶推倒摔得破碎的时候，惊悚的一幕发生了！

这女人的身体竟然融入柜子里去了！

不对，准确地说，她就像一个鬼魂一样，根本没碰到柜子！

傅亦卿提醒厉槿唯的时候，厉槿唯往后看了，她所在的位置是客厅，身后空旷得很，要小心什么？

结果一回头，就发现这男人用一种很不可思议的眼神看着她，似乎是很诧异。

"你先不要动！"

傅亦卿忽然起身就要去抓厉槿唯的手，厉槿唯当然不是那种会傻傻站着不动的主。扫了眼茶几，厉槿唯抓起桌上的纸巾盒就朝他扔了过去！

傅亦卿抬手去接。

傅亦卿是有信心能抓住的，他也确实看到纸巾盒要落到他手上了。

然而，纸巾盒还是掉到地上了。

不是傅亦卿没接住，而是纸巾盒"穿"过他的掌心后，又"穿"过他的身体，然后落到了地上。

看到这一幕的两人，毫无悬念地，都愣住了。

10

"你是人还是鬼？"

"你是什么人？"

两人异口同声，同时开口旋即又同时沉默。

最后还是傅亦卿先说："我还是很想知道，你是怎么进到我家里来的？"

"我没进你家，我可以很明确地告诉你，这栋房子是我的，这里除了我，谁也不可能擅自进来。"厉槿唯言之凿凿。

傅亦卿逐渐感觉到不对，他摸着光滑的下巴，若有所思地打量着厉槿唯，然后说了句："这里是走廊。"

"你说什么？"厉槿唯皱眉头，她所在的位置，分明是客厅。

"跟你那边不一样对吗？"傅亦卿透过她的表情，看出她心里所想，而后指了一个方向说，"这个位置，是厨房。"

厉槿唯表情古怪，但还是说道："那是我的浴室。"

傅亦卿的笑容逐渐明朗，他开始跟她对其他细节。

"这里是我的书房。"

"卧室。"

"那这个区域呢？这里是我的客厅。"

"衣帽间。"

一番对比下来后，傅亦卿发现了，他们其实都在自己家里。

只是，两个空间重叠了而已。

"空间重叠？"

厉槿唯还没听说过这种谬论，但眼前这个陌生男人的出现，却让她不得不接受一个现实，她现在确实处于一件离奇的事件中。

傅亦卿笑着跟她解释："两个空间重叠的意思是，我们都处在各自的空间维度里，只是两条原本毫不相干的直线，忽然重叠到了一起，从表面上看，并成了一条。"

"所以，你的意思是，除了能看见对方之外，我们的生活还是正常的？"厉槿唯也不傻，能听懂他的意思，很快就作出了自己的理解。

傅亦卿点点头："是的。不过你不用担心，可能是最近在做关于时空的实验，导致出了偏差吧，最近的新闻有报道，我想，你应该也听说了。"

"我怎么不知道有这种新闻？"厉槿唯忽然有一种跟不上时代的感觉。

而且，倘若国家真有在做什么关于时空的实验，她的安雀公寓爆出的新闻还会被推上热搜吗？

"关于时空的存在，科学家在2053年就有所发现了，当时引起了很大的轰动，研究了近二十年，最近才有新进展，你真的毫不知情？"傅亦卿很是怀疑。

因为换句话说，这种事，是个中国人都知道。

如果刚才的空间重叠只是让厉槿唯感到有一点点惊讶的话，那傅亦卿现在这番话，则是直接刷新了厉槿唯的认知。

一阵沉默过后，厉槿唯开口："你说，你在哪一年？"

"2075年，难道你不是？"傅亦卿听到她问起，就猜出他们不是在同一个时空了。

厉槿唯只觉得口干舌燥，她咽了咽口水，才说道："我在2023 年。"

2023 年？傅亦卿忍不住笑了。

看来，他们不是空间重叠，而是两个时空，重叠了。

第二章

———

金屋藏娇

1

　厉槿唯早上醒过来的时候，头疼得厉害，心想宿醉果然没好下场。

　坐在床上，厉槿唯环顾四周。

　卧室还是她的卧室，装潢没变，也没增加什么家具和人。比如，突然多了一张红木桌，以及坐在红木桌后，背靠着沙发，单手撑着下颌，翻阅书籍的男人。

　厉槿唯蹙着眉，揉了揉太阳穴，她昨晚，好像真的喝多了。

　掀开被子下床，厉槿唯进了卫生间洗漱。

　由于刚醒过来，脑子还昏沉沉的，厉槿唯是睡眼蒙眬，摇摇晃晃走进浴室的。

　直到洗了把脸，才感觉清醒了一点，就听到身后传来一个男人好听的声音："厉小姐，早。"

　厉槿唯蓦地抬起头！

面前的镜子照映出她的身后站着一个男人，正在悠闲地喝咖啡。

厉槿唯猛地转身！

对方还笑眯眯地端着咖啡，对她示意了一下，问她："要喝一杯吗？"

那一刻，厉槿唯的脑海里浮现了很多画面！

厉槿唯咬了咬唇，该死，她竟然忘记了，昨晚，她跟这个男人，已经达成某种协议了。

虽然记忆有些断片，但一些细节厉槿唯还是记得很清楚的。

他们昨晚已经测试过了。

两个时空重叠，除了能看到彼此之外，还能看到对方触碰到的物品。

就以厉槿唯的视角做示范。

当傅亦卿从书架上取下一本书的时候，在厉槿唯的眼里，傅亦卿相当于是"隔空取物"，那本书是他从半空中拿下来的。

但倘若傅亦卿将背倚靠在书架上，厉槿唯就能看到，有一面墙那么高的书架，仿佛撕去了遮挡的一层布，像电影里演的那样，慢慢浮现。

最后，那面书架就这么直挺挺地立在她眼前。

傅亦卿喜欢书，这面墙的书架就在客厅里，而傅亦卿的客厅位置，是厉槿唯的衣帽间。

因此，在厉槿唯的视角里，她的衣帽间，突然出现了一面跟墙一样高的书架。

只要傅亦卿还靠着书架，厉槿唯就也能碰到书架上的书。

而当傅亦卿离开，那书架也随之消失。

值得一提的是，如果厉槿唯从书架上拿下一本书，那么，当书架消失的时候，厉槿唯手里的书还在，并不会跟着不见。

而且由于空间布局不同，厉槿唯这边有墙壁的位置，傅亦卿那边，可能是一块空地。

因此，厉槿唯总是能看到他"穿墙"。

从这面墙穿过去，又从另一面墙穿出来。

继"隔空取物"之后，再现了一出"穿墙术"！

厉槿唯心想，也就是自己知道这是空间重叠的缘故，要是有不知情的看到这一幕，估计世界观都得被颠覆了。

厉槿唯记得，昨晚她跟这个男人立了协议，也可以说是约法三章。

两个时空的重叠过于诡异荒谬，他们眼下也只能维持原状，彼此互不干涉，等着两个时空的重叠消失，恢复正常。

但话虽如此，昨晚也就是她喝多了，才会答应跨时空"同居"这种荒谬的行为。

现在脑子清醒着，厉槿唯说什么，都不能同意！

2

只是话还没说出口，注意到对方的目光一直盯着自己看，厉槿唯脸一沉，冷声道："你看我干什么？"

"厉小姐，你的气色，看起来似乎——"傅亦卿好似在揣摩用词，犹豫了片刻，才说道，"很不好？"

听到他这话，厉槿唯才猛地反应过来，她现在是素颜！

厉槿唯有些慌得用双手捂住脸，迅速转过身背对他，同时恼怒道："你还站着干什么？出去！"

厉槿唯很在意形象，非常在意！

平时别说是素颜了，就算是妆容精致的前提下，没戴首饰，厉槿唯都不会走出家门半步。

傅亦卿失笑道："你长得很好看，就算是素颜，也没有任何瑕疵。"

傅亦卿说的是实话，她的五官很精致，皮肤也白皙，她平时的妆容应该是偏冷艳高贵的，让她看起来很有攻击力。

但实际上的她很柔软，双眸清澈又明亮，似乎很容易受惊，眸光闪烁时，像极了小鹿斑比，十分惹人怜爱。

明明脆弱，但故作坚强。

"闭嘴！"

厉槿唯不想听，这一刻，更加坚定了让对方搬出去的决心。

傅亦卿也不生气，甚至嘴角上还挂着一抹浅笑。

显然，厉槿唯这种大小姐脾气，在他眼里，就跟小孩子撒娇没什么两样。

"抱歉，我没有冒犯你的意思。"傅亦卿很绅士地跟她道歉，然后才说，"我只是看你的脸色，觉得有些病态，想着问一下，你身体是不是有哪里不舒服？"

"这跟你有什么关系？"

厉槿唯的防御心很重，毕竟，眼前这个男人除了知道他的名字跟来自几十年后之外，厉槿唯对他是完全陌生的。

"我是医生。"傅亦卿抛出这么一句。

闻言，厉槿唯顿了一下，她忽然想到什么，双手放下。厉槿唯转过身看他，神色有些异样地问："你刚才说，你是医生？"

傅亦卿点头。

厉槿唯又问他："未来的医疗技术跟现在相比，有了多大的进步？"

傅亦卿摸着光滑的下巴，好似认真地想了想，才说道："简单来说，就是你们现在一些需要化疗，可能还治不好的绝症，在未来，用注射器打一针就好了。"

厉槿唯的瞳孔不由得瞪大。

半晌，厉槿唯深吸了口气，才压抑住了内心的狂喜。厉槿唯原本是没抱希望的，但没想到，未来的医疗技术超乎了她的想象。

这个机会，她不能错过！

"我的病，也能治吗？"厉槿唯攥紧了拳头，屏住了呼吸问他。

傅亦卿问："你得了很严重的病吗？"

"两年。"

厉槿唯抿了抿有些干燥的嘴唇，直视着傅亦卿的眼睛，缓缓地说："我只剩下两年的时间。"

关于自己只剩下两年可活这件事，厉槿唯没对任何人说过，就连程延青都不知道，还以为她的病只是治疗起来有点麻烦而已。

实际上，她的病，根本无药可医。

只能等死。

"我，不能死。"

说这句话时，厉槿唯的目光坚定又决绝。就像是不惜一切代价，她必须要活下来。

傅亦卿怔愣住。

让他诧异的，除了她的时间所剩不多之外，还有她坚定的一句"我不能死"。

这句话带给傅亦卿的震撼很大。

不是说"不想死"，而是"不能死"。

虽是一字之差，含义却是天差地别。

"不想死"透着对死亡的恐惧，以及对人间的眷念，是人之常情。而"不能死"，意味着背负很多，这三个字，太沉重了。

傅亦卿忽然很想知道，在她瘦弱的肩膀上，到底背负着怎样的重担。

3

上午接诊的病人不多，傅亦卿一闲下来就思考。

他思考时，握着钢笔的手会习惯性地转动，或是以笔尖轻点纸面。此刻的他一手撑着下颌，深邃漆黑的眸子凝视着电脑，屏幕上的空白文档仅写了一个标题，是有关新型疾病的报告。

思索片刻，他放下钢笔，敲打键盘，在文档上又写下一个人的名字：厉槿唯。

回想起早上与那位厉小姐的对话，傅亦卿不由得摇头失笑。

说来也是巧，那位厉小姐患上的就正好是新型疾病的其中一种，属于心脏器官的一种癌变，先不说患上的概率极低极小，而且因为是新型的缘故，还没有合适的治疗方案。

也正如厉小姐所说，她只能等死。

但那是对厉槿唯而言的，对傅亦卿来说，五十多年过去，这已不是什么稀奇罕见的病症，也早已有治疗对策，他完全可以将她治好。

当然，具体的还得等晚上给她做一个详细的检查。

想到这儿，傅亦卿嘴角不禁露出了一抹笑，这送上门来的研究对象，他不要似乎都有点说不过去吧？

目光落在电脑上，傅亦卿好似在慢慢回味，浅尝细品，在唇间低喃着念出她的名字："厉槿唯……"

傅亦卿不知道的是，他口中的这位厉小姐，此刻也在念着他的名字。

"傅、亦、卿？"

厉槿唯在笔记本上写下这个名字，端详了片刻，又在傅亦卿这个名字旁边写上一句"来自2075年"。

她喃喃自语："这世上，真有这么荒谬的事？可偏偏，还真在我眼皮底下发生了……"

厉槿唯的思绪天马行空，直到程延青敲门之后进办公室，厉槿唯才不动声色地将笔记本合上，然后随手取来一份合同，头也不抬地问："安雀公寓发现摄像头一事，查出什么了没有？"

"很遗憾，还没有。"程延青摇头，说着寻思猜测道，"大小姐，您是怀疑，这件事是自己人做的吗？"

厉槿唯斜睨了他一眼，说话的语气依然冷冰冰："你以为我骂他们是废物，他们就真的是一无是处吗？

"出了这么大的事，谁都知道要处理，除非，是上面的人不让他们插手。"

程延青愣了一下："大小姐，您的意思是，这件事就是自己人做的？"

"不管是不是，他们故意袖手旁观，等着我回来处理，这是毋庸置疑的事实。"厉槿唯端起咖啡，抿了一口，才接着说，"至于摄像头，要么是竞争对手搞出的卑鄙商业手段，要么，是安雀被那些专门贩卖视频的垃圾给盯上了。

"但不管原因是什么，我只要一个结果。"厉槿唯那双清冷的眸子直勾勾地盯着他，"听明白了吗？"

程延青点头："明白了。"

"说吧，还有什么事？"厉槿唯见他还站着，就知道他还有话要说。

程延青稍稍迟疑了一下，还是开口道："徐氏集团的徐二少来了，他要见您。大小姐，要让他进来吗？"

"不见。"厉槿唯几乎是脱口而出。

然而，就在她话音刚落时，一道轻佻戏谑的声音已经从办公室门口传过来了。

"我说厉大小姐，你不想见我，是怕我把你吃了吗？"

见对方已经进来了，程延青对厉槿唯投去了一个抱歉的眼神，表示很遗憾，他没把人拦住。

厉槿唯黑着一张脸。

外面那些保安都是做摆设用的吗？说了不让进，一个个都能闯进来？

一帮中看不中用的东西！

4

徐致聪是个典型的富二代。

他估计还觉得自己是个霸总，揣着一副高高在上的姿态，一只手插兜，假装不经意间露出上千万的名牌手表。

没有经过准许，他就径直往沙发上一坐，两条腿还往茶几上一搁。

嘴角露出一个邪魅的笑，徐致聪看着厉槿唯说道："半年不见，咱们的厉大小姐又美出一个新高度了，没准现在正是你颜值的巅峰，怎么样，要趁现在订个婚吗？"

听到徐致聪这话，厉槿唯只回了他五个字："你在做梦吗？"

徐致聪不怒反笑，姿态更散漫了："我说厉大小姐，咱俩可是迟早要结婚的，而且你也没得选，要是我们两家不联姻，你以为，你还能守住格瑞吗？"

徐致聪很清楚厉槿唯的处境，而跟她结婚，虽然是他老爸的意思，但徐致聪本人也没什么意见。

相反，他还挺乐意的。

上高中那会儿，厉槿唯就已经登上世界舞台演出了，她就像是为了大提琴而生的，灯光打在她身上，琴声一响，所有人的目光就无法从她身上移开了。

她是所有男生心中的女神，她骄傲、明艳，有点大小姐脾气，但并不让人讨厌。

徐致聪跟她表白过，让她做他女朋友。

结果厉槿唯只是嗤笑一声，冷嘲热讽地回了他一句："你在做梦吗？"

这句口头禅，到现在都没改变过。

徐致聪承认，他之所以决定跟她结婚，确实有报复她的因素在里面。

过去高高在上的女神，就要被他踩在脚下了，试问谁能拒绝这种快感？

徐致聪的势在必得与扬扬得意，厉槿唯都看在了眼里。

她也承认，如果能跟徐家联姻，确实能摆脱现在的局面，保住格瑞集团，但不代表，她愿意这么做！

徐致聪以为这已经是板上钉钉的事，当下摆出一副大男人教育自己女朋友的姿态来，语重心长地教育她："我可提醒你一句，你知道现在有多少男人盯着你了吗？那简直就跟饿虎扑食一样，谁都知道，要是能得到你，那可不是少奋斗二十年那么简单的。

"我可不想你哪天被个野男人给骗走了，傻乎乎地给他花钱，买车又买房。你年纪还小，阅历不多，渣男随便几句花言巧语，可能就把你骗到了，到时候被骗身又骗钱，我看你到哪儿哭去！"

徐致聪是真的在提醒她，毕竟男人最懂男人，要是正大光明追求的还好，就怕那些使下三滥手段的垃圾！

一旁的程延青始终默不作声，显得心事重重。

最后，徐致聪看着厉槿唯，很认真地说了句："厉槿唯，我这么跟你说吧。我，是你唯一的依靠，除了我，没有人能让你依赖。"

徐致聪自以为深情款款，殊不知，厉槿唯根本是全程当他在放屁！

"哎哟！徐先生，您没事吧？"

在总裁办公室外等着的中年司机，一看到徐致聪鼻青脸肿，疼得龇牙咧嘴地走出来，就忙上前担心地问。

徐致聪捂着肿起来的半边脸，很没好气地摆了摆手："没事没事，走吧走吧。"

闻言，司机也没再过问了。

徐致聪临走之前，还回头看了一眼，办公室的门紧闭，那是厉槿唯刚才当着他的面重重关上的！

一想到厉槿唯刚才敢对他下那么重的手，徐致聪就觉得肉疼。

这女人，可真疯！

5

"说吧，为什么让他进来？"

办公室里，厉槿唯正在喷空气清新剂，尤其是对着徐致聪坐过的沙发一顿猛喷。

程延青闻言苦涩一笑，果然还是瞒不过她。

"大小姐，对不起，是我擅自主张了。"程延青道歉。他也是信了徐致聪说有办法解决集团眼下的难题，才让徐致聪进来的，谁知道，徐致聪能说出那种气人的话。

不过，徐致聪话糙理不糙，有件事，程延青是认同的。

因此，程延青还是对厉槿唯说道："大小姐，徐致聪说的话虽然难听，但也不无道理。昨天在停车场发生的事您也看到了，自以为送一束玫瑰花就能追求到您，最后颜面尽失不说，连工作都丢了。"

说到这儿，程延青就不禁叹了口气。

"大小姐，实际上，从您回国那天开始，就不断有人发来邀请，想请您吃饭，我都拒绝了。但这还是表面的，私下想接近您的，就不知道有多少了。"

"所以，你到底想说什么？"

厉槿唯不傻，这种情况她当然清楚，只是她可不认为，程延青会建议她跟徐致聪在一起。

程延青像是深思熟虑过了，说道："大小姐，之所以有那么多人打您的主意，无非是因为您还是单身，他们都觉得自己有机会，但如果您已经名花有主，他们就只能放弃了。或许，可以……"

"我没那空管他们怎么想！"

没等程延青把话说完，厉槿唯就抢先打断了："想打我厉槿唯的主意，也要看他们有没有那本事，真当我傻那么好骗吗？"

程延青话到嘴边，只好又咽回去了。

他不由得苦笑，大小姐可真是一点儿机会都不给他。

厉槿唯知道程延青是什么意思，但她没闲到那种地步，为了摆脱那些不怀好意有可能会接近他的男人，而给自己找个男朋友当挡箭牌。

呵，无聊透顶。

晚上，等厉槿唯回到家的时候，已经接近十点钟了。

刚进屋，厉槿唯就听到厨房里传来洗漱的声音，厉槿唯顿了好几秒，这才想起，她的厨房是傅亦卿的浴室。

显然，某人这是在洗澡。

厉槿唯可没想进厨房，不用想，都知道那里面是怎样一番让人血脉偾张的画面。

厉槿唯在沙发上坐下，闭上眼，疲惫地揉了揉眉心。

没一会儿，傅亦卿出来了。

厉槿唯抬眸瞥了他一眼。他穿着一套深墨色的睡衣，扣子系得整整齐齐。还好，没光着膀子或穿着浴袍走出来。

在自己家里，还能约束自己，可见他平时就是那种极其自律的人。

从认识到现在，这位傅医生给厉槿唯的感觉，形容起来，就是四个字：正人君子。

无论是言行举止，还是待人的礼节，都显得十分君子。厉槿唯之所以不用西方的"绅士"两个字来形容他，是觉得不配，有点拉低他的档次了。

而中国的"君子"二字，才配得上他。

傅亦卿还在拿着毛巾擦头发。看到厉槿唯，他嘴角弯起，对她微微一笑，很自然地说了句："你回来了。"

这话说得厉槿唯的心跳了一下。

她已经忘了有多久没人对她说这句话了。以前回到家，爸妈总会笑眯眯地对她说："我们家的小公主回来啦。"

坐在沙发上的大哥也会停下敲打键盘的动作，温柔地摸摸她的头，问她玩得累不累。

自从剩下她一个人之后，厉槿唯每个深夜回到家，迎接她的都只有漆黑又冷冰冰的房间，是她将所有灯都打开也驱散不了的黑暗。

而傅亦卿的话，给了厉槿唯一种有人在等她回家的错觉。

这让厉槿唯的鼻子忽然有些发酸。

傅亦卿注意到她的反常："怎么了？你看起来，好像很难过。"

"闭嘴！"

傅亦卿笑了笑，还真的没再说了。

6

厉槿唯进卧室拿了一沓病历递给傅亦卿。这是他们早上说好的，等晚上，傅亦卿看一下她的病历，确认她的病情。

傅亦卿翻开一看，全是法文。

厉槿唯注意到了，这才想起来："这是我要求的，原本是英文，为了避免被其他人看到，就用了法文。你稍等一下，我去电脑找找翻译成中文的电子病历。"

"不用了，我能看懂。"傅亦卿示意她坐下。

闻言，厉槿唯随口一问："你也刚好进修过法语？"

傅亦卿笑了笑，很随意地回了一句："算是吧。我会十六种语言。"

厉槿唯不说话了。

向来只有她打击别人的份，何时轮到别人来打击她？而且，还这么"凡尔赛"！

傅亦卿在翻阅她的病历，看得很认真。厉槿唯坐着等，有些无聊，目光不经意地扫过他的脚。

他白皙的脚踝很清瘦，左脚踝还系着一根红绳，衬托得肌肤如玉般细腻。

简单的一根红绳，戴在他的脚上，却莫名地透着一种很诱惑的感觉。

察觉到自己的思绪偏了，厉槿唯忙转回注意力，于是问傅亦卿："怎么样？能治好吗？"

傅亦卿笑了笑，抬头看她："医药费，你可以不用付，我只有一个请求，不知你愿不愿意帮忙？"

"你有什么要求？"厉槿唯不傻，能听出来。机会就摆在眼前，厉槿唯当然不会放过。

傅亦卿向她解释："我最近刚好在研究新型疾病的起源与病变史，事关学术层面，若有进展，是对中国医学界的一种贡献。当然，你什么也不用做，只要让我观察你就可以了。"

厉槿唯沉默着没说话。

"若你不愿意也没关系，你有说不的权利。"傅亦卿并没有为难她，相反还十分体贴。

厉槿唯摇摇头："没什么不愿意的，我只是没想到，你所说的请求，竟然是这么微不足道的一件事。"

只是观察而已，他完全可以不用通知她，可他还特地征询她的意见，可见这人的礼数，是刻在骨子里的。

傅亦卿笑了笑："应该的。"

而后，傅亦卿便对她做一些简单的了解："厉小姐，冒昧问一下，你几岁了？"

"二十四。"

意料之中的年轻，傅亦卿做着记录，随口回了句："算下来，我大你五岁。"

厉槿唯正端起水杯喝水，听到他这么一句，忽然顿了一下，抬眸盯着他看了一会儿。

傅亦卿注意到她的目光，笑着问："怎么了吗？"

"你们医生都这样的吗？"厉槿唯没由来地说了这么一句。

傅亦卿疑惑："嗯？"

"我认识一个医生，跟你一样的性格，就连说话的口气，都是一样的。"

闻言，傅亦卿轻笑，说："是吗，那我还挺想认识一下的，他叫什么？"

"你见不到了。"厉槿唯低下头喝水，垂下的眼帘笼罩着一层阴霾。

傅亦卿好似猜到什么，缓声道："他，不在了吗？"

"嗯，死了。"厉槿唯放下水杯，很坦率地抬头看他，一副无所谓的口吻说，"被我害死的。挺可怜的对吧，年纪轻轻，就这么没了。"

厉槿唯故作轻松，但微微垂下的眼帘，还是暴露了她真实的心情。

傅亦卿沉默。

半晌，他才说道："心理学方面我也有研究。"

"什么？"厉槿唯一时没懂他的意思。

傅亦卿笑着说："严格说起来，我也是个心理医生。你心理方面明显有些问题，所以，要向我咨询吗？"

7

"你不用这么看着我，实际上，每个人的心理多多少少有点问题，就连我，也有点儿病。"傅亦卿说话时，语气始终轻快，十分随和。

这倒是勾起了厉槿唯的好奇心："像你这种人，也有病？"

"是啊，虽然病不至死，但生不如死。"

厉槿唯一愣。

傅亦卿抬手指了指自己的头，轻描淡写地说："我的头部有点问题，经常头疼，且无药可治，也许上辈子是头受了伤死的吧，所以，疼起来才会那么要命。"

他虽然是一副开玩笑的口吻，但是语气中明显透着一丝苦笑与无奈。

厉槿唯下意识地说了句："也许，是你太过聪明了，所以才会压制一下你。"

傅亦卿闻言抬眸看她，眸底藏着一丝笑意，语气也不由得温柔了几分："嗯，谢谢你的安慰。"

"谁安慰你了？"厉槿唯没好气地撇撇嘴，哼一声转过了头，不想再看他。

"叮咚！"

而就在这时，外面的门铃响了。

厉槿唯知道，这是酒店客房服务员给她送晚餐过来了。

门打开，一个年轻的女服务员推着餐车站在门口，她尊敬地喊了一声："厉总。"

"进来吧。"

堂堂的厉大小姐当然不会亲手端食物，服务员推着餐车进客厅，刚一进去，就看到了坐在沙发上的傅亦卿。

服务员呆住了。

厉总的餐饮一直是她负责送的，这些年来，除了程管家之外，她根本没在厉总的家里见过别的异性。

而此刻，厉总的家里不仅出现了一个男人，而且还是穿着睡衣、头发微湿、明显刚洗完澡的男人！

厉槿唯发现服务员的眼睛在盯着傅亦卿看，她转头看傅亦卿，傅亦卿也在看她。

没有说话，但两人在这一刻都心领神会。

那就是，除了他们彼此能看到对方之外，其他人也是能看到的！

傅亦卿明白过来之后，就对着服务员微微一笑，对她说了句："辛苦你了。"

"没没，不辛苦不辛苦！"

服务员受宠若惊，反应过来之后，不敢再多看傅亦卿一眼，放下晚餐之后就走了。

等进了电梯，服务员就迫不及待地拿出手机……

于是，一传十，十传百，厉大小姐"金屋藏娇"的消息很快就在群里不胫而走。

消息也传进了程延青的耳朵里。

正在开车的程延青放下电话之后，脸色阴沉得可怕，大小姐的家里有男人？

而且，还跟大小姐住在一起，呵，真是可笑！

程延青压根不相信，但回想起这几天厉槿唯都不让他跟着一起上楼，似乎是不想被他看到什么……

想到这儿，程延青又猛然停车！

握着方向盘的手力度不断加大，犹豫了许久，程延青还是调转车头，返回格瑞酒店。

除非是亲眼所见，否则，他不会相信。

8

程延青到的时候，已经是晚上十二点。

"你来干什么？"

厉槿唯站在门后，似乎在刻意掩藏什么，拦在门口，语气颇为不悦。

"大小姐，我能进去看看吗？"

话虽如此，但程延青根本没等厉槿唯回答，就强硬地推开门进去了。

他迅速地扫了眼客厅，没见到什么男人，茶几上没有烟灰缸，空气中也没有烟味，或许，是对方不抽烟。

程延青紧接着又进了浴室、厨房，在各个地方找了个遍。

厉槿唯这时倒是慢悠悠地往客厅里走。实际上对于程延青的到来厉槿唯并不意外，甚至可以说是早有准备。

在那服务员离开之后，厉槿唯很快就反应过来了，她知道，酒店里有不少人在暗中监视着她，观察她的一举一动。

有男人跟她住在一起这件事，很快就会被传得众人皆知。

厉槿唯不愿意让程延青知道傅亦卿的存在，尤其是不想被他知道，自己的病如果治不好就只剩下两年的秘密。

因此，在程延青没来之前，厉槿唯就先让傅亦卿出去了。

两个空间的重叠只限制在房子的区域，出了门，就相当于傅亦卿回到了 2075 年。

但厉槿唯知道，她看不到外面的傅亦卿，但傅亦卿，能在外面，看到里面的她。

程延青没找到人，刚才的强硬一下子就跟泄了气的气球似的，蔫了。

"你到底在找什么？"厉槿唯故作不耐烦，冷着脸道。

程延青试探地问："大小姐，您家里，有一个男人？"

"呵。"厉槿唯冷笑了一声，"程延青，你在说什么蠢话？这里除了你，还有别人吗？"

程延青想分辨她是不是在说谎，但厉槿唯的眼神坦坦荡荡，根本不像在说谎话。

"大小姐，真的没有吗？"程延青明显存疑。

厉槿唯双臂抱怀，直视他的眼睛，板着脸，一字一句地说道："没、有！"

"抱歉，大小姐，是我越界了。"程延青果断地认错道歉。他不该怀疑她的，毕竟厉槿唯认识什么人，他是最清楚的。

为了不让厉槿唯误会，程延青如实将刚才收到的消息告诉她。

厉槿唯心知肚明，但表面上还是装出一副愤怒的表情，命令他把这件事查清楚——这种谣言到底是谁散布出去的？

最终，程延青就这么被厉槿唯给糊弄过去了。当然，私查她房间一事还是免不了被厉槿唯一顿训。

程延青被训得抬不起头，但庆幸的是，他这副糗样没有被别人看到。

然而，他不知道的是，有人早已将这一幕，从头到尾都看在了眼里。

不是别人，正是某位傅医生。

傅亦卿此刻正坐在一张藤木摇椅上，看着病历，喝着咖啡，优哉游哉，很是惬意。

他偶尔会抬头看一眼里面。

那年轻的男人约莫二十六七岁的年纪，戴着一副银框眼镜，头发梳得一丝不苟，黑色的西装笔挺合身，透着一种职场精英的气质。

傅亦卿能清楚地看到那个年轻的男人在厉槿唯面前，听话又乖巧，像只小绵羊。

傅亦卿觉得十分有意思。

一直待那男人离开了，傅亦卿看到窗里的厉槿唯在向他招手示意，才起身进屋。

9

"刚才那位是？"

傅亦卿也是出于好奇，随口一问。

虽然在外面听不到声音，但傅亦卿能感觉得出来，那位先生并非她的另一半。

"程延青，管家。"厉槿唯介绍得很简略，她此刻有更重要的事要问他，当下表情严肃地道，"你能查到我吗？"

"查你？"

"没错，我想知道，两年后，我是不是真的死了。"关于这个决定，厉槿唯也是深思熟虑过的，不管怎么说，她还是想知道，未来到底会发生什么。

傅亦卿能理解她的想法。他点点头，说道："查倒是可以查。不过，如今的互联网不像过去那么松散，尤其是个人身份信息把守得很严，得去相关部门，提供身份证号及其他烦琐的文件才能查到。"

2075 年，网络不像几十年前，想网暴一个人，就在网上将对方的个人信息给公开出去。

现在这个社会，要是有人敢在网上诽谤、造谣、公开个人信息，那可是要坐牢的。

"我可以提供，等结果出来要很久吗？"厉槿唯虽然有耐心，但也不希望等太久。

傅亦卿笑着说："倒也不用很久，刚好我有朋友在那里上班，你将身份证号告诉我就可以了，我让他帮忙一下。"

厉槿唯松了一口气，有他这句话就放心许多了。

她跟他道了声谢。

"不用谢。因为我也很好奇，如果你真的不在了，那我把你的病治好之后，你的未来会不会有所改变？"傅亦卿自始至终都是一副轻描淡写的模样，似乎多大的事在他眼里都显得无关紧要。

但也因他的这种态度，很好地缓解了厉槿唯的心理负担。

厉槿唯攥紧拳头，喃喃道："我也想知道……"

事关她的生死存亡，即便她表面装得再平静，也掩饰不住内心的恐慌。

事实证明，"绯闻八卦"的传播速度比任何新闻都要快。

厉槿唯与男人同居这一消息，得知后反应最大的，就数徐致聪了，电话一打过来就气急败坏地质问她："厉槿唯，你最好告诉我，那个男人是谁？"

虽然八字还没一撇，但徐致聪早将厉槿唯当成是他的未婚妻了，因此，在得知厉槿唯与男人同居的消息后，徐致聪的第一反应就是愤怒。

"厉槿唯，你难道不懂吗？一个男人搬过来跟一个女人住在一起，这代表什么？这摆明了就是占你便宜啊！

"那些吃软饭的小白脸最会说花言巧语了，厉槿唯，你别被骗了都不知道，所以你赶紧告诉我，那男人是谁？"

徐致聪越说越气，最后直接对着手机吼。

而听到徐致聪这些话的厉槿唯，全程一句话没说，挂了电话，就将他拉黑了。

"喂？喂！厉槿唯，你竟然敢把我拉黑？"

在发现厉槿唯已经将自己拉黑之后，徐致聪顿时暴跳如雷，但比起生厉槿唯的气，徐致聪更在意的还是那小白脸是谁。

想到这儿，徐致聪就忍不住咬牙切齿，骂骂咧咧道："敢挖我徐致聪的墙脚，我看你小子还能藏多久。等我把你揪出来，看我怎么收拾你！"

彼时的傅亦卿还不知道自己已经成了某些人口中的"小白脸"，他刚向朋友提供了身份证号，托对方调查厉槿唯的资料。

朋友答应得很爽快，或许这是傅亦卿第一次请他帮忙的缘故。

因此等傅亦卿做完一台手术回来的时候，电脑上就收到朋友发过来的邮件了。

傅亦卿刚准备打开，电话也正好响起，是朋友打来的。

傅亦卿接了电话，就听朋友问："资料你应该收到了吧？"

"嗯，收到了，正准备打开看。"

朋友接着说："行，那我就先简单说一下大致情况。"

傅亦卿知道他得走一下形式，也没阻止他，笑着听他讲述。

朋友很正经地用严肃的语气说道："厉槿唯，女性，格瑞集团总裁兼董事，出生于 1999 年 9 月 21 日，死于 2024 年 4 月 17 日。死因：自杀。"

随着朋友话音落下，傅亦卿嘴角的笑容也随之僵住了。

与此同时，电脑打开的邮件上，个人资料中厉槿唯的证件照，赫然是黑白色的。

上面清清楚楚写了她的死亡时间、死亡地点，以及死因——死于"自杀"。

第三章

神秘的傅医生

1

厉槿唯晚上回了趟厉家。

但她回去的目的不是为了见那些假惺惺的亲戚，而是探望身体不适的老管家，程明康。

程明康是程延青的父亲，在厉家任职几十年，厉槿唯一直将他视为长辈，极其尊敬。得知他老人家身体抱恙，她自然是第一时间前往探望。

既然回去，就免不了要与那些亲戚打交道。

厉槿唯去探望程明康时，很体贴地给父子俩留下单独相处的机会，而她一出门，就被请去吃饭了。

回国那一次能以旅途劳累为由拒绝，但这一次人都到厉家了，再拒绝就说不过去了。

不过坐上餐桌后，厉槿唯并没动筷子，她打算等程延青过来就离开。

张宝珠今晚热情高涨，全无往日的嚣张，奉承讨好，一上来就自罚三杯，说是为那日大闹她办公室的事道歉。

陈国辉则是充当老好人的形象，一边劝自家老婆别喝了，一边招待大家吃好喝好。

夫妻俩今晚过于热情，正所谓事出反常必有妖，果不其然，夫妻俩的"野心"很快就藏不住了。

"我听到一些谣言说，有个男人跟你住在一起？"陈国辉说这话时，仿佛只是随口一提，显得毫不在意。

厉槿唯闻言冷笑一声，她就知道他们没安好心。

"消息这么快就传出去了吗？"厉槿唯气定神闲，明知故问。

确认消息属实，夫妻俩对视一眼。张宝珠的脸色很难看，但还是强颜欢笑道："对方是谁？叫什么名字？你打算什么时候带来给我们瞧瞧？"

"他叫什么不重要，你们也不会有机会见到他。"厉槿唯直接表明态度。

张宝珠一听，嗓门立即大了起来："什么叫我们不会有机会见到？你这死丫头，我们这是在关心你，谁知道你是不是被哪个不知来路、不干不净的男人给骗了？要知道他们接近你就是为了你的钱！"

"张宝珠！"陈国辉厉声呵斥，怒瞪她一眼。

张宝珠闭上了嘴，但那张刻薄的嘴脸还是暴露了她的不满。

"呵，关心？"厉槿唯不怒反笑，用一种极为嘲讽的语气重复她的话。

张宝珠的脸色一阵青一阵白，狰狞又扭曲。

陈国辉见状，发现来软的不行，索性来硬的，板起脸来呵斥她："厉槿唯，你胡闹！我们是你长辈，你怎么能一点礼貌都没有？"

听到陈国辉这话，厉槿唯嘴角的笑慢慢消失，毫无表情的脸看着很凉薄。

"长辈？想尽办法、处心积虑把外甥女给踢出去的长辈？我的好舅舅，有些话说出来，我都替你感到丢人。"她森然冷笑，说完这句话，就起身头也不回地走了。

厉槿唯的脸色难看到极点，一肚子的火气让她感到烦躁。没心情等程延青，她出门后便拦了辆出租车直接离开了。

行驶了有一段路程之后，程延青的电话才打过来，厉槿唯没心情接，直接挂了。

程延青了解她的脾气，也没再打过来。

手机有定位，他知道她往格瑞酒店的方向去了。

厉槿唯挂了电话，忽然就感到有些呼吸不畅，不知是因为车窗封闭的缘故，还是出租车里的气味让她闻着难受。

她将车窗打开，凛冽的寒风从车窗灌进来，冷得让人瑟瑟发抖，她就这么强忍着寒意，一路坚持到家。

下了车，那种压抑的窒息感再次席卷而来。

与此同时，胸口也在隐隐作痛，厉槿唯知道，这是病情复发的症状。

为了防止这种情况，她平时会在包里备药，然而她的包此刻在程延青的车上。

没办法及时服药，厉槿唯只能忍受着逐渐加剧的痛苦，伪装成个没事人一样，在酒店工作人员的注视下，进入电梯。

直到电梯门关上，厉槿唯才面露痛苦之色，捂着胸口，退到了角落，背靠电梯，她不断深呼吸，以此来缓和平复自己。

回到家，推开门，厉槿唯几乎是跌跌撞撞跑着进屋的。

感觉到胸口随着压迫而不断紧缩，厉槿唯的呼吸也越来越急促，她脸色惨白，额头都沁上了冷汗，一只手紧紧捂着胸口，身体已经疼得在发颤。

走到客厅，厉槿唯急忙打开抽屉，里面放着许多瓶瓶罐罐的药，然而她却连拧开瓶盖的力气都没有。

"啪嗒！"

手里的药罐掉了下来，滚到了茶几底下。

"咳咳！"

厉槿唯这时开始剧烈咳嗽起来，她捂住嘴，另一只手紧紧抓着桌沿，指尖都泛白了。病魔的侵袭所带来的痛苦，让她痛不欲生……

2

傅亦卿回来得有点晚。

他今天做了好几台手术，精力成倍耗尽，一路揉着发酸的肩膀，打着哈欠，疲惫而困倦。

然而随着把门解锁，"咔嚓"一声，门刚露出一条缝，听到里面传来细微的咳嗽声，傅亦卿的脚步先是一顿，而后精神立即集中。

他猛地一把推开门。

映入眼帘的，便是厉槿唯背对着他跪坐在地板上，捂着嘴虚弱咳嗽的一幕，瘦削单薄的背影，显得那么脆弱易碎。

一路不离手的重要档案被他随手往地上一扔，傅亦卿脚步匆匆，边走边脱下风衣，将温暖的风衣迅速披到厉槿唯身上，同时俯身弯腰将她抱起。

整个过程行云流水，一气呵成。

厉槿唯都没反应过来，就被傅亦卿抱着坐到了他腿上，此刻的姿势看起来，跟被他圈搂在怀里没什么两样。

身体的本能让她抗拒着推开他，然而平日那般温文儒雅的男人却没有将她放开的打算，反而将她搂得更紧。

"别紧张，放轻松，把嘴张开。"

他好像拿了什么放到她唇边，磁性低沉的声线引诱着，极为温柔地哄她。

厉槿唯喉咙发紧，止不住再次咳嗽起来，傅亦卿趁机将药片喂到她嘴里。那白色的药片入口即化，什么味道也没有。

胸口的疼痛似乎有所缓解，但呼吸依然是处于缺氧状态，厉槿唯原想着还得再忍耐一会儿，一个氧气罩这时被戴到了她脸上。白色的雾气从氧气罩里涌入她的鼻腔，刚才还压抑至极的呼吸道瞬间就被缓解了。

急促的喘息平稳下来，厉槿唯都不敢相信，折磨她这么多年的病痛，可以在顷刻间消失殆尽，所有的痛苦都在瞬间消散。

氧气罩一开始是由傅亦卿拿着的，估计是怕她抵抗，他都不敢松手，直到她放下防备，主动扶住了氧气罩，傅亦卿这才放开。

"抱歉，刚才冒犯了。"傅亦卿这时才将她抱到沙发上坐着，并且与她隔出适当距离。

傅亦卿向她解释："有一些病人在接受治疗时会下意识反抗，不愿配合，这种时候只能采取强硬手段，若让你感到不适，我深表歉意。"

他恢复原先的君子之风，仿佛刚才那般强硬对待她的人不是他一样。

厉槿唯闭着眼睛，深吸了几口气。

想说话，嗓子却干哑得难受。

傅亦卿身为医生，自然知道她的症状，他笑了笑，起身去给她倒水。

接水时，傅亦卿的眸底划过一抹异样的光。实际上，他刚才的举动极为冒昧，并非他往日的作风。

刚刚，更像是一种本能……

想到这儿，傅亦卿回头看了一眼。厉槿唯就抱着双膝缩在沙发一角，一只小手扶着氧气罩，安安静静的同时，还透着一丝乖巧。

见状，傅亦卿的嘴角弯起了一抹弧度。

"好些了吗？"

傅亦卿走过去将水杯递给厉槿唯，厉槿唯试着拿开氧气罩，发现不受影响，这才接过水杯，小口喝了起来，而后，才对他小声道："谢谢……"

因为刚才咳嗽过的缘故，嗓音还有些沙哑，小声说话时听起来像是在撒娇，软软的，让人心痒痒。

傅亦卿浅浅一笑："不客气。"

厉槿唯将氧气罩还给他，这时才注意到，这氧气罩都没连接任何医疗器械，就只是单独一个氧罩。

这就是未来的医疗技术吗？可真霸道。

厉槿唯今天算是领略到了。

3

"厉小姐，冒昧问一句，你，会有自杀的念头吗？"

傅亦卿说这话时，刻意放慢了语速，凝视她的眼神里，也透着一丝敏锐。

厉槿唯以为他问的是对抗病魔撑不下去时会不会想放弃，于是想也没想地回道："你看我像自杀的人吗？我要是想自杀，早在得知自己只能活两年的时候，就找根绳子吊死了，哪还会苟延残喘到现在？"

"也是。"傅亦卿觉得很有道理。虽然跟这位厉小姐刚认识没多久，但她确实不像那种会自杀的人。

再加上她之前说过的话，一个求生欲如此强烈的人，不可能会主动放弃生命。

但也因此，傅亦卿才越发不解，她的死因，怎么会是自杀呢？

不是自杀，并且也排除掉意外身亡，自然死亡，那么剩下的，就只有"谋杀"了……

傅亦卿的眼神凌厉了起来。

厉槿唯注意到他的表情不太对，想了想，还是决定问他："你为什么突然问我这个问题？"

"因为，未来的你，是自杀身亡。"

傅亦卿没隐瞒，很坦率且自然地告诉她。

厉槿唯的瞳孔蓦地一缩："我自杀了？"

"是的。据调查，你在 2024 年 4 月 17 日这一天，在家纵火自杀身亡。你就住在格瑞酒店的顶层小洋房里，对吗？"傅亦卿跟她确认。

厉槿唯此刻头皮发麻、手脚冰凉，半年后，她就放火自杀死在了这里？

不可能……这绝对不可能！

傅亦卿这时又说道："厉小姐，鉴于你刚才的话，我有个大胆的怀疑。如果你不是自杀，并且也排除掉你是心脏病发身亡的话，那么，就只有一个可能性了，那就是——谋杀。"

厉槿唯闻言，脸色瞬间煞白。

谋杀？也就是说，半年后，她被杀了？

"为什么会这样？为什么……"厉槿唯低喃自语，情绪从彷徨，一下子变得激动起来，她拽着他的衣领，怒吼道，"为什么？我已经没两年可活了，他们为什么还要置我于死地？

"为什么到最后还要毁掉我爸妈唯一给我留下的念想？放火烧了房子，还要把我一起烧死……

"为什么？他们怎么能这么对我？"

泪水在眼眶里打转，厉槿唯倔强又心碎，眼圈泛红，但眼泪就是不肯落下来。

傅亦卿倒是很平静。

他知道她需要一个宣泄的出口，若能让她好受些，他并不介意她将怒火发泄在他身上。

"哭吧，哭出来会好受些。"傅亦卿柔声安抚她。

厉槿唯还是强忍着没让眼泪掉下来，她也没再说话，就那么撑着，倔强得让人心疼。

傅亦卿明白她的意思了，起身离开，给她留下独处的空间。

傅亦卿一走，厉槿唯的眼泪就"吧嗒"掉下来了，她用手背去擦，但没用，眼泪还是止不住地涌出眼眶。

她不知道自己现在是什么心情，愤怒？委屈？无助？也可能是心酸，总之，种种情绪交织在一起，让她不受控制地掉眼泪。

正如傅亦卿所言，她需要发泄。

4

好在厉槿唯的情绪来得快，去得也快。

发现她已经擦干了眼泪，开始坐着发呆，傅亦卿才端着一个小锅走出来。猜测到她还没吃饭，他方才在厨房煮了点粥。

"饿吗？吃点粥，对你身体有好处。"傅亦卿将盖子揭开，热气腾腾之下浓稠的白粥里掺着许多厉槿唯没见过的食材，但颜色都极其好看，让人看了胃口大开。

厉槿唯原本不饿，但一闻到香味，肚子就很不争气地"咕噜"叫了一声。

她午饭没吃，晚上也一点食物未进，原以为是不饿，现在才发现，她是差不多接近麻木了。

厉槿唯知道这是他特地为她准备的，也就没跟他客气了。

倒是傅亦卿的手机这时响了起来，他接起电话，简单"嗯嗯"了两声就挂了，然后语气很自然地对她说道："我有事出去一趟，今晚估计不会回来了，你吃完早点休息。"

说罢，傅亦卿转身回房间，新拿了件外套穿上就出门了。

临走前，傅亦卿还回头对她说了句："虽然现在说有点早，但厉小姐，祝你晚安。"

然后，在厉槿唯的注视下，穿过她家的门，消失了。

厉槿唯愣了愣，说实话，上一次见到像他一样这么温文儒雅的人，是很多年前。

礼貌、温柔，又有教养，难道，这就是未来五十多年后普遍的男性？

要真是，那她还挺可惜，没能活到那个时候……

傅亦卿去了一家私人心理诊所。

诊所的心理医生是著名的心理学专家董教授，已经八十多岁了，精气神依然很足。

傅亦卿是他的学生，同时也是他的病人。董教授每次都很欢迎傅亦卿的到来，因为这证明他的"病症"有新进展了。

因此，在热情地给傅亦卿沏茶之后，董教授就迫不及待地问他："怎么样，最近发现什么了吗？"

"董教授，我记得您说过，我经常头疼不是因为身体的原因，而是心理上的。"傅亦卿脸上难得没有笑容，过于平静的表情透着一丝不苟言笑的严肃。

董教授点头："不错。临床上有一种常见的精神障碍叫创伤后应激障碍，你的状况很像，但又不一样，因为你从小到大，头没受过伤，但是你确实经常感到头疼，并且症状还极为严重。就好像，这种伤痛就刻在你灵魂里。"

傅亦卿若有所思。

半晌，在董教授期待的目光之下，傅亦卿才说道："最近，确实有个新发现。"

"说来听听！"董教授的眼睛都在放光，充斥着对获取新知识的渴望。

傅亦卿简单地阐述："偶然认识了一个人，明明素未谋面，却让我觉得对她极为熟悉，并且还存在动机不明的举动，就像是一种本能，似乎她对我而言，是一个极其重要的人。"

"除此之外呢？"董教授何其精明，一听就知道，傅亦卿还没说出最关键的地方。

傅亦卿打开自己的手机，然后递给董教授。

董教授不明所以："看什么？"

"我手机的壁纸是木槿花，对吧？"

董教授点点头："是啊。我记得，你最喜欢的就是木槿花。"

"但实际上，我并不知道，我为什么会这么偏爱木槿花。"

董教授听出端倪，挑了挑眉道："这跟你刚才说的，偶然认识的一个人，有关系？"

傅亦卿这时终于弯起嘴角，点头肯定了他的猜测。

"嗯，她的名字，叫厉槿唯。

"木槿花的槿。"

5

窗台上摆放着一个花瓶，里面插着一束木槿花。

厉槿唯有心事时会望着花发呆，这是她从小到大的习惯。直到门铃声响起，厉槿唯才回过神来。

来人是程延青。

他站在门口，手里还拿着被她遗落在他车上的包。

厉槿唯给程延青开了门，程延青跟她说起他离开厉家时，陈国辉跟他说的话。

"大小姐，他好像误会了，以为你家里真的有个男人，还企图让我告诉他，对方是什么人。"

厉槿唯问他："你是怎么说的？"

"我自然是说不知道，毕竟根本就不存在。"程延青查过了，那个给厉槿唯送餐的女服务员已经亲口承认，这就是一个玩笑。

程延青当然不会知道，那个服务员早被厉槿唯"收买"了。

"哦。"厉槿唯敷衍地应了一声，之后也没管他，转身去卫生间了。

程延青知道她这是变相地赶人，笑了笑，打算把包放下就走了，结果刚进客厅，余光不经意一扫，在沙发上看到了一件男性的外套。

程延青嘴角的笑容瞬间凝固住。

大小姐的家里，怎么会有男人的衣服？难道说，传言是真的？

程延青走过去，将那件黑色的长款风衣外套拿了起来。

布料与材质都很高档，一看就知道价格不便宜，触感温暖厚实，从长度上来看，男人的身高不矮，甚至比他还高了几分。

程延青想象着那男人穿上风衣的身影，身高腿长，挺拔清隽。

程延青眯起眼眸，镜框之下，那双眼睛里聚拢了一层晦暗的光影，如果这时候他再没反应过来大小姐骗了他，那他就太傻了。

想通了这一点，程延青接下来做了一件连自己都没想到的事，那就是翻了这件风衣的口袋。

并从里面，翻出了一张名片。

材质透明触感特殊的名片上用漆金字写着：上海市鎏金医院外科主治医生——傅亦卿。

卫生间里，厉槿唯打开了水龙头洗手。

看着镜子中的自己，厉槿唯忽然想到什么，脸色一变，蓦地跑出去。

客厅里空空荡荡，程延青已经走了。

而那件放在沙发上的男性风衣，明显被挪动了位置。

被他发现了……

程延青坐上车后，没有急着启动引擎，而是拿出手机搜索，结果，上海市根本没有一家叫鎏金的医院，他也从未听说过有这家医院的存在。

他又尝试着搜索傅亦卿这个名字，果不其然，也没有这个人的存在。

也就是说，这张名片是假的？

大小姐被骗了！

"他到底是什么人？竟然能躲过我的眼线，悄无声息地接近大小姐？"程延青握着方向盘的手越来越紧，脸色也越发难看。

那男人绝不是简单的人。

但即便如此，程延青也没打算现在就跟厉槿唯直说，因为他了解她的性格，以她那么强的自尊心，直截了当说她上当受骗了，只会触发她的逆反心理。

程延青不愿看到事态朝最糟糕的局面发展。

更何况，她现在还自以为瞒住了他，在这种节骨眼上，他更要谨慎应对处理。

程延青决定了，他要亲自见到那个叫傅亦卿的男人，然后当面拆穿对方！

唯有如此，厉槿唯才会相信，对方的医生身份是虚构、伪造出来的。

想到这儿，程延青深深吸了口气，开车离开。

6

厉槿唯第二天睡到上午九点才醒。

今天是周末，她也不必去公司，而傅亦卿一夜未归。倒也不是说厉槿唯在意他，只是有些事想找他问清楚而已。

尤其是她"自杀"的细节，她希望能从中找出一些蛛丝马迹。

刚这么想着，傅亦卿就回来了。

他的手里还拿着一把黑色的长柄伞，伞上面还往下滴水，他那边明显是下暴雨了，裤脚湿了一小块。

他进门的瞬间，有一股强风灌进来，他的一头碎发都被吹乱。相较于往日的神清气爽，此刻的他浑身带着湿漉的寒意，像是从寒冽的冰山雪川中走来。

厉槿唯也是刚从暖呼呼的被窝中醒过来的，冷不丁被一阵冷风给"抚摸"了一番，不由得打了个寒颤。

傅亦卿立即关上门，这才隔绝了外面的冷空气。

厉槿唯忍不住问："你那边很冷吗？"

"嗯，零下二十摄氏度，若遇暴雨与降雪天气，室外温度会降到零下四十摄氏度左右。"傅亦卿站在玄关，边换鞋，边回答她。

厉槿唯诧异："温度这么低，还能正常生活吗？"

"这边的环境跟过去是无法比较的，你们所认为的寒冷，可能对我们来说没什么感觉。现在全球都是如此，天气变幻莫测，但幸运的是，人类可以适应各种环境生存。"傅亦卿脱下大衣，抖了抖上面的水渍后，将其挂到衣架上。

厉槿唯这才注意到，他穿得并不多，上身仅着一件米白色的高领毛衣，简单而又轻便，正常人早就冻死了。

傅亦卿当然是有自己的保暖措施的，新现代科技这么发达，区区御寒，自然不在话下。

厉槿唯本想找时机跟傅亦卿聊聊，但傅亦卿回来之后，也没歇息，不断地走来走去。

厉槿唯的目光也下意识追随着他，看着他从这面墙穿出来，又从另一面墙穿出去，似乎是因为外面下暴雨，而他忘关窗户了。于是他忙着关窗，忙着收拾被风刮了一地的纸张与资料。他全程都是慢条斯理的，没有一丝不耐烦，也没有任何不悦，就那么平静且随和。

厉槿唯算是看出来了，估计即便天塌下来了，他也会不慌不忙。

不过他一夜没睡，脸上还是透着明显的倦意。

傅亦卿很困乏，忙完之后，洗了个澡就去补觉了。

厉槿唯就这么看着他先是进了自己的厨房，她的厨房是他的浴室，然后，又走进她的练琴室。

她的练琴室就是傅亦卿的卧室。

厉槿唯是大提琴手，房子建造初期，她爸妈就给她规划了一大片区域专门做她的练琴室，除了大提琴，钢琴和小提琴，厉槿唯也有所涉猎，但专长，还是大提琴。

自从将大提琴放弃之后，练琴室就成为她的"禁地"了。

正好，不会有人发现。

厉槿唯这一天没什么计划，就打算在家好好休息。

睡了个午觉起来，就接到程延青的电话，说是李小姐想见她。

程延青口中的这个李小姐是安雀公寓的住户，叫李晴，她就是那位发现家里被安装了摄像头而报警的受害者。

突然不知怎的，她联系到了程延青，说想见格瑞集团的总裁，也就是厉槿唯。

而且，她还特地强调，不能去总裁办公室或者咖啡厅那种地方，必须私下见。

这倒是引起了厉槿唯的好奇，于是破例让程延青将这位李小姐带到她家里来。

这位李小姐来了之后很拘谨，光是坐着，就浑身不自在。

厉槿唯就让程延青出去在外面等着。

7

程延青走了之后，李小姐才放松下来。她看着厉槿唯，欲言又止，犹豫许久，还是开口了："厉小姐，能麻烦你，别让警方继续调查摄像头的事吗？"

闻言，厉槿唯眼眸一敛，沉下声来："为什么？"

"因为……我也是刚知道，摄像头是我男朋友趁我不注意的时候装上去的，不过，他只是因为太想我而已。我们是异地恋，他想知道我每天在干什么……"说到这儿，她的声音已经越来越低，也许是厉槿唯的眼神太过于犀利，又或是她自己心虚不安。

厉槿唯的脸色很阴沉。

她没想到，之前的猜测都不对，闹得沸沸扬扬的安雀丑闻，真正的起因，竟然是这个"受害者"间接导致的！

而且更好笑的是，她还没让对方承担损失，对方竟然还好意思来求她，让她收手，让警察别调查？

"你怕你男朋友进局子对吗？"厉槿唯看着李晴，脸上没什么表情。

李晴点点头，唯唯诺诺道："我不能让他被警察抓走，我知道，他是爱我的。"

听到她这话，厉槿唯感到很是可笑，真爱她，会在她不知情的前提下在她家里偷偷安装监控吗？

这已经犯法了她知不知道？

厉槿唯莫名地有些气愤，然而不等李晴开口，另一道声音先传过来了。

"小姐，我想你是误会了。"

厉槿唯抬头，就看到穿着睡衣的傅亦卿不知何时从她的练琴房里走出来了。

"即便经过你允许，那也不代表爱你，由此可见，他私自安装摄像头，二十四小时监控你的一举一动，就更不是爱了。"

他说话还是一如既往的温和，但仔细听的话，还是能分辨出来，他的语气里透着一丝微不可察的凉薄，这个细节让厉槿唯稍稍有些意外。

这意味着，他的温柔，并不是那种传统意义上的，没脾气，好说话，善良又和气。相反，他的温柔，有锋芒。

温柔也许只是他的一种习惯，并不代表他是个大好人，对谁都关怀有加，本质上，他是清高疏离的。

对于李晴的恋爱观，他更多的是看戏的态度，因此这提醒的话里，就带上了明显的嘲讽。

但旁人是听不出来的。

因为他温柔的语气，不会让人注意到这一点。

只有厉槿唯注意到了。

李晴猝不及防听到一个男人的声音，瞬间警惕戒备起来，不过当转头，看到傅亦卿时，她的脸上还是出现了明显的诧异之色。

因为据她所知，这位格瑞集团的总裁还是单身，结果没想到，人家在家里养着一个男人！

不过想想也是，像厉槿唯这种白富美，身边没男人是不可能的。

李晴没见过被包养的男人长什么样，但见到眼前这个男人，她只有一个想法，那就是如果她是富婆，她也一定会毫不犹豫地给他砸钱！

程延青一直在外头等着。

他偶尔会抬一下头，透过窗户看一眼里面的状况。发现厉槿唯还在跟那位李小姐说着话，程延青便收回目光。

只是，有个细节，程延青注意到，厉槿唯跟那位李小姐会时不时望向一个方向。

程延青也没在意，等了大约半个小时，那位李小姐才走出来。

程延青走上前，问她："你要走了吗？"

李晴点头，然后颇为不好意思地说："厉小姐说让你送我回去。"

"应该的。"这方面，程延青还是很绅士的。

他本想跟厉槿唯打声招呼，只是还没进去，就看到厉槿唯对他摆了摆手，示意他赶紧把人送走。

程延青点了点头，便送李晴离开了。

8

程延青走后，厉槿唯才头疼地捏了捏眉心。坐在对面的傅亦卿则是对她笑了笑，说道："厉小姐比我想象中的还要善良。"

"你别说我善良，恶心。"

厉槿唯很抗拒这个词，这年头，善良意味着圣母心，善良这两个字更是几乎成了贬义。

傅亦卿的嘴角微微勾起："以你的立场，你完全可以不必管那位李小姐的处境，公事公办，让警方去处理，但你还是帮了她。"

"很简单，因为我也是女人。"

厉槿唯说这话时，想起那位李小姐卑微怯懦的姿态，仍然很不爽，但她还是继续说道："我清楚地知道，一个女人的私密视频被公开出去意味着什么。

"公众不会去抨击视频里的男性，只会骂这个女人不检点，以这位李小姐的性格，让她遭受这种舆论暴力，无疑是置她于死地。"

看在同样都是女人的份上，厉槿唯可以帮这个李晴一把，她会让警方停止调查，但前提是，李晴必须给她一个态度，她不能白白帮李晴。

李晴也表示，她会跟男朋友提分手，之后，她会站出来澄清安雀公寓的清白。

傅亦卿听到厉槿唯这套说辞，完全是一副受教的表情，似乎，这个说法让他大开眼界。

"怎么，难道在你那个时代，这种事已经没有了吗？"厉槿唯不由得好奇。

傅亦卿点头："确实没有。你这番话，给了我一种，我们真的是活在两个时代的感觉，距离很遥远。"

傅亦卿不是不懂，十二年义务教育，现代历史有提到过这些受时代影响而产生的各种现象。

只是过去只在教材上见过，这还是他第一次目睹。

厉槿唯闻言，下意识地脱口而出："你倒是生活在一个更好的时代，只可惜，我不是。"

傅亦卿想说点什么，但话到嘴边，又收回了。

因为他知道，这种时候，无论他说什么，厉槿唯都不想听。

而这一边的车上，程延青扶着方向盘，余光时不时地透过后视镜瞥一眼坐在后面的李晴。

想了想，他还是问了："李小姐，我能问一下，你们刚才说什么了吗？"

"抱歉，我能不说吗？"李晴面露为难之色。

程延青倒也没有不满，淡淡道："当然，你不想说可以不说。所以，这件事就只有大小姐一个人知道，是吗？"

程延青原以为她会点头，谁料李晴摇了摇头道："厉小姐的男朋友也知道，我跟厉小姐说的时候，他也在。"

"吱！"

车子猛地一个急刹。

程延青面露惊愕之色，他蓦地转过头，反应很激烈："你刚才说什么？男朋友？难道当时不是只有你们两个人吗？"

"不，不是啊，还有一个男人，他，他走出来的时候，好像是刚睡醒……"李晴被程延青的反应吓到，说话都不自觉紧张起来。

程延青愣住了。

刚睡醒？如果那男人在大小姐的卧室里睡着，除非他擅自闯进去，否则，他就算在大小姐的家里滞留再久，也不会发现。

程延青不自觉地握紧了方向盘。

接下来一路上，程延青没再说过一句话了。

9

将李晴送回去之后，程延青就接到徐致聪的电话。

刚接通，徐少爷盛气凌人的大嗓门就传过来了："姓程的！你告诉我，那小白脸到底是谁？老子动用了各种关系，竟然都查不出他一点蛛丝马迹，你们到底是怎么藏的，能把人藏么深？"

徐致聪是真的没想到，以他的人脉竟然都找不出一个人，就好像不存在一样。

程延青闻言皱了皱眉，徐致聪的本事他是知道的，连徐致聪都查不出来，可见那男人将自己隐藏得有多深。

明显是蓄谋已久，否则做不到这么万无一失。

想到这儿，程延青就一刻也多等不了，挂了电话，就返回格瑞酒店。

厉槿唯对于程延青的再次到来并不意外。

只是开了门之后，她就堵在门口，没打算让他进门，语气淡淡地问他："还有什么事吗？"

"大小姐，他在里面吗？"程延青也没拐弯抹角，直接问了。

厉槿唯反问他："你说谁？"

"大小姐，我知道他在。"程延青很笃定人还没离开。

厉槿唯盯着他看，没说话。

半晌，厉槿唯双臂抱怀，退了两步："你要是不信，可以进来找，但如果没找到，你要怎么给我一个交代？"

"我会给你一个交代的。"程延青径直走进去。这一次他是铁了心要见到对方，因此，每个房间他都找了。

然而，还是没找到对方的任何蛛丝马迹。

程延青的脸色逐渐变得难看，他想不明白，为什么一个经常出现的人，当他想见时，却连一点痕迹都找不到。

"这已经是第二次了。"厉槿唯提醒他，同时也是警告，有时候过于越界，可不是什么好事。

程延青转过身看她："大小姐，我又来晚一步了，对吗？"

"我说过了，只有我，没别人。"厉槿唯始终否认。

程延青妥协了，他愿赌服输："大小姐需要我给什么交代？"

"程延青，你可以插手管我很多事，但别忘了'底线'这两个字，我不管你听到什么消息，我没承认，他就不存在，你听明白了吗？"厉槿唯警告他。

程延青的表情很复杂。他不知道那个男人对大小姐说了什么，让她这么维护对方，但也因为厉槿唯越掩饰，他越要见到！

而这一天，很快就到了。

因为李晴失踪了。

李晴失踪了三天，家里人才想到报警。经过调查，警方发现李晴失踪前跟厉槿唯见过，于是当天下午两点，两个民警上门询问。

厉槿唯也没隐瞒，实话实说，并建议民警去调查李晴的男朋友。

民警记下了，感谢她的配合之后，又问了她一句当天除了她，是否还有其他人的存在。

厉槿唯顿了一下，权衡过后，还是选择了说谎："没有。"

民警准备离开了，程延青这时却说道："我记得，我送李小姐回去的时候，她跟我说，还有一个男人在场。"

民警停下脚步，转头看脸色明显有变化的厉槿唯。

民警语气严肃道："厉小姐，我希望你能配合我们调查，故意欺骗隐瞒警方，会让你成为一个嫌疑人。"

厉槿唯恶狠狠地瞪了程延青一眼。

程延青当然知道惹怒她是什么下场，但为了见到那个叫傅亦卿的男人，他只能如此。

民警坐了下来，再次审问她："厉小姐，请你务必说实话，当天，是否还有他人在场？如果你不说实话，到时候查了监控，证明你存在隐瞒的行为，这可涉嫌妨碍公务罪。"

厉槿唯知道查监控没用。

因为自从两个空间重叠之后，除了门外，室内的所有摄像头就都失去作用了。

一旦查监控，发现到这一点，那她的嫌疑就更大了。

没办法，厉槿唯只能说实话："除了我之外，确实还有一个人在场。"

"他叫什么？"民警翻开笔记本，准备记录。

"傅亦卿。"

听到厉槿唯亲口说出傅亦卿这个名字，程延青就知道，她瞒不住了。

而距离拆穿那男人的真面目，也快了。

"麻烦你给他打个电话，让他过来一趟。"民警拿起她放在桌上的手机递给她，示意她现在就打。

厉槿唯接过手机，但并没有打电话。

民警皱了皱眉："为什么不打？"

"我没他的联系方式。"厉槿唯知道这种话说出来没人信，但眼下只能硬着头皮说了，同时也在心里将程延青咒骂了无数遍。

民警看着她的眼神已经变得可疑。

注意到两位民警的神色，程延青这才终于意识到事情的严重性，他没想到都这种时候了，大小姐还要藏着那个男人，但眼下他想改口也来不及了。

两个民警这时也表态了，他们站起，沉声对她说道："厉小姐，麻烦你跟我们走一趟。"

"亲爱的，抱歉，我回来晚了。"

就在这时，一道低沉磁性且温润的声音传了过来，一时间，所有人的目光都齐刷刷地望了过去。

那不是别人，正是傅亦卿。

第四章

他来到她的时空了

1

傅亦卿其实都听到了。

他今天回来得比较早，透过窗户，看到她家里来了两个民警，为了避免碰到面，就一直在门外等着。

因为事先将门开了一条缝，所以可以听到他们说话的声音。

"厉小姐，请你务必说实话，当天，是否还有他人在场？如果你不说实话，到时候查了监控，证明你存在隐瞒的行为，这可涉嫌妨碍公务罪。"

听到民警严厉的言语，傅亦卿就知道无可避免了，毕竟当时是他擅自现身在先，没理由让这位厉小姐替他承担后果。

因此当听到民警对她说跟他们走一趟的时候，傅亦卿笑了笑，果断推门而入。

"亲爱的，抱歉，我回来晚了。"

听到声音，程延青转头的动作比任何人都要迅速！

在没见到这个男人之前，程延青就曾多次设想，也料想到对方的长相不会太差，但他没想到，这傅亦卿竟然会比他预期中的超出那么多！

他仅仅往那儿一站，就足以成为人群中的焦点。

程延青就没见过一个男人的眼睛能好看到这种程度，眼睫毛浓密又修长，棕色的瞳孔波光流转，仿佛多看一眼，就会被卷入漩涡之中，无法自拔。

那股清玉竹兰，独属于中国人内敛温润的君子之风，不是轻易能装出来的。

这男人，拥有着极为可怕的魅力。

相较于其他人的怔愣，厉槿唯对于傅亦卿的到来，以及他刚才的称呼只是皱了皱眉。但厉槿唯也知道，眼下的情况，只能由他处理了。

"两位请坐。"

傅亦卿完全是一副主人对待客人的架势，对两位民警做了个请的手势，自己就走到厉槿唯身边坐下。

傅亦卿能感觉到程延青一直在盯着他看，眼神里除了敌意还有探究，但现在不是跟程延青说话的时候，因此他选择将程延青无视。

两个民警坐了下来，傅亦卿与他们对话。两个民警公事公办，问了傅亦卿一些问题，傅亦卿游刃有余，全程都很配合，也表示了对两位民警的尊重。

当问到厉槿唯为什么不愿联系他的时候，傅亦卿笑着回应："这是我的错，惹她生气了，她不想理我，也是应该的。"

"傅先生跟厉小姐是男女朋友的关系？"

民警的目光在两人之间扫了扫，刚好厉槿唯一直板着脸没说话，看着确实像是小情侣吵架后的样子。

联想到她刚才宁愿说没联系方式也不愿意打电话，这就说得通了。

程延青闻言，脸色变了变，看了依然默不作声的厉槿唯一眼，程延青的目光再次落到傅亦卿身上，等他做出回答。

傅亦卿笑了笑，回了句："我们目前同居。"

虽然没有正面回答，但都住一起了，两人的关系也可想而知。

两位民警在确认了他们并没有嫌疑之后，就带着笔录离开了，表示后续如果有问题，会再联系。

民警一走，厉槿唯也终于对程延青发了火。

"程延青，你是不是有病啊？"厉槿唯对他的行为一忍再忍，直到这一刻终于忍无可忍！

"大小姐，我可以解释。"程延青将姿态放得很低，知道她正在气头上，只能尽量缓和。

厉槿唯这次是真的气得不轻，但顾虑到还有外人在，不想场面太难看，于是冷着脸道："好，你说，你的理由是什么？"

"理由就是，这个男人，他欺骗了你。"程延青说这话时，目光也随之转到了傅亦卿身上。

注意到程延青的目光，企图假装跟个没事人一样喝茶的傅亦卿动作一顿。

他摇头失笑，将还没来得及喝的茶杯放了下来。

2

程延青也不再隐瞒了，将看到名片的事跟厉槿唯如实说了。

"我查过了，上海根本没有一家叫鎏金的医院，他这个外科主任的头衔更是不存在。大小姐，您有想过，他伪装出一个高大上的假身份靠近您，目的是什么吗？"

言尽于此，已经很明显了。程延青对她语重心长道："大小姐，您真的不能再被他骗了。"

傅亦卿一直没说话，保持沉默。

程延青原以为厉槿唯听到他这话会感到震惊，或是恼羞成怒，然而，她只是面无表情，用那种近乎冷漠的眼神看着他。

就好像，他多管闲事了。

"大小姐？"程延青不明白她这是什么意思。

厉槿唯深吸了口气，摆出一副咄咄逼人的口吻反问他："你之前不是说，我单身容易被盯上吗？现在呢？"

程延青愣住，这话，是什么意思？

难道说，这个叫傅亦卿的男人就是她给自己找的挡箭牌？所以身份才会造假？所以才会故意制造得那么神秘？

程延青恍然大悟，这下再看向傅亦卿的眼神，别说有多复杂了。

而对于厉槿唯的回答，傅亦卿并不意外。

先前他们就讨论过了，如果真遇到不得已的情况，暂时就用这种说辞糊弄过去。

如此一来，等之后恢复正常了，他突然消失不见也就说得过去了。

程延青这次是真的差点犯大错了，跟厉槿唯认了错，也保证下次再也不会有这种行为。他态度诚恳，也甘愿认罚，让厉槿唯挑不出一点差错。

但厉槿唯还是有必要提醒他一声："程延青，当初你回国，主动以管家的身份来帮我，我是不同意的，后来答应，也是因为程伯，他对我一向很好，他的话，我自然是要听的。"

"大小姐，我知道了。"有些话不用说太白，懂的人自懂。

言尽于此，厉槿唯也没再多说什么了。

倒是程延青，这时表示想跟傅亦卿单独说两句，希望她准许。

厉槿唯看了傅亦卿一眼，见他点头，这才起身回房间。

这个细节没逃过程延青的眼睛，他皱了皱眉，但终究还是没说什么，坐了下来，重新审视眼前这个男人。程延青忽然就不奇怪他的外表会如此出众了。

毕竟长得一般，也不会被大小姐挑选出来当挡箭牌。

"我想，大小姐已经跟你说过我是谁了，我也不多介绍了，只是有些话，我还是有必要提醒你一下。"程延青端出主人的姿态来，也算是变相地提醒他，这里，可不是他家。

傅亦卿笑了笑，愿闻其详。

"你毕竟是雇来的，我希望你注意自己的界限，别轻易越界，更别对她产生不该有的想法，要是你敢对她做什么不该做的，那么你也别想在这个圈子里混下去了。"说到最后，程延青已经是直接警告了。

傅亦卿这还是第一次被人这么警告，心里倒也没什么不快的感觉，只是觉得有些好笑。

程延青走的时候，还企图把傅亦卿一并带走。

傅亦卿当然是不能出这个门的，最后，厉槿唯只让程延青离开，将傅亦卿留了下来。

厉槿唯将李晴失踪一事跟傅亦卿说了，问他能否再帮她一个忙，查一下李晴的未来，确认她失踪之后发生了什么，后来是否被找回来了。

傅亦卿倒也没有拒绝，朋友那边，也就多欠一个人情。

厉槿唯跟他保证："我不会让你白白帮忙的，算我欠你人情，之后你有什么需要，只要我能做到，我都一定帮你。"

"厉小姐，这也算是一个测试。"傅亦卿告诉她，"查出李晴失踪后的结果，在已知的前提下，我们对她做出一些改变，看是否会影响她的未来。"

到时候经过了测试，就能知道，厉槿唯的未来是否也能被改变了。

厉槿唯愣了一下，她倒是没想那么多。

不过傅亦卿这话确实是提醒她了，如果李晴的未来能被改变，那么，也一定能改变她的！

3

傅亦卿再次委托了朋友帮忙，然而，这一次的结果出乎了他的意料。

"你刚才说，李晴过去的档案看不了？"接到朋友的电话，从他口中得知了此事，傅亦卿是有些意外的。

"没错，她的档案一打开，电脑就死机黑屏，就跟中了病毒似的，我已经联系内部科技人员过来检查维修了，但要想知道结果，恐怕没那么快。"

闻言，傅亦卿微微眯起了眸子，半晌，还是多问了一句："所以目前关于这位李小姐的信息，一点线索都没有吗？或者，她现在住在什么地方，还有她的联系方式，这些有办法找到吗？"

傅亦卿还是想尽可能地得到一些有用的消息，拿出纸笔，打算记下来。

对方迟疑了一下，才说道："她死了。"

傅亦卿刚要记录，随着他话音落下，笔尖在纸上顿住了。

"死因以及死亡时间现在还不知道，具体还得等档案修复，唯一可以确定的，就是人已经不在了。"

"嗯，好的，我知道了，谢谢你。"

傅亦卿笑着表示感谢。

挂断电话之后，傅亦卿若有所思，修长的食指轻敲着桌面。

半晌，傅亦卿打开电脑，点开了厉槿唯的档案。

结果就发现，他的电脑也死机了……

厉槿唯今天有些心神不宁，总感觉会发生什么。

程延青一进办公室，见她心不在焉地发着呆，便上前说道："大小姐，有人想见您。"

"谁？"厉槿唯兴致缺缺，没什么状态。

程延青回答："李晴的母亲。"

厉槿唯闻言，眉头就是一皱，李晴的母亲？找她干什么？

程延青解释："她知道您是最后一个见到她女儿的人之后，就一直想见您，想知道她女儿当时是什么状态……我看她一脸憔悴，头发也没打理，一直抱着女儿的照片，挺可怜的。"

程延青心肠软，李晴的母亲苦苦哀求他，他无法视而不见。

"那就让她过来吧。"

厉槿唯也不是什么狠心的人，一个可怜的母亲而已，没什么不能见的。

不一会儿，夏妍就带着李晴的母亲何珠过来了。

那是一个身材瘦弱的中年妇女，头发花白，面容憔悴不堪，整个人看上去失魂落魄。

"厉小姐，你知道吗？我女儿从小就乖巧懂事，她听话、孝顺，可为什么这么好的一个女孩子，她要遭遇不幸？"何珠泪眼婆娑，嘶哑的嗓音哽咽着问她。

厉槿唯垂下眼帘，避开她的目光，理性而冷静地道："命运向来不会因为一个人是好还是坏而特殊对待，这种事落在谁身上都不好受，我们现在能做的，就是配合警方调查，尽快把她找回来。而您要做的，就是振作起来，免得您女儿还没回来，您就先倒下了。"

厉槿唯最多只能安慰到这种程度，那些假惺惺故作感同身受的话，她也说不出来。

何珠抹了把泪，此时脸上没什么表情，语气也冷漠了下来："厉小姐，是你跟警察说，我女儿有男朋友的吗？"

"是我说的。"厉槿唯没什么不好承认的。

闻言，何珠冷下脸来质问她："但我女儿根本没有男朋友，你为什么要骗警察？"

"我没骗警察，您觉得她没有男朋友，可能是她没告诉您而已。"厉槿唯也已经是一副公事公办的态度了，很显然，这何珠是来找她算账的。

程延青这时也看出来了，示意了夏妍一个眼神，让她做好把人给请出去的准备。

然而就算程延青早有准备，也还是意料不到，何珠的情绪会突然失控，爆发之下，竟猛地一把抓起桌上的水杯就朝厉槿唯的头上砸了过去！

"大小姐！"

程延青惊恐，立马冲过去。夏妍也被吓到，好在反应及时，第一时间将何珠给控制住了。

虽然闪躲还算及时，但额头还是被飞过来的杯子擦到了一下，头发被水淋湿，厉槿唯将披散下来的头发撩到耳后。她脸色阴沉，森寒的目光冷冷注视着此刻怒目圆睁、歇斯底里的何珠。

何珠被夏妍控制住，面目狰狞，瞪着厉槿唯吼道："你以为我会信你这种鬼话吗？我女儿是什么样的人我会不知道？她洁身自爱，跟你们这些在外面四处乱搞的女人可不一样！

"你以为我不知道你是为了推卸责任才故意这么说的吗？就是因为你的公寓不安全她才出事。我告诉你！我女儿要是有什么三长两短，我一定告死你！"

听到她这话，厉槿唯不怒反笑，那冷笑里，充满了嘲讽……

4

徐致聪得知厉槿唯去医院的消息后，第一时间赶了过去。

看到医生正在给厉槿唯额头上的伤口上药，而身边陪同的人只有程延青这个管家，徐致聪顿时气急败坏道："你男朋友呢？你受伤了他都不来看你吗？"

厉槿唯闭着眼睛，懒得搭理他。

"你把他的电话号码给我，我来打给他。你出了这么大的事，他都不来看你，他配当你男朋友吗？"

徐致聪是真的气愤，平时躲着不出现就算了，现在她都出事了，还躲起来，算什么男人？

"吵死了。"厉槿唯不耐烦地瞪了他一眼。

正好医生已经给她上完药了，厉槿唯立即起身就走，不想再跟徐致聪多说什么。

徐致聪拦住她："厉槿唯，你在害怕什么？还是说，你那个男朋友之所以没过来陪你，是因为他根本就不存在？"

"徐致聪，你有完没完？"厉槿唯现在没心情跟他说这些，只想甩开他。

徐致聪还真跟她犟上了："这事就没完！厉槿唯，你就老实承认吧，你根本没有男朋友，除非你把他带到我面前，我就相信是真的！"

徐致聪也是在赌，如果厉槿唯敢说把人带出来，就证明是真的，反之就是找借口，那么百分之百是假的！

"有毛病。"

厉槿唯白了他一眼，懒得再跟他周旋，一把将他推开，带着满腔的火气离开了医院。

徐致聪没有生气，反而很欣喜，他猜对了。

她有男朋友果然是假的，因为不存在，自然就无法将人给带出来了！

"大小姐，您还好吗？"

在开车送厉槿唯回去的路上，程延青注意到厉槿唯上车后就一言不发，出于关心，这才问了她一声。

厉槿唯没说话。

直到车子抵达格瑞酒店，厉槿唯才开口道："你先回公司去，有什么事再告诉我。"

一句话，就把程延青刚到嘴边的话给堵死了。

但程延青也理解她想一个人冷静的心情，于是望着厉槿唯的身影直到进了大楼，他才开车返回公司。

不过，在离开之前，程延青还是给赵溪打了个电话……

厉槿唯坐电梯到顶楼时，天已经黑了，夜幕降临，格瑞酒店的顶楼上，却连一点灯光也没有。

出了电梯，厉槿唯看着眼前这栋如城堡般的复式小洋房，因为没开灯的缘故，看起来黑漆漆的，仿佛一个深不见底的漩涡，能随时把靠近的人给吞噬进去。

厉槿唯突然觉得，她就像这栋孤零零的房子一样，是被遗弃在这里的……

身体止不住地打颤，厉槿唯忽然感觉好冷，这顶楼怎么能这么黑又这么冷呢？

怎么会……连一点光都没有？

湿润的眼眶开始泛红，厉槿唯倔强地咬了咬唇，仰起头，不让眼泪掉下来。

而就在这时，一道光倏然从窗户里透了出来，照到了她身上，让她整个人都仿佛沐浴在耀眼的光辉之下。

厉槿唯被晃了下眼睛，下意识地抬手挡光，待适应了光线，她才慢慢将手放下。

转过头，就看到小洋房里亮着如白昼般的光，穿着一身白色舒适居家服的傅亦卿此刻就坐在沙发上看书。

他的姿态很慵懒，双腿交叠，一手端着咖啡，一手偶尔翻一下书页。

厉槿唯就这么驻留在窗外，久久未动。

她知道傅亦卿看不到她，房子的空间布局不同，她家里有窗的地方，在傅亦卿的家里，可能是一堵厚厚的墙。

厉槿唯看了他许久，才转身进屋。

傅亦卿听到脚步声就知道她回来了，秉持着礼貌，他将目光暂时从书上移开，笑着与她打声招呼："你回——"

然而话还没说完，傅亦卿的声音就戛然而止了。

眼底的笑意一点点消失殆尽，傅亦卿"啪"的一声将书合上，嘴角虽然是上扬的，却给人一种面无表情的错觉。他笑着问她："你的额头怎么了？"

"没什么，一点小伤而已。"

厉槿唯不太擅长应付别人的关心，扯了扯额前的几缕头发，目光躲闪，想避着他走。

但傅亦卿先一步扣住了她的手腕。

厉槿唯想把手抽回来，却发现他握得很紧，根本挣脱不开。她不由得恼怒道："这跟你有什么关系？"

傅亦卿笑了笑，笑意却不达眼底："当然有关系，你现在是我的病人，我傅亦卿的病人要是受了伤，那就是对我的侮辱。"

霸道的病人她见过，霸道的医生，她这还是第一次见！

5

"方便说吗？"

傅亦卿直视厉槿唯的眼睛，一旦发现她的眼神有所躲闪，就闭口不谈。

厉槿唯知道他指的是什么，反正也没什么好避讳的，就言简意赅地将李晴的母亲到她办公室闹了一通的事跟他说了。

傅亦卿闻言，眉峰微微蹙起，脸色颇有些凝重。

"你的表情倒也不用这么严肃，这种事，绝不会再发生第二次。"准确地说，是她不会允许这种事再次发生。

傅亦卿并没有掉以轻心，敛眸沉声问道："不，恐怕会有第二次。"

"什么意思？"厉槿唯的脸色微变。

傅亦卿也没有拐弯抹角，直言道："李晴死了。"

厉槿唯愣住，李晴死了？

傅亦卿将托朋友调查的结果告诉她，包括他事后又查看她档案的事，傅亦卿故此得出一个结果："李晴的档案之所以无法看到，可能是她的未来产生了被改变的可能性。

"之前是我们想得太简单了，原以为可以提前知道整个过程，却不料，我们插手的那一刻起，就产生了蝴蝶效应。"

说到这儿，傅亦卿停顿了一下。

直视她的目光，半晌，傅亦卿才缓缓道："包括你，也受到了影响。"

厉槿唯的心里涌起一股寒意。

言外之意，她的死，有可能是来自何珠的报复！

因为赶上高峰期堵车，导致赵溪到格瑞酒店，用时比平时多了不少。

她很着急，匆匆瞥一眼窗户，也没细看，确定厉槿唯在家，就去按门铃。

门铃响的那一刻，厉槿唯的心跳漏掉了一拍。

明明没做亏心事，但看到傅亦卿就坐在她面前，厉槿唯下意识还是有种紧张感。

傅亦卿能听到门铃声，于是很体贴地起身，躲起来了。

赵溪进屋后，也没拐弯抹角，直说了："小唯，程延青给我打了电话，你的情况我都听说了。"

"他小题大做了，如你所见，我什么事也没有。"对于赵溪的到来，厉槿唯并不意外，猜到程延青会联系她。

赵溪却是一脸严肃道："这不是小问题。安雀公寓出了这么大的事，你早该让我去处理了，尤其是这李晴的母亲，如此过激的行为，已经威胁到你的安全，像这种纠纷，是需要律师出面的。总之，这件事你交给我，我会帮你办好的。"

"大嫂，你其实没有这个义务帮——"厉槿唯靠着沙发，只是稍一松弛，就胡言乱语了。

反应过来自己喊了对方什么，厉槿唯立即闭上嘴。

赵溪的嘴角却是忍不住扬起笑容："你都叫我一声大嫂了，我还不应该帮你吗？"

厉槿唯皱起眉头，沉声道："你是不是从来都没有把我哥放下过？"

"这样说吧，这辈子，除了你哥，我谁都不要。"赵溪说得很坦率，似乎这只是一件微不足道的小事。

两人的对话悉数传入傅亦卿的耳朵里，凭借着这些细枝末节的线索，傅亦卿很轻易地推断出了对方的身份。另外还得出，厉槿唯原来是有个大哥的，但遗憾的是，去世了。

厉槿唯抿紧嘴角，紧蹙的眉头暴露了她此刻复杂的心情。

赵溪知道她在想什么，不想给她施加压力，便转移话题："对了，有件事我得跟你说一下。盛逸集团企图收购格瑞，可能会从中作梗，你要小心点。"

"听说了。据我所知，盛逸集团新聘请来的总裁叫周韩意，而且还是你跟我哥的大学同学？"厉槿唯这话与其说是确认，倒不如说是在阐述。

傅亦卿正倚着墙专心看书，避免让自己听到别人太多隐私，但当听到"周韩意"这个名字时，傅亦卿还是顿了一下。

这个名字，怎么有点耳熟？

傅亦卿认真回忆了一下，很快就想起来了。

他竟然把这件事给忘记跟她说了？

赵溪当然不知道有人在偷听，她点头道："不错。大学期间，周韩意就跟你哥他们针锋相对，自从我跟你哥在一起之后，他就变本加厉，处处作对，直到现在，他还企图顶替你哥在我心中的位置。对他而言，只要收购了原本属于你哥的格瑞，就意味着你哥永远输给他了，因此，他势在必得。"

不怪赵溪会如此担心，盛逸收购格瑞，除了商业上的谋略，还有私人仇怨。

厉槿唯这个刚上任没几年的新人总裁，单枪匹马，如何对付得了周韩意那只老狐狸？

赵溪这话，倒是提醒厉槿唯了。

她不能死的其中一个原因，就是为了守住格瑞，如果她没活下来的话，格瑞最后怎么样了？

是面临分崩离析的结局，还是被合并收购？

厉槿唯觉得，这件事很有必要找某人问一下。

6

目送赵溪离开之后，厉槿唯关上门，一转身，就被悄无声息站在她身后的傅亦卿给吓了一跳。

厉槿唯刚要说什么，傅亦卿就先一步开口道："你知道格瑞集团后来的董事长是谁吗？"

厉槿唯愣了一下："你已经知道了？"

傅亦卿点头，表情很认真。

厉槿唯见状，忽然有了一个大胆的猜测，她表情古怪道："你该不会是想说，是你吧？"

"说对了一半。"傅亦卿笑了笑道，"是我的朋友，他叫宋川，我算是他的合伙人，只出钱，不出力。"

厉槿唯皱眉道："之前怎么没听你说起？"

"抱歉，好像是我忙忘了，还以为已经跟你说过。"傅亦卿表示很抱歉，"我也是听到你们提起周韩意这个名字才想起来，在我朋友收了格瑞之前，格瑞集团的董事长就是这个周韩意。"

厉槿唯不傻，能听得出来，言外之意，格瑞集团最后真的落到了周韩意的手里。

厉槿唯捏紧了拳头，咬紧牙关，她不甘心！

然而情绪一有所波动，胸口便隐约开始作痛，厉槿唯面露不适之色，傅亦卿注意到了，想检查一下她的情况，只是手刚伸过去，厉槿唯就好像受到惊吓一般，一把将他的手拍开！

"你干什么？"

傅亦卿看着自己被她拍开的手，不由得失笑道："你的防备心，一直这么重吗？"

厉槿唯也察觉到自己反应过激了，抿了抿唇，闷声道："换你处在一个被人虎视眈眈的位置上试试看，不警惕，早就被剥皮拆骨、吃干抹净了。"

"之前一直没问，你的家人呢？"虽然有所猜测，但傅亦卿还是刻意问了一句。

厉槿唯闻言顿了一下，而后才故作满不在乎，洒脱道："死了。"

傅亦卿之所以问，就是为了看她的态度，从而推断出她内心真实的感受。

而单凭厉槿唯这句话，傅亦卿就知道，她几乎，将自己压抑到极致了。

傅亦卿实在很好奇，在她身上，曾经到底发生了什么……

厉槿唯当晚失眠了，辗转反侧。

而失眠的后果就是第二天精神不振、浑身没劲，这一天的工作，厉槿唯几乎是强撑着做完的。

晚上临近下班之际，厉槿唯收到消息，盛逸集团的总裁周韩意邀请她共进晚餐。

换作之前，厉槿唯一定不会答应，但自从知道格瑞最后会落到他手里之后，就容不得厉槿唯忽视了。

于是，厉槿唯果断赴约。

"原以为得多请几次，厉总才会赏这个脸，没想到，厉总会答应得这么爽快。"周韩意西装革履，戴着眼镜，俨然一副海归精英的形象。事实上也确实如此。

厉槿唯态度冷淡："周总的局，百忙之中，也得抽空来不是吗？"

周韩意端起高脚杯，轻轻摇晃，而后品尝了一口，表面上是在回味红酒，实际是在揣摩厉大小姐这番话的深意。

因为他忽然发现，这厉槿唯似乎没他想的那么好对付。

7

"厉总，单独聊聊吗？"

周韩意瞥了眼站在她身后的程延青。

厉槿唯也不废话，示意了程延青一个眼神。

程延青离开包厢后，周韩意起身给她倒了杯红酒，好似许久不见的老朋友般，跟她闲聊："你知道吗？赵溪希望我放过你，放过格瑞，我就跟她说，只要她答应跟我在一起，我可以放弃收购格瑞，结果你猜她怎么说？"

厉槿唯没说话。

周韩意自嘲道："她说她永远不可能跟我在一起。也不想想，厉言封都死多少年了，她竟然还对他念念不忘。"

厉槿唯捏紧了拳头，脸色阴沉。

周韩意坐了下来，端起酒杯，隔空跟她敬酒："厉总，我要敬你一杯，也希望厉总之后，能在赵溪面前，多说我几句好话，让她早点忘了你哥，获得她应得的幸福。"

"周总，你敬错人了，你该去敬我哥才对。你们那么多年的交情，你都还没给他跪下磕过头吧？没准赵溪看到，会高看你一眼呢。"厉槿唯面带笑意，端起高脚杯回敬他。

周韩意也不生气，修长的手指摩挲着杯沿，看着她，意味深长地说了句："刚才忘了问，厉总的男朋友没跟来吗？"

"为什么他要跟过来？"厉槿唯将问题抛还给他。

周韩意笑了："厉总还真是毫无恋爱经验啊。看来，我没猜错，有男朋友一事是假的。"

"你就那么笃定吗？"厉槿唯很镇定。

周韩意耸耸肩，似乎已经不在意了，这时反而是观摩起她的脸色，然后故作关心道："厉总的气色，看起来似乎不怎么好啊，难道是身体不舒服吗？"

厉槿唯神色一僵。

周韩意嘴角的笑意更浓了："听说，厉总在国外半年，去过好几次医院，如果我派人去查，应该就能知道厉总身体哪里不舒服了吧？"

"是吗？那我还挺好奇，周总能给我查出什么病来。"厉槿唯笑脸盈盈，语气带着明显的调侃。

周韩意端起高脚杯，绅士地抿了一口，而后才惋惜道："可惜了，厉老爷子一脉单传，原以为到你父亲这一代能开枝散叶，谁料世事无常，厉家大少爷车祸身亡，董事长跟夫人也遇难。

"好好一个幸福的家庭，就只剩下厉总一个人撑着了，要是厉总也出事了，那岂不是说，厉家，就灭门了？"

周韩意一副揶揄的口吻，完全无视厉槿唯越来越冷的眼神。

周韩意单手撑着下颌，饶有兴致地看着她："厉总，如果你生病了，肯定得暂停一切事务，专心去医院养病吧？到时候，格瑞就会落到你那个舅舅手里，我可是听说了，陈国辉这个娘家人，惦记厉家的财产很久了啊。"

厉槿唯的拳头越握越紧，连指甲嵌进肉里都不知道。

"这就是你要跟我说的话吗？"话说到这份上，厉槿唯也不用再演了。

周韩意再次端起高脚杯，隔空敬她："厉小姐，你不适合做一个商人，你也管理不了那么大一个企业。你的梦想不是成为一个大提琴家吗？我帮你完成这个梦想，你把格瑞交给我，我帮你管理。"

"管理格瑞，你配吗？"厉槿唯冷笑讥讽。

周韩意虚伪的面具裂开了一道痕，表情有刹那间的狰狞，但很快就又恢复了他的绅士之风。他笑着说道："是啊，我不配，只有厉言封才配。可是我记得，厉言封好像，已经被你害死了吧？"

轻描淡写的一句话，让厉槿唯的脸色在顷刻间一片惨白。

他可真够无耻的！

8

厉槿唯赴了周韩意的饭局，这一边的傅亦卿也赴了一个朋友的邀约。

"什么时候回国的？"

点好菜后，傅亦卿将菜单递给服务员，道了声谢之后，目光才落在坐在他对面的男人身上。

宋川还在菜单上挑挑选选，听他问起，头也不抬，道："昨天下午。"

"也真是巧，昨天刚提起过你，今天你就出现了。"傅亦卿随口一提。

宋川却听出了端倪，稍稍停顿了一下抬眸看他："你跟谁提起过我？"

"嗯？"傅亦卿似乎没听清，"你刚才说什么？"

他不想说，宋川也不勉强："没什么。"

"我记得，格瑞集团的前董事长叫周韩意，你跟他熟吗？"傅亦卿打探地问。

宋川的眼眸微微眯起："为什么突然问起他？"

"偶然听说的，问你一下。"傅亦卿倒也没说谎，确实是偶然听说。

宋川用揣摩的目光打量他，半晌，才说道："一个卑鄙的无耻小人，为了利益，不择手段。"

傅亦卿挑了挑眉，倒是没想到会从他口中听到这些形容词，他跟这个周韩意有过节？

"你跟他有恩怨？"傅亦卿不免好奇。

"估计上辈子就是针锋相对的关系，他抢了不属于他的东西，现在被我抢回来了，也算是物归原主了。"宋川的语气里充满了不屑，隐约还透着一丝讥讽。

傅亦卿忍不住失笑。

都这么形容了，看来不是一般的"深仇大恨"。

吃过饭，傅亦卿回到家时，时间已经很晚了，但客厅里依然亮着灯。傅亦卿一进去，就看到厉槿唯趴在铺满了杂乱文件的桌上睡着了。

平时那么盛气凌人、高傲又强势的厉大小姐，没想到睡着之后，会安静乖巧得像个小孩子。

傅亦卿一直觉得厉槿唯像只小刺猬。

利用背上的刺，把柔软又胆小的自己保护起来，谁敢靠近她，她就攻击谁。

傅亦卿轻轻敲了敲桌面，厉槿唯睁开疲惫的眼睛，见是傅亦卿，这才坐起来，揉了揉脖子，问他："几点了？"

"差不多快一点钟了。"

厉槿唯皱了皱眉："已经这么晚了。"

"是啊，很晚了，你还不去睡吗？"傅亦卿粗略扫了眼她桌面上的东西，都是一些关于酒店经营和商业管理的资料。

厉槿唯摇摇头，她不能睡，留给她的时间，已经不多了。

"发生什么事了吗？"傅亦卿能感觉到她的焦虑，似乎发生了什么，无形中增加了她的压力。

厉槿唯内心柔软的部分被戳了一下，一个坚强的人，最怕别人突如其来的关心。

极力掩盖住心里的酸楚，厉槿唯问了他一句："傅医生，你对每个病人都这么关心？"

傅亦卿的眸底划过一抹异光，突然沉默了下来。

"我很感谢你的关心，但我们毕竟是两个世界的人，出了这扇门，我要是想与你有交集，就得等五十年，所以，你问再多其实也没用，因为对你而言只是几句话的事而已。"

厉槿唯看着他的眼睛，缓缓道："但我，是在亲身经历这些事，你体会不到，也无法体会。"

傅亦卿的胸口忽然有些沉闷，这算是他有史以来第一次体会到，无能为力的感觉。

厉槿唯最终还是去睡觉了，明天还有工作，她不能将自己的身体拖垮。

但尽管如此，第二天厉槿唯还是感冒了。

而且身体本就不适了，偏偏在这种紧要关头，公司那边还出了事！

9

程延青的电话打过来时，厉槿唯正在刷牙洗漱，而傅亦卿站在咖啡机前调制咖啡。

他倒是神清气爽，穿着一件白毛衣，外搭一件英式深棕色的高档大衣，身高腿长，一大早，就跟模特要登台走秀似的。

厉槿唯接了电话，由于不方便拿着手机，就将手机开了免提然后放在台面上。

"大小姐，何女士一大早带着一帮人到公司门口来闹了，拉起横幅，嚷嚷着要您给她失踪的女儿一个说法，保安已经在控制现场了，我想问您，要报警吗？"

傅亦卿听到了，拿起咖啡杯的手一顿，转头望向正在洗脸的厉槿唯。

厉槿唯关掉水龙头，抽了张洗脸巾将脸擦干，才冷冷地吐出一个字："报！"

电话那端的程延青便说道："大小姐，那我把事情处理妥当了，下午再开车过去接您来公司。"

"不用了，安排司机送我过去。你以为，我不出面，他们会善罢甘休吗？"厉槿唯当然知道程延青是为了她的安全着想，但厉槿唯更清楚，今天她不给出一个说法，就算报警也没用，他们下次还会来。

到时几次闹下来，再经媒体营销号一宣传，公司的声誉都可以不要了。

孰轻孰重，程延青还是懂的，犹豫片刻才说道："那大小姐，我在公司等你。"

厉槿唯挂了电话，才难受地咳嗽出声。

"你公司那边出事了？"

傅亦卿走过去，递给她一杯水。虽然都听到了，但秉持着礼数，傅亦卿还是问了一声。

厉槿唯头昏脑涨，强撑着说道："一点儿小事而已。倒是傅医生你，还不去医院吗？"

"不着急。"傅亦倾似乎还有话要说，略一思索，终究还是没有多嘴。

他要是能帮上忙才好，帮不上，那就别多说了……

傅亦卿一直没走。

直到厉槿唯准备出门，傅亦卿才起身，两人一同走到门口。

"厉小姐，请。"傅亦卿很绅士，让她先走。

厉槿唯握住门把手，把门拉开的那一刻忽然一阵眩晕，傅亦卿一直在注意她，见状及时从她身后将她扶住："还好吗？"

厉槿唯摇摇头，表示自己没事。

傅亦卿也没多想，就这么顺势扶着她走出去了。厉槿唯没推开他，因为知道，踏出门的那一刻，傅亦卿就会消失，回到他自己的时代。

傅亦卿也是这么想的。

然而，事情却没有往他们所想的方向去发展，因为，傅亦卿没有消失！

傅亦卿在走出门的那一刻，被一道刺眼的白光晃了下眼睛，等他再次睁开的时候，就发现眼前不是他所熟悉的小院，而是一座空中花园。

他再转头往后看，映入眼帘的是一栋白色小洋房，充满了童话般的梦幻感，像是为一个小公主精心打造的城堡。

"你怎么还在？"

待那阵不适的眩晕感过去之后，厉槿唯一转头，才发现傅亦卿竟然还站在她身旁。

傅亦卿迟疑了两秒，才说道："我走回去看看。"

傅亦卿松开她，独自往回走，结果一进门，就愣住了。

厉槿唯跟了进去，发现傅亦卿愣在原地，略带诧异的目光张望着四周。厉槿唯忽然有种不祥的预感，她怀疑道："你该不会，没回去吧？"

傅亦卿转头看她，半晌，才吐出一句："这是，你家？"

第五章

我在，别怕

1

"周总，我们安排的人已经就位了，现在就等格瑞的总裁厉槿唯现身了。"

盛逸集团总裁办公室里，精明干练的女秘书将手里的笔记本电脑放到周韩意的面前，说罢退到一旁，静候吩咐。

周韩意抬眸瞥了一眼，电脑屏幕上显现的是现场直播视频，一帮人聚众在格瑞集团门口闹事，举着横幅，高声嚷嚷着。

人群中最醒目、喊得最卖力的是个皮肤黢黑的中年男人，名叫何大勇。他自称是李晴的舅舅，领着一众工地的兄弟来给自己的妹妹和失踪的外甥女讨公道。

看到程延青在现场皱着眉头，一副焦头烂额的样子，周韩意的嘴角弯起了一抹愉快的弧度。

"这个何大勇靠谱吗？"周韩意开口问。

女秘书回道："周总，您放心吧，钱给够了，只要他们咬死李晴的失踪是因为安雀公寓的失职而导致的，厉槿唯就难辞其咎，到时候媒体一宣扬，格瑞必受重创。"

"你能保证厉槿唯一点办法都没有？"周韩意心思缜密，绝不允许自己的计划有丝毫纰漏。

女秘书笃定道："是的。据我得到的消息，李晴失踪前去见厉槿唯时，就连程延青都被支开了，当时屋里只有她们两个人，现在李晴失踪，不管厉槿唯说什么，只要何大勇一口咬定没证人，不相信她的话，那厉槿唯就无从辩解。"

"监控呢？"周韩意可不信厉槿唯的家里没装监控。

女秘书自信满满："她拿不出监控。我托人查过了，她的监控不知受到什么干扰，摄像头什么也没拍下。"

闻言，周韩意才端出了胜券在握的姿态。

就在两人说话间，直播现场也有了变故。

不知谁高声喊了一嗓子"厉总来了"，于是镜头开始晃动，好半晌才终于平稳下来，镜头也对准了人群中那个高贵的身影。

周韩意镜框下的眼神透着一丝阴险的算计，嘴角挂着看好戏的笑意。但他没注意到的是，女秘书的表情忽然变得有些古怪。

她的观察力一向很敏锐，刚才镜头晃动时，她似乎看到厉槿唯走下来的那辆车上，还坐着一个人？

镜头转得很快，一闪而过，她隐约间看到，有个男人坐在靠窗的位置，穿着一件深棕色的大衣，修长的双腿交叠，看不到脸。

但能感觉到，对方的气质很是矜贵……

程延青发现事情不对的时候已经晚了。

看到现场出现了媒体记者，程延青就知道这件事性质不一般了，这是有人在背后推波助澜，势必要将格瑞集团给推到风口浪尖上。

然而想联系厉槿唯时已经来不及了，她已经到了。

厉槿唯的出现，就如同一颗石子丢进了池塘里，激起了大片的水花，场面一下子失了控，要不是有保安拦着，这些人早扑过去将厉槿唯给"淹没"了。

厉槿唯直接无视他们，她看着此刻痛哭流涕的何珠，冷着脸问她："你真的想要你女儿回来吗？"

何珠一脸难以置信："你这话是什么意思？难道你觉得我在演戏吗？你这女人，心肠怎么能这么歹毒？"

众人一听，刚要起哄，厉槿唯的一声怒喝让他们到嘴边的话又咽了回去。

"你要是想要你女儿回来，就不该在这里胡闹！"

厉槿唯气到浑身都在发抖，身体本就不适，这一发怒，只感觉血压都在飙升，头也晕得厉害，但厉槿唯还是强撑道："你以为你在为你女儿讨公道吗？我告诉你，你这是在害她！

"你根本不了解你女儿，她做了什么事你更是一无所知，我们所有人都在保护你女儿的尊严，而你，拼了命要把你女儿赤裸裸地展现在所有人面前！"

何珠闻言脸色发白，甚至还有些慌张。

"姐！你别听她瞎说，小晴那孩子从小乖巧懂事，能做出什么事来？难道你一个当妈的不信自己的闺女，反倒信一个外人吗？"何大勇担心何珠会动摇，赶紧站出来说话，并且很快将矛头指向厉槿唯，扬言李晴失踪就是她的责任。

何大勇甚至还信誓旦旦地说李晴失踪就是她厉槿唯怂恿的，因为李晴就是因为跟她见过之后才失踪。

何大勇说得有理有据，何珠很快坚定下来，再次跟厉槿唯讨要公道。

厉槿唯握紧的拳头青筋都暴起了。

这帮蠢货！

2

厉槿唯很清楚，现在所有人都在看她的好戏。

程延青极力想保护她，却被何大勇那一伙人给牵绊住，无法脱身。

捕捉到"热搜"味道的一众记者一股脑地蜂拥过来，谁也不让着谁，争先恐后地向她挤过来。

"请问厉小姐，李晴失踪那天你都跟她说了什么？真的是你怂恿她失踪的吗？如果不是，你能拿出证据吗？"

"厉小姐，请问住你公寓的住户失踪了，你是什么心情？"

"安雀公寓的理念是给所有的单身女性一个安心的家，现在出了这种事，请问你觉得嘲讽吗？"

"厉小姐，请问……"

…………

各种刁钻刻薄的问题，各种各样的声音同时灌入脑子，一时间，厉槿唯都产生了耳鸣。

而被人群拥堵带来的不只有推搡，还有空气变得稀薄，厉槿唯感觉到呼吸困难的同时，还有胸口的压迫感。

头晕、恶心想吐，这一刻，厉槿唯别说回答他们这些脑残的问题了，让自己站稳，就已经耗费她所有的力气了。

视线逐渐变得模糊，厉槿唯在心里一遍遍地警告自己，绝不能倒下。

绝不能！

偏偏在这时，不知谁用力推了她一下！

这让本就摇摇欲坠的厉槿唯直接失去了支撑，感觉到身体在往后倒，厉槿唯泛红的眼睛里充满了绝望与不甘。

"在这里倒下，可不好看哦。"

这时，耳边传来一道男人温柔至极的嗓音，但朝前看去，眼前只有嘈杂不已的人群。

厉槿唯怀疑自己幻听了，直到她感觉到一只强而有力的手抵在她的背上，将即将倒下的她给扶住了。

很快，抵在她背上的手移到了她的腰间，而后顺势一搂，厉槿唯都还没反应过来，就被拥入了一个温暖的怀抱之中。

闻到对方身上独特的清冽味道，厉槿唯的鼻子忽然一酸，竟莫名有些想哭。

"傅亦卿……"

厉槿唯低哑的嗓子喊出他的名字，带着隐忍的哭腔，将此刻的脆弱完全暴露在他面前。

由于众人的焦点包括摄像机都对准了她，因此当傅亦卿的脸猝不及防闯入镜头中时，众人都是没有心理准备的。

于是被这么一张脸正面暴击，一时间，惊叹的声音此起彼伏。

傅亦卿的好看可不仅体现在脸上，周身的气质、完美比例的身材，那是无可挑剔的、全方位的好看。

傅亦卿的脸上本来还带着笑，在听到她无助脆弱地喊出他的名字时，他的嘴角慢慢抿直，脸色也少见地笼罩上了一层阴霾，抬眸间，望向这些记者的眼神，更是阴戾得有些可怕。

"嗯，我在，别怕。"

傅亦卿的语气很温柔，同时也给人一种十足的安全感，但只有站在他面前的这些记者，才知道他说这话时，脸上没有一丝笑意，冰冷而又充满攻击力。

让人不寒而栗！

"这个男人是谁？"

周韩意看着电脑屏幕上被定格住的一张脸，明明只是随便一截图，却仿佛摄影师精心捕捉到的绝美瞬间一般。

女秘书额头上的汗都快滴下来了："周总，我马上去查！"

"难道，我猜错了？"周韩意陷入沉思中，喃喃自语，"她有男朋友这件事，是真的？"

想到这儿，周韩意笑出了声，只是那笑容里充满了狰狞与扭曲。

"厉槿唯，你藏得够深的啊，竟然能瞒过所有人，让这个男人一点儿风声都没露出来，看来，我还小瞧你了。"

周韩意脸上的笑容慢慢消失，取而代之的是深谋远虑的严肃。

这一次，确实是他失算了。

3

赵溪上午忙着去见委托人需要准备的资料，一直到午饭时间才休息，跟律所的几个同事去了楼下的餐厅吃饭，刚坐下，就听同事议论起上午的新闻。

赵溪向来不关心这些。

但这一次同事刚提起，赵溪就立马插嘴："你刚说什么？格瑞的总裁厉槿唯怎么了？"

"赵律师，你还不知道吗？安雀公寓有一个叫李晴的住户失踪了，这李晴的妈妈就带着一帮人在公司门口拉起横幅闹事，吵着要公道，这格瑞的总裁厉槿唯也是够刚的，竟然敢当面跟他们对峙……"

"她没事吧？"

赵溪关心则乱，没等同事说完就打断了对方。

同事很少见她情绪有这么大的波动，把手机递给她看，同时说道："她没事，只是差一点儿被推倒，好在她男朋友及时出现，所以热搜现在除了聚众闹事之外，就是格瑞总裁的神秘男友是何方神圣这个话题。"

同事说这话的时候，赵溪已经点开现场截取的一段视频看起来了。

视频中，厉槿唯被一众记者包围，不知谁推了她一把，就在她险些摔倒之际，一个男人及时出现将她给接住了，还顺势搂入了怀里。

镜头刚好推得很近，那个男人就这么毫无掩饰地暴露在镜头之下。

短短几秒，就惊艳了镜头外的无数人。

评论区一片热议，但讨论的问题早不是事件本身，而是厉槿唯这个神秘帅气的男友是什么身份这些八卦。

在这个"娱乐至死"的互联网时代，加上背后资本的推波助澜，这件事的讨论热度如此之高，也没什么稀奇的。

赵溪看完却一刻也坐不住了，拿上自己的手机，就急匆匆走出去给厉槿唯打电话。

但接电话的不是厉槿唯，而是程延青。

"赵律师，大小姐没事，你不用太担心。"程延青安抚她紧张的心情。

赵溪并没有放下心来："她没事，那电话怎么会是你接的？"

"因为大小姐现在不太方便。"程延青说这话时，目光望向询问室的门口，接着说道，"她现在正在警局，接受警察的问话。"

"警察的问话？"赵溪眉头紧皱，担心道，"就她一个人吗？"

说到这儿，程延青就有点不太情愿了。

"不，还有一个人。"

赵溪脚步一顿，瞬间就想到视频里出现的男人，她的语气都低沉了几分："那男人是谁？"

程延青说出一个名字："他叫——傅亦卿。"

"两位辛苦了，喝口水吧。"

接待室里，一名警官倒了两杯水，分别递到厉槿唯跟傅亦卿的面前，然后就在他们对面坐下。

厉槿唯跟傅亦卿对视了一眼，都从彼此的眼中看到了疑惑。

"先自我介绍一下吧，我叫高严明，平时主要负责刑侦一类的案子。"高严明语气很随和，仿佛只是请他们过来聊聊天。

厉槿唯的眉头微微一蹙，刑警？

难道，李晴已经死了？案子升级为刑事案件了？

"不知高警官，找我们有什么事？"傅亦卿主动开口询问。

高严明倒是不着急，打开保温杯喝了口茶，才说道："何大勇还有闹事的一众工人，都已经被我们带到局里了，放心，这件事会给你们一个交代。之所以请你们过来，是因为，有关李晴的事要跟你们说一下。"

"已经找到她了吗？"厉槿唯忙问。

高严明摇头："还没有。但我们查到她男朋友了，而这，也是我为什么只跟你们两个人说的原因。"

"因为，知道李小姐有男朋友这件事的人，只有我们。"傅亦卿笑着接过话。

高严明看了傅亦卿一眼，才说道："没错。考虑到你们可能已经被牵扯进来的缘故，我有必要，把现在的情况跟你们说一下。

"也务必，请二位配合。"

4

赵溪到警局时，程延青已经在门口等候多时了。

赵溪下车时还整了整衣领，她是以一个律师的身份过来的，就必须要有法律人的严谨与正式。

"小唯还没出来吗？"赵溪表情很严肃地问他。

程延青摇头："还没有。"

赵溪刚准备跟警卫沟通，一转头，就看到厉槿唯出来了，身边还跟着那个她从视频上看到的男人。

两人是并着肩走出来的，厉槿唯还是那一身冷艳千金的打扮，不苟言笑，极其高冷。

那男人则是风度翩翩，脸上带着笑意，举止中透着良好修养，一派温文儒雅。

这两人走在一起，赵溪看着，竟有种说不出的般配。

"小唯！怎么样？你没事吧？"赵溪上前将厉槿唯仔仔细细检查了一番，确定没受伤这才松了口气。

厉槿唯没什么精神："先找个地方吃饭吧。"

上午那么一折腾，他们几人可连进食的时间都没有，这会儿都快两点钟了。

厉槿唯转头问傅亦卿："要吃点吗？"

"可以。"傅亦卿点点头，似乎厉槿唯说什么，他都会顺从。

程延青对傅亦卿的表现还算满意——知道自己是什么身份就好，在大小姐面前，就该这么乖顺。

殊不知，这是傅亦卿初来乍到这个"时代"，人生地不熟的缘故。毕竟作为一个从未来过来的人，傅亦卿还是很懂"低调"的。

赵溪在来的时候就从程延青口中得知傅亦卿是什么身份了，虽然觉得尚有不妥，但赵溪并没有直接表现出来。

"那就先去吃饭吧。小唯，你坐我的车。"赵溪把厉槿唯拉到自己身边，接着安排道，"程延青，他坐你的车，跟在我后面。"

厉槿唯刚要反对，就注意到傅亦卿给了她一个放心的眼神。厉槿唯只好将到嘴边的话又咽了回去，坐上了赵溪的车。

一路上，厉槿唯的目光就一直盯着后视镜看，就好像怕后面那辆车会跟丢一样。

"就这么怕他没跟上来吗？"赵溪这时开口。

厉槿唯随口回了句："程延青开车的技术不至于那么差。"

"我说的是那个叫傅亦卿的男人。"

厉槿唯顿住，转过头看赵溪。因为前方是红灯，赵溪正好将车停了下来。

两人的目光对视上，赵溪问她："小唯，我们现在是连朋友都算不上吗？"

厉槿唯沉默，她知道赵溪这话是什么意思。

赵溪见她默不作声，叹了口气道："是，就算是朋友，也没人规定一定要把所有的事都跟朋友说，但小唯，现在的局面恐怕已经超出你能控制的范围了。"

赵溪打开手机，将截取的视频递给她看。

厉槿唯看着在视频中出现的傅亦卿，以及评论区的一众发言，只是皱了皱眉，并没多说什么。

"现在全网都传开了，不用两天，他的真实身份就会被扒出来，到时候，堂堂一个格瑞集团的总裁竟然花钱雇人充当男友，这消息一传出去，会对你的名誉造成多大的损失可想而知。"赵溪的语气很严肃，她是律师，深知其中的严重性。

关于这一点，厉槿唯倒是不担心。

"放心吧，没人能把他查出来。"

"除非他不存在这世上。"赵溪并不信厉槿唯这套说辞，对她而言，这只是时间早晚的问题而已。

厉槿唯很想说他确实不存在，但现在厉槿唯操心的根本就不是傅亦卿身份的问题。

而是，他回不去了……

5

傅亦卿并不慌。

虽然当时各种办法都尝试过了，他还是无法回到他的时代，但傅亦卿遵循万物皆有规则的原理，相信既然他能过来，那就一定能回去。

因此，找到回去的办法，只是时间的问题而已。

如此一来，傅亦卿也没什么好担心的，权当给自己放个假。

傅亦卿思索事情时，会习惯性转动戴在手指上的一枚银色戒指，目光望着车窗外，因此没注意到，程延青一直在观察他。

程延青紧跟着赵溪的车，等红绿灯时，他也将车停了下来。

傅亦卿没坐副驾，而是坐在了后座，那慵懒又从容的气质，仿佛他是个身价上亿的商界大佬，而程延青是他的专属司机一样。

虽然只见过两次，但程延青对傅亦卿是有戒心的，总觉得他这人城府极深，让人捉摸不透。

尤其经过上午公司门口那么一闹，程延青对他的怀疑就更大了。

"傅先生，我能问一下，你是怎么跟我们大小姐认识的吗？"程延青开始问话。

傅亦卿当然不能说实话，于是只能委婉道："抱歉，这点我不能告诉你。"

"那我换个说法，你是主动接近，还是背后有人让你接近的？我不信在没有人介绍的前提下，大小姐会自己主动联系到你。"程延青已经是一副质问的口吻了，也是他太大意，现在才想起问这些。

闻言，傅亦卿只是笑了笑，饶有兴致地反问他："我能问一下，你这话是什么意思吗？"

"傅先生，你不觉得很巧吗？上午刚有人到公司闹事，你就出现了，而且，还是在那么一个引人注目的场合下。你这一出面，直接告诉了所有人，你跟大小姐是什么关系。"程延青这话相当于是在向傅亦卿表明，他怀疑这件事的背后主使人就是他！

他想弄假成真，想逼迫厉槿唯真的跟他在一起。

因为堂堂一个格瑞集团总裁，不能被发现作假，那么厉槿唯就只能让假的变成真的，这样一来，他的目的也就达到了。

"你说得还挺有道理。"傅亦卿听得津津有味，一副长了见识的表情，但还是很遗憾道，"只可惜，你猜错了。"

"是吗？"程延青不为所动，坚信自己猜对了。

傅亦卿笑着说道："你的逻辑是成立的，但事实在我这儿不成立，另外，你的重点也偏移了。你回想一下当时那些记者提出的问题，他们针对的是什么？"

程延青想了想："失踪的李晴，还有安雀公寓？"

"不错，而把这两个问题归结起来，就会发现，实际针对的是格瑞集团。倘若格瑞出了问题，那么最大的受益者，是谁？"傅亦卿循循善诱，引导着他往下思考。

程延青灵机一动："盛逸集团的周韩意！难怪昨晚大小姐跟他见过之后，脸色会那么难看，一定是知道周韩意要对她使手段了。"

程延青豁然开朗，这样一来，就都说得通了。

傅亦卿对程延青表示了夸奖："能想到这一步，证明你很聪明。"

"这还用你说？"程延青不屑他的夸奖。

傅亦卿低声轻笑。

不过很快，程延青就反应过来了，他竟然在不知不觉中被傅亦卿耍得团团转了？

"你！"程延青恼羞成怒，却找不出反驳的点，一时语言贫乏。

傅亦卿还一脸认真地问："嗯？怎么了？"

程延青牙都要咬碎了，这男人到底是从哪儿来的？三言两语竟能轻易改变他的看法，要说他是空有长相，没有脑子的"花瓶"，他程延青第一个跳出来反对！

6

餐厅是赵溪选的，包厢也提前预订了，赵溪坐下之后，扫了一圈，最后目光落在了唯一的陌生人，傅亦卿身上。

"你叫傅亦卿是吧？"赵溪拿出了在法院诉讼时的气场，脸上没有笑意时，攻击力很强。

傅亦卿以柔克刚，微微一笑："是我，不知你怎么称呼？"

"我姓赵，你叫我赵律师就好了。"赵溪没打算把名字告诉他。

傅亦卿点点头，表示明白了。

赵溪有几个问题要问他，但不等她开口，就被厉槿唯打断了：

"我饿了，点菜吧。"

看出厉槿唯是不想让她多问，赵溪也不好擅自做主。

点过菜之后，赵溪就开始说正事了。

"我想过了，既然已经传出去，那就只能顺势而为了，我们只要记住最重要的一点，就是我方不能承认男友是虚假雇来的事实。"

程延青看了傅亦卿一眼，皱眉道："就算他的身份被发现，也不能承认？"

"没错。"赵溪确定道，"如果他的身份被发现了，那我方只要咬定不知情，并且表示是被男方欺骗感情的受害者，这样一来，就能避免因为作假而声誉受损了。"

听到她这话，厉槿唯蹙眉："你觉得你说这种话，合适吗？"

厉槿唯清楚地知道"律师"两个字在赵溪心里是什么地位，不愿她为了自己而做出违心的行为。

"在这种关头，它就合适！"赵溪目光坚定。

她当然知道自己这样做是欺骗的行为，但眼下也别无他法了，虽然对这个傅亦卿可能有点不公平，但也不是说不能补偿。

"你开个价，多少钱你才愿意？"赵溪将目光转向傅亦卿，等他开价，却发现，他根本没在听他们说话。

彼时的傅亦卿正在欣赏墙上的一幅画作，仿佛这世间的纷纷扰扰都与他无关，明明他就坐在这里，却又感觉距离很遥远。

似乎，他就不是这里的人。

"你有在听我们说话吗？"赵溪的眼神凌厉起来。

她的态度过于咄咄逼人，厉槿唯担心傅亦卿会受到冒犯，刚要替他说话，傅亦卿这时先一步开口了："这个问题，其实并不需要考虑。"

傅亦卿将目光从程延青还有赵溪的脸上扫过，最后落在厉槿唯身上，傅亦卿的嘴角微微上扬："我只听厉小姐的，她让我做什么，我就做什么。"

"咳咳！"厉槿唯正要喝水，听到他这话，直接呛住了。

程延青不忍直视，显然对傅亦卿这种"讨好"的职业习惯感到极为不适。

不过不得不说，傅亦卿这一回答，赵溪想掺和都没办法了，只好让厉槿唯看着办。

但这还不是最重要的，重要的是，何珠这一家该怎么处理？

以及，这背后是谁在推波助澜？

"我觉得，做这件事的人，很可能是盛逸集团的周韩意。"程延青给出了怀疑对象。

赵溪不排除这个可能性："他的可能性确实是最大的，但现在的问题是，李晴的事越闹越大，我们必须给出一个解释。"

"不能解释。"厉槿唯态度很坚决。

赵溪不解："为什么？"

厉槿唯转头看傅亦卿，两人的目光对视上，傅亦卿微微一笑道："因为，这不仅关系到那位李小姐的生死，也关系到我们的安危。"

听到他这话，赵溪跟程延青都是一愣。

什么意思？

事情的缘由，当然还得从那位高警官跟他们的谈话说起……

7

"虽然有些强人所难，但眼下也没办法了，我希望，李晴一事，你暂时先不要发表任何解释。"

高严明也没拐弯抹角，直接表态。

当然，高严明事先也是有了解过的，看着厉槿唯额头上的伤说道："李晴的母亲去公司找你这事我听说了。她的行为过于偏激，考虑再三，以免她破坏计划，我们打算隐瞒她。"

"隐瞒什么？"厉槿唯捕捉到关键。

高严明也没藏着掖着："李晴目前的处境。"

高严明："厉小姐，我知道，你在用你的方式保护李晴，为了保护她的名声，即便是在刚才那种情况下，你都没提到过一句李晴的男朋友。"

"我这样做错了吗？"厉槿唯是很认真地在问。

高严明忙摇头："不，你做得特别好。要我说，李晴这个妈还得把你当恩人一样感激你，你可是相当于救她女儿一命了。"

厉槿唯不解："为什么这么说？"

高严明没有立马解释，而是递给他们一张照片，说道："这个人叫马胜金，李晴的男朋友。"

厉槿唯将照片接了过来，照片中的男人目测三十多岁，长相一般，在发型跟穿搭的加持下，也顶多算顺眼，看久了，还觉得油腻。

厉槿唯问："他有什么问题吗？"

"有，非常大的问题！"高严明整个人的气场都变了，正言厉色道，"我们查到他不是我国国籍，住在国内用的是假身份，平时不仅为非法网站提供各种偷拍视频，还涉及贩卖人体器官等黑暗产业，也就是说，那些所谓的女朋友，在他眼里，都是他的'商品'！"

听到高严明的话，厉槿唯再看这张照片时，只觉得恶心作呕。

傅亦卿这时接过她手里的照片，然后摸着下巴，若有所思地端详。

高严明接着说道："我们猜测，李晴去找马胜金提分手，马胜金不愿意到手的猎物就这么跑了，于是将她囚禁起来，准备找到买家之后，就将她卖出去。"

"他就不怕李晴的亲人报警李晴失踪后查到他头上吗？"厉槿唯不敢相信，他能这么明目张胆。

高严明解释："不会，他是惯犯，如果李晴没跟你们说过她有男朋友一事，我们就很难查到他身上。

"我简单一点儿说吧，你没站出来澄清李晴的失踪是跟她男朋友有关，间接保了她一命。"

高严明也不长篇大论，言简意赅地说："因为马胜金一旦知道警方已经知道他的存在，一定会将李晴灭口，从而再次躲起来。如此一来，我们想顺藤摸瓜，找出他背后的团伙就更难了。"

听到这儿，厉槿唯总算是明白了。

"这就是我一开始跟你说先不要发表任何解释的原因。我们这边已经在展开抓捕马胜金的行动了，为了避免打草惊蛇，还得委屈你一阵儿。"

高严明跟她保证："不过你放心，等案子一结，警方会帮你澄清，还你和你的公司一个清白！"

而这基本就是他们谈话的内容了。

厉槿唯把该说的跟赵溪他们说了，两人听完之后，都是一脸震惊，没想到这背后还涉及了这么大的案子。

赵溪为此十分担忧道："那你们现在就很危险了，如果马胜金知道是你们向警方透露的，他一定会报复你们！"

"这一点你不用太担心，只要不宣扬出去，我们就不会有危险。"厉槿唯倒是相对放心。

何珠跟何大勇那边，高严明已经将他们控制住了，保证消息不会泄露出去。

现在除非是她自己公布，否则，马胜金就永远也猜不到是她将他的存在告诉警方的。

"不一定哦。"傅亦卿这时突然开口。于是毫无悬念地，几人的目光都齐刷刷落到他身上。

傅亦卿放下筷子，抽了张纸巾擦拭嘴角，简单的动作他做出来斯文又好看。

傅亦卿望向厉槿唯，嘴角带笑，缓缓地吐出一句："你忘了还有一种可能性，那就是，李晴把跟你说的事，告诉了马胜金。"

厉槿唯的心瞬间"咯噔"一下！

赵溪浑身的汗毛都立起来了，那一刻，仿佛傅亦卿是讲了一个恐怖的鬼故事。

程延青的瞳孔也是一下子放大了。

"当然，这种可能性不大，我只是开个玩笑。"傅亦卿笑眯眯地将话锋一转。

赵溪跟程延青都不自觉松了口气。

刚才那一瞬间，他们真的有种窒息的感觉。

厉槿唯笑不出来。

她知道傅亦卿这话是说给她听的，赵溪跟程延青不知道她会死，以为这真的只是一个猜测而已。

但厉槿唯很清楚，她的死因已经受到了影响。

很有可能就跟傅亦卿猜测的一样，她会死于马胜金的报复！

8

厉槿唯去了洗手间。

她打开水龙头，心不在焉地将手伸了过去，冷水冲到手上，恍惚间有种刺骨的痛感。疼痛之下，她下意识地将手抽了回来。

等缓过神，发现只是水，才又重新将手伸了过去。

抽了张纸巾将手擦干，厉槿唯一走出洗手间，就发现外面走廊上站着一个人。

傅亦卿背倚着墙，姿态慵懒，双手很随意地插在大衣的口袋里，他的旁边就是抽烟区，导致他往那儿一站，厉槿唯就不由得想象出一幕他夹着烟，不说话，低沉抽烟的画面。

厉槿唯总觉得温柔儒雅只是他的表面，他的内心深处是不拘一格的。

"站在这里干吗？"

厉槿唯瞥了他一眼，随口说了句，转身就要走，但傅亦卿一句话，就让她停下了脚步。

"你刚才，没把话说完。"

厉槿唯脚步一顿，她转过头看他。

傅亦卿接着往下说道："那位高警官，当时还提到了厉言封这个名字，这一点，你刚才没说。"

"傅先生，你现在该担心的，是你自己吧？"厉槿唯觉得有必要提醒他，现在最大的问题，是他回不去了。

闻言，傅亦卿饶有兴致地问她："要是我真的回不去了，厉小姐打算怎么办？"

"什么怎么办？难不成你还要我负责？"厉槿唯一副不敢置信的表情。

傅亦卿轻笑出声，走到她面前，下意识抬手就要去摸她的头，但中途他就停住了。手停在半空，他顿了两秒，才将手收回来。

"你干吗？"厉槿唯对他的行为感到很困惑。

傅亦卿嘴角带笑："没什么，回去吧。"

说罢，傅亦卿便迈步先行离开了。

厉槿唯没有跟上，站在原地，望着傅亦卿渐行渐远的背影，脑海里浮现高严明当时提到厉言封的场景。

"厉小姐，我记得，厉言封是你哥哥，对吧？"

当时听到高严明这话，厉槿唯就找了个借口将傅亦卿支开了，因此，厉槿唯并不意外刚才傅亦卿为什么会提起。

厉槿唯支开他，也没什么特别的原因，就是不想自己的家事被人知道太多而已。

"你认识我哥？"

厉槿唯认真回忆，发现她对这位高警官并没印象。

"在局里见过他几回。"

厉槿唯疑惑，她皱眉道："我哥经常来警局？他来做什么？"

但让厉槿唯没想到的是，高警官竟然说他也不知道。

"五年前，我还只是个小干警，厉言封每次来局里，都是跟我们张队单独见面。"

厉槿唯愣住，她哥就是在五年前去世的……

"那你们张队现在在哪儿？我可以见他吗？"厉槿唯急忙问。

高严明摇头："见不了，因为，他现在是个植物人。"

厉槿唯错愕。

高严明表情很严肃："这就是我为什么突然跟你提起厉言封的原因。五年前，在你哥遭遇车祸身亡没多久，我们张队就在一次执行任务的途中险些丧命，我怀疑其中或许有关联。"

"所以我想问你，厉言封生前是否有跟你提到过什么？"

厉槿唯面色凝重："没有，他从来没跟我说过，甚至连他经常来警局，我也是刚听你说了才知道。"

"你哥来的次数其实不多，而且，他每次来，主要找的人也不是我们张队，而是另一个人。"

"另一个人？"厉槿唯表情古怪，怎么又变成另一个人了？

高严明指了指她的身后。厉槿唯转头，她身后就是会议室的门，傅亦卿出去的时候把门带上了，现在，他应该就站在门口。

难道，高严明的意思是，她哥过来找的人是傅亦卿？

但很快，厉槿唯就发现自己会错意了。高严明指给她看的，是窗台上的一个花瓶，上面还插着她最熟悉不过的木槿花。

高严明说道："这个人，他很喜欢木槿花，每次来找我们张队，都会站一会儿，看种在院里的木槿花，我都见过好几次了。"

听到这儿，厉槿唯就知道他口中的人是谁了。

"我想这个人是谁你已经猜到了，毕竟是你哥的朋友，你肯定也是认识的，更别说，五年前，他也在那场车祸中身亡了……"

是的，厉槿唯知道。

五年前，那场车祸，最终导致两人身亡，其中一个，就是高严明口中的这个"他"。

第六章

因为，他也在那场车祸中死了

1

经过考虑，厉槿唯决定不回公司了。

若有人来找她，就让程延青替她出面。

程延青知道这是最稳妥的处理，因此吃过饭后，就开车先回公司去了。

厉槿唯原本想让赵溪也回律所去的，但赵溪根本就不放心她跟傅亦卿独处，开车送他们回格瑞酒店之后，赵溪也没打算离开，甚至发现傅亦卿赖在厉槿唯家里不走，还反过来催促他："这是你家吗？你怎么还不走？"

这个问题，傅亦卿发现很难回答。

还是厉槿唯圆场道："他住在酒店里，跟我的距离，也就坐电梯几秒的时间而已。"

"那你回你酒店的房间去吧。"赵溪摆了摆手，示意傅亦卿可以走了。

傅亦卿苦笑，看出赵溪不把他赶走就不罢休，只好先离开了。

厉槿唯一直注视着他，直到他消失在门口，目光都没有收回，那眼神里，写满了"愧疚"两个字。

赵溪却以为她是舍不得，于是问她："你喜欢他？"

"你说什么？"厉槿唯怀疑自己听错了。

赵溪语气认真道："我不否认，他长相确实不错，估计随便勾勾手指头，就有女人上赶着给他花钱，但那是他的职业，他对你温柔，对别的女人也一样，你可不能陷进去了。"

"不是，你想多了。"厉槿唯头疼地扶额。她很想替傅亦卿正名，但偏偏眼下是这种处境，她就算说出去也没人信了。

赵溪并没有因厉槿唯的否认而放松警惕，认识这么多年了，厉槿唯喜欢上一个人是什么样的状态，赵溪还是清楚的。

毕竟这些年，她也就喜欢过一个人而已。

可惜的是，那个人，不在了，包括厉言封，也不在了……

想起往事，赵溪的眼神里划过一抹忧伤，厉槿唯注意到了。

想起高严明跟她说的话，犹豫再三，厉槿唯还是果决道："赵溪，有件事，我还没跟你说。

"是关于我哥，厉言封的。"

傅亦卿在外面坐下了。

所幸的是，遮阳伞下摆放着两张躺椅，傅亦卿不至于连个坐的地方都没有。

格瑞酒店的规模不小，高楼大厦，人站在顶楼，往下看，可以俯瞰整座城市。说起来，傅亦卿还去过格瑞酒店。

当然，是在未来。

五十年的光景，格瑞酒店早已不复往昔，扩大改建，楼层也比现在更高。

傅亦卿到过顶层，水泥钢筋，就只是一个很普通的天台，他现在站在这里所看到的一切，花园、小洋房，在未来连一点痕迹都找不到。

想到这儿，傅亦卿拿出手机。

这一天匆匆忙忙，他就只有现在才有点儿私人空间。

看到手机上的时间显示是 2075 年 11 月 27 日，傅亦卿就不由得失笑，他存在于未来的证据，也就只有这部手机了。

傅亦卿没在厉槿唯面前展现过未来的科技，但不代表他没有。

将手机调到最新模式后，放到桌上，下一秒，就有一道蓝光被投射出来，在傅亦卿的面前，形成了一个智能光屏。

初始范围只有电脑屏幕那么大，随着傅亦卿的操控，可以无限往外扩展。

光屏虽然是由一道光投映出来的，但能感触到手指温度，傅亦卿尝试联网，可惜的是，现在的网速无法跟上。

他一天没接过电话，也没收过短信，也就意味着，在未来，他失联了一天。

虽然无法联上网络，但手机还是可以正常使用的，傅亦卿点开了一篇之前保留的有关时空的理论研究。

密密麻麻的文字在光屏上呈现出来，傅亦卿一目十行，阅读的速度极快。不一会儿，傅亦卿就发现了一个细节。

"昼夜动荡幅度不同，夜间存在明显上涨，其夜最深点，痕迹较为清晰……"傅亦卿在唇间反复揣摩这句话。

最终，得出一个结论。

"半夜十二点钟，这是一个很特殊的节点。"傅亦卿的嘴角弯起了一抹弧度，饶有兴致。

如果他没猜错的话，那回去的办法他已经找到了。

2

厉槿唯预料到赵溪知道后会是什么反应，但没想到，赵溪会比她所想的更为偏激。

"你刚才说什么？"

厉槿唯怀疑自己没听清。

赵溪义正词严，一字一句道："我说，他们当年的死，可能不是意外！"

厉槿唯的眉头都拧紧了。

赵溪知道她在想什么："你怀疑我想多了是吗？因为当年已经调查得很清楚了，就是一起车祸事故，是厉言封超速开车导致。"

"他超速的原因，是因为我的催促，如果不是我打电话催他，他们就不会死。"这就是厉槿唯总说他们是被她害死的原因。

事实上，也确实如此。

"但我了解阿言，他不是那种冲动的人，一定有其他原因，促使着他不得不加速！"赵溪情绪激动，眼睛都红了。

厉槿唯这时反而冷静了下来，赵溪的猜测不无道理，只是，需要证据。

"我哥当年，也什么都没跟你说过吗？"厉槿唯想过了，如果这背后有隐情，那就证明赵溪的猜测有可能是真的！

但遗憾的是，赵溪摇头了："没有，我也什么都不知道。"

说着，赵溪突然想到什么，蓦地抬起头，惊愕道："有没有一种可能，我们不知情，是他们对我们的保护？不然的话，他们出事，我们作为他们关系最亲密的人，不可能安然无恙。"

"赵溪，你冷静一点。"眼看赵溪的想法越来越偏激，厉槿唯有必要提醒她。

赵溪确实有些疯魔了，强迫自己冷静。但赵溪还是不甘道："你说他们要是还活着该多好，这样，他们就能告诉我们，当年的真相了……"

厉槿唯鼻子发酸，是啊，要是他们还活着，该多好……

傅亦卿在外等了半个多小时，赵溪才从厉槿唯的家里出来。

赵溪离开的时候面色凝重，心事重重，甚至都没注意到傅亦卿还在，按了电梯就走了。

傅亦卿多少猜到了一些，果不其然，进屋一看，厉槿唯的状态也很消极。

"你跟她说了？"傅亦卿笑着说道。

厉槿唯点了点头，但没想在这个话题上多说，于是反过来问他："你现在什么打算？总不可能一直留在这里吧？"

"我有一个猜测。"

厉槿唯闻言立马来了精神："你找到回去的办法了？"

"嗯。"

"什么办法？"

"等。"

于是，傅亦卿这一等，就等到了晚上接近十二点钟，整个过程他就坐在沙发上，慢条斯理地看书，没有挪动过。

厉槿唯坐不住了："你到底还要等多久？"

"快了。"傅亦卿一边悠闲地翻书，一边品着咖啡。

厉槿唯越发不耐烦，刚要说什么，时钟这时刚好走到十二点整，于是，"咚"的一声，钟声响起了。

钟声刚一响起，厉槿唯就发现头顶的灯光开始发出"刺啦刺啦"的声响，仿佛电流受到了什么干扰，紧接着就似接触不良般，剧烈地闪起来了。

傅亦卿翻书的手一滞，但书页的一角，却是无风自动，与此同时，他额前的发丝也感觉到了风的流动。

傅亦卿蓦地一个抬眸，压低的嗓音低沉道："来了。"

厉槿唯也明显感觉到异样了，但随着钟声落下，灯光也恢复正常，傅亦卿还跟她一起坐在沙发上，没什么变化。

"你，回去了吗？"厉槿唯不确定地问。

傅亦卿弯起嘴角，而后起身，当着厉槿唯的面，从她家的客桌上"穿"了过去。

　　厉槿唯错愕地看着他。

　　傅亦卿回头，对她微微一笑。

　　"我回来了。"

　　　3

　　傅亦卿猜测过，他之所以能到厉槿唯的时代，是因为跟她产生了接触的同时，跟她出了门。

　　就相当于，是厉槿唯将他拉到她的时代。

　　而他返回之所以无效，极大的可能性，是时空重叠在晚上半夜时极为明显。

　　只要在这个时间点留在厉槿唯的家里，那么，当两个时空再次重叠的那一刻，他就"回归原位"了。

　　而听了傅亦卿的分析，厉槿唯推算出另一个结论："如果是这样的话，那岂不是说，我也可以到未来？"

　　"不出意外的话，应该可以。"傅亦卿略微思索，似乎不太确定。

　　厉槿唯很干脆："试一下不就知道了吗？"

　　厉槿唯拉着他就要走，被傅亦卿拦住："你先冷静一下，要知道，如果成功了，那你就失踪一天了。"

　　"你知道，被人时时刻刻监视着是一种什么感觉吗？"厉槿唯很冷静，看着他的眼睛说，"我想喘口气，就算只有一天也好。"

　　傅亦卿懂她的意思了，笑了笑道："好，那我们就试一试。"

　　傅亦卿带着她走到门口，示意她把手递给他。

　　牵住她的手之后，傅亦卿握住门把手稍一使力，将门打开，就牵着她一同走出去。

　　厉槿唯不自觉屏住了呼吸，将傅亦卿的手抓得很紧。

然而踏出门的那一瞬间，厉槿唯就感觉抓了个空，刚才还牵着她的傅亦卿，凭空消失了。

厉槿唯一个踉跄，差点摔倒。

而后看着眼前还是熟悉的场景，厉槿唯难掩失望道："看来，同样的办法在我身上不起作用，他可以回到过去，我无法去到未来。"

可惜了，厉槿唯原想逃避一下现实的，现在看来，根本没机会。

厉槿唯返回屋里，打算等傅亦卿也进来之后跟他分析一下原因，结果，等了好一会儿，都不见傅亦卿出现。

"人呢？"厉槿唯环顾四周，怀疑他是不是躲起来了。

然而，十分钟过去，傅亦卿还是没有出现。

整个客厅静悄悄的，一点动静也没有，四周死一般的寂静，厉槿唯莫名心慌，她尝试喊他的名字，但无论她喊多大声，都没人回应。

"傅亦卿？傅亦卿！"

厉槿唯脸色发白，难道，时空重叠已经消失了？

她见不到他了，再也见不到了……

"什么时候来的？"

这边，傅亦卿出了门，一看到门口站着一个熟悉的身影，就不动声色地将门给关上了。

宋川双臂抱怀，背倚着墙，听到他问起，才掀开眼帘，抬眸看了他一眼。

"半小时前。"宋川回答他。

傅亦卿从容不迫："找我有什么事？"

"有个病人，想让你看一下。"

傅亦卿看了看时间："现在？"

"今天太晚了，明天吧。"宋川揉了揉后脖，迈着漫不经心的步子走到傅亦卿面前，下一秒，压迫感十足的目光逼向他，"你消失了一天。"

"有吗？"傅亦卿笑得很轻松。如果说高冷孤傲的宋川自带压迫感，那温润如玉的傅亦卿就自带化解一切危机的能力，让人放松警惕，平静下来。

宋川皱了皱眉："你过去有事，也是这么瞒我。"

"我怎么不记得，我有瞒过你什么事？"傅亦卿是真的在认真思考。

宋川的眸底划过一抹黯淡的光，低喃道："你当然不记得了。"

"下次别再突然失联了，有多少人担心你，你应该清楚，给他们回个电话吧。"宋川将复杂的情绪调整回来，说罢，就先行离开了。

傅亦卿点点头，算是谢谢宋川的提醒。

于是在目视宋川坐上车离开之后，傅亦卿花了点时间，处理了一些电话和该回的消息。等忙完这些，傅亦卿才转身回屋。

4

傅亦卿一进去，就看到厉槿唯抱着双膝，缩在沙发的一角。

傅亦卿还以为她是因为去不了未来而感到沮丧，于是笑着走过去道："发现自己去不了，就这么不开心吗？"

厉槿唯没有动静。

"嗯？怎么了吗？"傅亦卿以为她是身体不适，单膝蹲下。

但不等他有所动作，厉槿唯这时就蓦地抬起头！

厉槿唯这头一抬，两人直接面对面，近在咫尺。

傅亦卿微不可察地咽了咽口水，他保持着姿势没动，厉槿唯也没动，似乎根本就不在意跟他凑这么近。

厉槿唯拽住他的衣领，愤愤地将他往自己面前一拉，气愤道："你就不能说一声吗？让我傻傻地以为你再也不会出现了！"

傅亦卿愣了愣："你以为两个时空恢复正常了？"

"废话！"

厉槿唯的怨气很重！

但很快，察觉到自己的口气像女朋友质问男朋友一样，厉槿唯松开抓住他衣领的手，同时将他推开，使两人的距离不至于那么近。

厉槿唯解释道："我怕见不到是因为你答应过我，会治好我的病，我不想你给了我希望，又让我陷入绝望。"

"对不起，吓到你了，这次确实是我想得不够周到。"傅亦卿认真地向她道歉。

他这么真诚，反而是厉槿唯不自在了。

"算了，你也没做错什么，是我自己想太多。"厉槿唯不喜欢这种氛围，以夜深为由，结束这个话题，转身回卧室去睡觉了。

望着她离去的背影，傅亦卿不由得失笑。

只是忽然，傅亦卿愣了一下，厉槿唯的背影似乎跟他脑海里的某个很遥远的身影重叠了。

与此同时，傅亦卿的头突然传来一阵剧烈的疼痛。

傅亦卿猛地倒吸了口凉气，双手捂住了头，因为隐忍，身体微微颤动，他缓了许久，才慢慢平复下来。

额头溢出了汗，傅亦卿喘着粗气，整个人疲惫不堪。

好在，没被她看到……

程延青第二天在接厉槿唯去公司的路上，试探地问她："大小姐，您是怎么安置那个傅亦卿的？他现在是住在酒店吗？"

"你问他做什么？"厉槿唯没有正面回答。

程延青犹豫片刻，还是直说了："因为对他一无所知，所以才会问。"

"你信我吗？"厉槿唯反问他。

程延青点头："大小姐，我相信您，但是……"

"相信就别问那么多。"厉槿唯打断他，虽然蛮横无理，但厉槿唯也只能这么做了。

到公司后，厉槿唯正常处理事务。

至于昨天发生的事，厉槿唯一概不提，尤其是关于傅亦卿的，尽管知道整个公司上下传得沸沸扬扬，厉槿唯都当无事发生。

虽然目前还没有人跳出来说知道厉槿唯的神秘男友是什么身份，但程延青还是没有放松警惕。

知道昨天是赵溪将他们送回去的，程延青抽空给她打了个电话，想从她口中得知一些信息。

可惜的是，赵溪也一无所知。

"赵律师，你不觉得很奇怪吗？这个傅亦卿是从哪儿来的？又是怎么跟大小姐认识的？我夸张点说，他就像凭空出现一样，一点儿他存在过的痕迹都没有。"

赵溪闻言，也感到十分奇怪："难道，有关他的信息，你一点儿都不知道？"

"只有一张名片，上面写着他是上海一家鎏金医院的主任医生，但这一看就知道是假的，我查过，根本没有这家医院。"

赵溪这时却说道："我好像听过。"

"你听过？难道真的有这家医院存在？"程延青很是诧异。

赵溪重新确认了一下，才说道："在一场饭局上，偶然听一个领导说的，说是上面预计在十年内建立起规模最大的一家医院，就叫鎏金医院，面向全国，到时这家医院必将成为历史上浓墨重彩的一笔。"

"就算是这样，他的名片也是假的。要真建起来，这家医院也是十年后才存在。"程延青只当是巧合。

赵溪当然也不相信这是真的，除非，这位傅医生，来自未来。

当然，这种事想想都知道不可能。

5

晚上七点，傅亦卿从鎏金医院下班。

昨晚跟宋川有了约定，傅亦卿特地空出了时间，等坐上了车，傅亦卿才想起问他："话说，你想让我看的这个病人是谁？"

"到了你就知道。"宋川并没有提前透露。

傅亦卿闻言，也没再问了。

而这一边的厉槿唯则享受了平时没有的待遇，那就是赵溪跟程延青两个人给她保驾护航，一起送她回家。

厉槿唯对此表示很无奈："你们两个至于吗？"

"大小姐，即日起，我要寸步不离跟着您。"程延青表态，语气很认真。

赵溪点头附和道："没错，从今天开始，我也会经常来找你，尽量避免你一个人独处。"

警方那边还没传来消息，他们不敢掉以轻心。

厉槿唯的家里已经够"拥挤"了，实在没办法再多加他们两个人，无论如何，在傅亦卿回来之前，要将他们打发走。

结果厉槿唯还没想招，他们自己就先"不攻自破"了。

委托人一个电话，赵大律师就不得不骂骂咧咧地走了，没办法，谁让她是苦命的打工人。不过临走前，她还不忘叮嘱程延青看好厉槿唯。

结果没一会儿，程延青也接了个电话，说是他的父亲独自去了医院看病，身边无人陪同。

程延青当然不能放任不管，于是对厉槿唯表示抱歉之后，就急匆匆走了。

这是厉槿唯第一次觉得，他们这么"可靠"！

另一边，傅亦卿跟着宋川，来到了一家私人医院。

刚下车，傅亦卿就接到朋友的电话，对方开口第一句就是："李晴的档案恢复了。"

"嗯，谢谢你，我知道了。"挂了电话，傅亦卿若有所思起来。

宋川见状问道："怎么了？"

"没事，我们走吧。"傅亦卿没多说。

而后，在宋川的带路下，傅亦卿进了一间病房。

病房里各种医疗设备一应俱全，病床上躺着一个人，那是一位满头银发的老太太，正处于昏迷中。

虽然已经年老色衰，但还是不难看出，这老太太年轻时是个美人。

傅亦卿问："这位是？"

"我太太。"宋川毫不犹豫地回答。

傅亦卿眨了眨眼睛，大约停顿了三秒，他才说道："能让一个年轻貌美的女人一夜之间衰老，这病情，确实很棘手，值得让整个医学界研究。"

"她今年八十岁。"

傅亦卿深叹了口气，转头看宋川："你是认真的吗？"

宋川没说话，目光凝视着病床上的老人，眼神里的深情与温柔骗不了人。

半晌，他才开口道："那些医生说，她快死了，我不信。"

说着，他抬头看傅亦卿："我只信你说的。"

傅亦卿觉得，他这个好朋友，很擅长给他压力。

但眼下，傅亦卿只关心一件事。

"你说她是你妻子，真的不是在开玩笑吗？"

宋川沉默，许久，他闭上眼睛，深吸了口气，才低沉着嗓音道："她本该是。"

她本该是他的妻子，只是他还没来得及娶她，他就"死"了。

傅亦卿明显地感觉到氛围有些沉重，于是为了缓解，他问了一句："她叫什么？"

宋川说出了一个名字："赵溪。"

这个本该是他妻子的人，她的名字，就叫赵溪。

6

程延青赶到医院之后，才得知自己的父亲独自来医院只是为了见一个老朋友。

程延青正疑惑是哪个老朋友，这时一位穿着白大褂的人推开办公室的门走了进来，程延青没见过他，故而也不知晓他是谁。

还是程明康站了起来，笑着与对方打招呼："李主任，这时候来找你，没给你添麻烦吧？"

"你说的这是什么话？当然不麻烦，快请坐。"李严很热情，招呼他坐下。

程明康顺势介绍了自己的儿子，李严便跟程延青握了握手，称他一句"青年才俊"。

程延青很有礼数地喊了声"李伯"。

李严拿着病历走到办公桌后坐下，程明康这时才对程延青说："李主任是厉大少爷当年在医院实习时的带教医师，已经好多年没见了。"

"厉言封？"程延青有些意外。厉大少爷厉言封，厉槿唯的哥哥，早些年出车祸去世了，没想到，眼前这位李主任是他的带教医师。

程明康点点头，感慨万千道："是啊。李主任的桌上，到现在还摆着他们当年的合照。"

程延青看了过去，只见办公桌上摆着一个相框，相框里是那一届实习医生与李主任的合照，年轻的面孔，朝气蓬勃，而站在李主任左手边的年轻男人，正是厉言封。

面容冷峻，不苟言笑。

在程延青的印象里，厉言封一直是沉稳冷静的，很疼爱自己的妹妹，有他保护着，厉槿唯从小到大就没吃过亏。

但谁料世事无常，英年早逝了。

程延青刚想收回目光，不经意瞥到照片里站在李主任右手边的一个年轻医生。

要知道，像这种合照的站位都是有讲究的，能站在主任身边的，必定是所有实习生中最优秀的。

这也证明，这年轻医生跟厉言封是不相上下的。这么一想，程延青才发现，这年轻医生各方面跟厉言封比起来竟然毫不逊色，无论是身高还是长相，要说有什么差别，也就两个人的性格截然不同了。

厉言封严肃高冷，那年轻医生温文儒雅，嘴角蓄着一抹浅浅的笑，眉眼极为温柔。

"这个人是谁？"程延青忍不住问。

程明康看了一眼，才说道："他是大少爷最好的朋友，同一所学校毕业，他们两人，可是被奉为那一届最优秀的天才医生。"

正在整理办公室桌的李严听到他这话顿了一下，眸底划过一抹异光，但转瞬即逝。

"我怎么从来没见过他？"程延青皱了皱眉。厉言封出事时他在国外，但葬礼举办当天他就赶回来了，可他并没有在葬礼上见到过这个人。

程明康沉默了，倒是李严这时回答他："因为，他也在那场车祸中死了。"

程延青愣住，当时那辆车上还有另外一个人？

他竟然毫不知情。

李严收拾着东西，头也不抬道："当时开车的人是厉言封，他坐在副驾，厉家那位小千金的大提琴演出要开始了，娇纵的大小姐就不断打电话催促，厉言封不得已加大了油门……后来，听说厉家那位千金，再也没拉过大提琴了。"

随着他这略带嘲讽的话音落下，整个办公室里静悄悄的，死一般寂静。

晚上十点，厉槿唯还在客厅抱着电脑处理一些工作，就在这时，她听到有人敲窗户的声音。

厉槿唯一愣，抬头望去，窗外没人。

以为听错，厉槿唯收回目光，但没过一会儿，又有人敲窗了。

厉槿唯快速抬头，然而，还是没看到人。

厉槿唯眉头紧皱，将电脑放下，刚准备起身去一探究竟，手机这时响了，厉槿唯看了一眼，是高警官打来的。

厉槿唯接通电话，就听高严明说："厉小姐，我们已经将李晴救出了，你放心，她还活着。"

"这就好。"厉槿唯松了口气。

高严明这时又说了一句："但马胜金跑了，目前不知所终。"

就在高严明话音刚落，"啪啪"两声，外面又传来敲窗的声音，并且，力度比刚才更大。

厉槿唯的脸"唰"地就白了。

难道说，此刻躲在她窗外的人，是马胜金？！

7

那声响极大，高严明隔着手机都听到了，本能使他立马警惕地问道："厉小姐，你那边是不是发生了什么状况？"

"听到有人拍窗，但看不到人。"厉槿唯冷静地说明情况。

高严明一听，拿上车钥匙准备出警的同时提醒她："门窗都锁好了吗？如果没有就躲进房间，再将房间的门锁起来，绝对不能一个人走到窗户边去看。"

厉槿唯刚要回他，这时一个人影突然从窗户上冒了出来。

厉槿唯吓得汗毛都要立起来了。

结果定睛一看，发现站在窗外的人，是扮着鬼脸吓她的徐致聪。

"喂？厉小姐！你还在吗？"没收到回复，高严明高度紧张。

厉槿唯深吸了口气，解释了情况，让高严明相信她没事之后，这才走到窗户前，就见徐致聪隔着玻璃对她喊："开下门！"

厉槿唯面无表情，将窗帘一拉，直接来了个眼不见为净。

最后，徐致聪被厉槿唯晾在外面半个多小时，才被放进来。

徐致聪被冻得瑟瑟发抖，愤愤不平道："你是不是有什么被害妄想症啊？开个玩笑而已，你至于这么生气吗？"

"有事说，没事滚。"厉槿唯将"赶人"两个字写在了脸上。

徐致聪跷起二郎腿，嚣张道："急什么？我这次来找你，可是我爸交代的，三天后，就是我爸六十岁大寿了，你可得来。"

"不用你说，我也会去。"以两家的交情，厉槿唯身为晚辈，是必然要出席的。

徐致聪这时又贱兮兮地说了一句："我爸说了，还有你那个男朋友，也得来。"

厉槿唯拧眉，表情不快。

"我没骗你，真是我爸说的。你也不想想，你交男朋友那么大的事，我爸能不关心吗？"徐致聪这次还真没骗她。

厉槿唯没想接他的话茬："说完了，你可以走了。"

"厉槿唯，我不得不服地说一句，把人藏得够深啊，老子连私家侦探都动用了，愣是连他叫什么名字都没查出来，你说这口气我怎么能咽得下？"徐致聪说起来就来气。

视频跟照片都全网公开了，他竟然还找不出对方是谁？

"你到底想说什么？"厉槿唯不耐烦了。

徐致聪也不废话，说道："不管我爸到时候说什么，那都是在为你好，他老人家不能看着你被骗，所以，你必须把他带给我爸看，这关系到，我们两家还有没有联姻的可能。"

厉槿唯没有答应，但也没有拒绝。

徐致聪看出她心里已经有数了便沉下脸，提醒她一句："我可是已经知道，那天何大勇带人去你公司门口闹事，是盛逸集团的周韩意在背后指使，虽然没有证据，但就是他做的。"

"所以呢？"厉槿唯当然早就猜到了。

"所以，凭你一个人的本事，你是保不住格瑞的，周韩意会不间断地给你找麻烦，再加上格瑞现在的负面消息那么多，就算你找了律师发了官方通告，那也没用。"徐致聪希望她认清事实，她斗不过周韩意。

至于她那个只出过一次面的男朋友就更不用说了。他要是有本事，早站出来了，哪还会凡事都让她一个女人出面？

徐致聪还是希望她能考虑两家联姻这个选项，因为这是最简单，也是最可靠的！

"说完了？"厉槿唯问他。

徐致聪想了想，勉强点头。

厉槿唯的纤纤玉指往门口的方向一指，粉嫩的嘴唇微启，缓缓吐出一个音节："滚。"

没良心的女人！

可没办法，谁让他偏偏就喜欢她……

8

傅亦卿坐宋川的车回来时，已经是晚上十一点。

傅亦卿刚准备下车，宋川递给了他一个包装极为高档的礼盒。

傅亦卿接过，问道："这是什么？"

"顺路买的，就当是谢礼。"

傅亦卿取出来看了一眼："这是，巧克力？"

"顶级黑巧。这一盒的价钱，差不多能买辆车了。"宋老板财大气粗，很是豪气。

傅亦卿笑了笑，心想着家里的那位厉小姐可能会喜欢，于是就收下了。

但傅亦卿没注意到的是，当他收下时，宋川的眸底划过了一道意味深长的光。

傅亦卿时间赶得很巧，他进门时，徐致聪前脚刚走。

厉槿唯为此也是暗暗松了口气，她都能想象到，倘若徐致聪还没走，这两人对上会是什么场面了。

"这是什么？"

傅亦卿将礼盒递给厉槿唯时她没接，问出了跟他刚才同样的问题。

"朋友送的，想到你可能会喜欢，就收下了。"傅亦卿示意她可以打开看看。

厉槿唯打开看了，结果一愣。

"怎么了？"傅亦卿注意到她的脸色。

厉槿唯摇摇头："没什么，只是突然想起来，我哥在的时候，就经常给我带黑巧，而且还刚好就是这个牌子。"

傅亦卿闻言，就知道她这是"触景生情"了。

"你不吃吗？"厉槿唯问他。

傅亦卿摇头："不喜欢，一般不吃。"

"那就奇怪了，你朋友应该知道你不喜欢，但他为什么还要送给你？而且，这个包装是特别定制的女款。"厉槿唯刚好对这方面很了解。

最后，厉槿唯问了他一个最关键的问题——

"你朋友知道我的存在？"

经过厉槿唯这一说，傅亦卿很快就明白是怎么一回事了。虽然被某人摆了一道，傅亦卿倒也没生气。

他了解宋川的性格，也相信宋川有分寸。

不过厉槿唯也没在这个问题上深究，她还有更重要的事要跟他说，结果还没开口，傅亦卿就先一步说道："李晴被救回来了。"

"你知道了？"厉槿唯有些诧异。

傅亦卿将收到的消息告诉她，同时提醒她一个细节："李晴是老年时犯了心梗送医不及时而离世的，也就是说，我们无法确定，李晴的命运是否被改变。

"也许，她一开始就能被救回，与我们的插手并无关系。"

厉槿唯也注意到这个细节了："这意味着，我能不能活下来，依然是个不定数。"

厉槿唯原以为能改变，但现在，她不得不做好自己半年后有可能会死的准备了。

"对了，我刚刚还得知，马胜金跑了，目前不知所终。"厉槿唯差点把这事给忘了。

刚想问傅亦卿能不能把他也查一下，就听傅亦卿说道："他被判死刑了。放心吧，他没逃多久，就被警方逮捕了。"

厉槿唯这才松了口气，不用担心会遭到他的报复了。

人一旦放松下来就容易饿，厉槿唯从盒里拿了块黑巧。

结果刚咬下第一口，厉槿唯的鼻子就开始发酸，眼泪毫无征兆地涌出眼眶，她越吃越难过。

"我想我哥了……"

厉槿唯很少将自己的情绪外露，但这一次，不知怎么，就无法控制住。

傅亦卿垂下眼帘，半晌，还是抬起手，放到她头上，轻轻摸了摸她的头。

厉槿唯眼眶泛泪，强忍着不落下。

真是过分，这味道，怎么能跟她哥给她买的一模一样？

就好像，她哥还活着一样……

第七章

———

她是你能冒犯的吗

1

厉槿唯后来了解到，李晴确实如高严明所推算的一样，被马胜金关了起来。

获救的时候，她身上虽然有些小伤，但好在没伤到性命。

警方这次抓捕动静很大，顺藤摸瓜，最终找到了一个窝点，可惜的是，没能找到这背后最大的团伙，怀疑是被通风报信了。

马胜金现在成了最后的线索，高严明无论如何都要抓到他。

李晴在医院休养了两天，身体好转之后，按照之前跟厉槿唯的约定，站出来替安雀公寓正名。

再加上警方发出的通告，格瑞集团跟安雀公寓的负面消息在一夜之间都消失了。

网上的评论也开始一面倒，之前骂得有多狠，现在就夸得有多厉害。

一句"酒店只住格瑞，租房只租安雀"的评论在各大平台刷起了屏。这一番操作下来，酒店的客流量日益增长。

李晴后来还带她的妈妈登门向厉槿唯道歉，何珠见到厉槿唯时是又哭又跪。厉槿唯折腾了大半天，才将母女俩送走。

而李晴一事，至此也就落幕了。

厉槿唯现在最大的问题，是明晚徐氏集团董事长的六十大寿，要不要让傅亦卿帮忙，跟她一同出席？

就在厉槿唯还在犹豫不定的时候，程延青告诉了她一个消息。

"大小姐，网上突然出现了很多关于您男友的传言，您看看。"程延青赶忙将平板递给她看。

厉槿唯扫了一眼，有不少营销号发博，声称格瑞总裁的神秘男友是个情场海王，混迹在各大夜店与酒吧之中，往届的前女友都是富婆，经鉴定，这就是一个专吃软饭的小白脸。

厉槿唯看到后，没忍住冷笑了一声。

传到这种程度，都已经不算谣言，而是诽谤了！

也就她知道傅亦卿的身份，不然这说得有理有据，还有照片为证，很难让人不信。

想必，是做这件事的人，发现实在找不出傅亦卿的蛛丝马迹，最后选择铤而走险，给傅亦卿编了一个身份出来。

因为不管是真是假，对这个人都没有损失。

要是能逼当事人出来当面澄清就更好了，这样一来，他的计划就得逞了，这种有益无害的事，何乐而不为？

"大小姐，这是真的吗？"程延青信了，所以才小心翼翼地问她。

厉槿唯面无表情道："假的。"

"我们有证据吗？如果没有，我们很难澄清。"程延青实事求是。

厉槿唯刚要回他，话到嘴边突然又停住了。

差点忘了，就算有证据，她也拿不出来，他傅亦卿压根就不存在这个时代，何来证明？

"大小姐？"程延青见她迟疑，难免怀疑这消息是真的。

厉槿唯头疼地扶额，她怎么就偏偏找了他当这个假男友呢？烦死了！

这下，就算厉槿唯不想让傅亦卿出面，也不行了。

然而，当她准备跟傅亦卿说起这件事的时候，傅亦卿却彻夜未归。

厉槿唯甚至都不敢睡太晚，就怕傅亦卿太早出门，结果发现他压根就没回来。

厉槿唯突然想到，傅亦卿这两天确实有些反常。

总是早出晚归，回到家也没怎么跟她说话，把自己关在卧室里就是一整夜，难道，她做错了什么？

"我无意中惹他生气了？"厉槿唯开始反思自己。虽说她平时确实习蛮了一些，也总是下意识地使唤他，但也不到惹他不快的程度吧？

"想什么呢？"

听到声音，厉槿唯蓦地抬起头，就见傅亦卿不知何时已经回来，此刻双臂抱怀，背倚着墙，饶有兴致地看着她。

"你这几天很忙？"厉槿唯试探地问他。

傅亦卿疑惑，反问她："难道你不知道？"

"知道什么？"厉槿唯一脸茫然。

傅亦卿笑着说道："你不需要治疗吗？由于你无法到医院的缘故，这两天我根据你的病症，给你私人定制了一套疗程，制药上很费时间，为此，我可是两天没睡过觉了。"

厉槿唯愣住，原来，他是为了她……

"说起来，还是你那天的话提醒了我。"

傅亦卿这时突然开口，看着她，语气认真道："我们谁也无法保证，两个时空的重叠会在什么时候恢复，因此，我需要尽快将你治疗康复。"

他说得很有道理，厉槿唯却不知怎的，心里很不是滋味。

她发现，如果他不在了，她好像会很不适应……

2

为了以防万一，傅亦卿现在就开始给厉槿唯治疗。

傅亦卿给她打了一针特效药，同时嘱咐道："你放心，不会对你的身体产生任何副作用或者伤害，但有一点你需要注意，不能沾酒，一滴都不行。"

"喝了酒会怎么样？"

厉槿唯以为会有什么可怕的副作用，结果傅亦卿给她来了一句："会醉。"

"没有开玩笑哦，是真的会醉，不管你平时酒量再好，只要你沾到一点酒，就秒醉了。"傅亦卿半开玩笑半认真地说道。

厉槿唯还以为多严重，结果就这么点儿小事："我不喝就行了，正好，现在也没什么需要我喝酒的场——"

话说一半，厉槿唯忽然戛然而止，该死，差点忘了！

"怎么了？"

厉槿唯将情况告诉了他。傅亦卿听完也是有些无奈，在无法使用"证据"澄清的前提下，确实只能他本人出面了，以此来让那些质疑他的人闭嘴。

"晚上几点？"傅亦卿问她。

"八点出发。"

傅亦卿点了点头："医院那边，今天有一场重要的学术研讨会，可能会有点晚，但我尽量在八点之前赶回来。"

"我会等你。"厉槿唯也只能等了。

傅亦卿笑了笑，给了她一个放心的眼神。

自从听了厉槿唯那天说的话之后，赵溪就私下开始调查厉言封生前见过的人，企图找到一些蛛丝马迹。

最后，她怀疑到一个人身上——周韩意。

于是当天中午，赵溪到了周韩意公司，约他在楼下的一家咖啡厅见面。

周韩意见到她，脸上是掩饰不住的欣喜。然而他一坐下，赵溪就一脸严肃地问他："我想问你一些事，是关于厉言封的。"

周韩意脸上的笑容慢慢凝固住："你来找我，就是为了问一个死人的事？"

"你这是什么口气？好歹是大学同学一场，你至于吗？"赵溪强忍怒火。

周韩意冷笑："同学一场？赵溪，你能不能别那么天真？他活着的时候，我就在跟他争，凭什么你会觉得，他死了之后，我就什么都不在乎了？"

"既然如此，我跟你也没什么好说了。"赵溪拿上包，起身走人。

"等一下！"

周韩意喊住她。

他闭上眼睛，深吸了口气，才放缓了语气道："刚才是我不对，是我太着急了，能再给我一个机会吗？"

赵溪回头看他，他的眼神里带着恳求，赵溪没什么波动，冷静得像没有感情一样。

她重新坐了下来，把刚才的话再次说了一遍。

周韩意很认真地想了想，最后回了她一句："你怀疑厉言封的死不是意外，那你不应该去问'他'身边的人吗？要知道，'他'也在那场车祸中死了。"

赵溪闻言一愣："你说的，是林樾？"

周韩意"啧"了一声，仅仅是听到这个名字，就让他极为不爽了。

如果说他跟厉言封不对付是因为喜欢上了同一个人，那他跟这个林樾，就是单纯的看不顺眼了。

那个脸上总是笑眯眯，表面温柔儒雅，实则心狠手辣的男人，与他为敌，是周韩意年少无知时做得最错误的一个决定。

当初以为林樾好欺负，为了给厉言封一个教训，而对他最好的朋友——这个叫林樾的男人下手。

谁料，这一招惹，差点自毁前程。

赵溪眉头紧皱，她并不是没怀疑过林樾，只是，对方是孤儿，最好的朋友就是厉言封，他们的交友圈基本是一样的。

一时半会儿，要让她找出与林樾关系不一般的人，还真不简单。

"他不是有个师傅吗？我记得叫李严，现在是医院外科副主任，他把林樾这个徒弟当宝贝一样，你去找他，没准能问出点什么。"

有句话叫最了解你的人是你的敌人，这句话用在周韩意身上最恰当不过了。

赵溪记下了，决定抽空去见李严一面。

3

"你来得正好，我刚好有样东西要给你。"

周韩意这时递给赵溪一张邀请函，赵溪打开看了一眼："徐氏集团董事长的六十大寿？"

"没错，我想邀请你，跟我一同出席。"

赵溪将邀请函还给他，说："你是哪儿来的自信，觉得我会答应你？"

"你一定会答应，因为，厉大小姐也会参加，并且，带着她的男朋友一起。"周韩意自信满满，似乎知道了什么内幕。

赵溪是知道厉槿唯会出席这个宴会的，也知道徐家跟厉家的关系，只是傅亦卿也会去，这点她倒是没想到。

"你以为网上那些关于厉槿唯男朋友的传言是谁传出去的？"

"不是你吗？"赵溪一副"不用想都知道"的表情。

周韩意嗤笑了一声："是徐家在背后操纵的。你以为徐家为什么要这么做？当然是为了利益，别把每个人都想得那么好，徐家那只老狐狸是不会把到手的格瑞拱手让人的。"

"你什么意思？"赵溪听出他话里有话。

周韩意慢条斯理地喝了口咖啡，而后才慢悠悠道："厉槿唯有一个男朋友确实是尽人皆知的事，可有多少人承认呢？

"格瑞一众高层，包括董事会，可没一个人承认过她这个男朋友的存在，今晚，徐家可邀请了不少人来参加他的大寿，这些人，可都是奔着看看厉总的男朋友是什么货色去的。"

赵溪拧眉道："你的意思是说，徐家在网上散布谣言的目的，就是为了让小唯的男朋友今晚出现后，当众贬低他？也就是说，他是否有资格当小唯的男朋友，由他们说了算？"

"你以为，当她厉槿唯的男朋友是一件容易的事吗？得不到承认，她的这个男朋友就不存在，徐家今晚就可以宣布与厉家正式联姻。"

赵溪脸色铁青："凭什么？他们有什么资格说了算？"

"凭格瑞集团的整个高层都站在徐家这一边，凭她厉槿唯只是一个身单力薄的女人，他们不相信她，也不认为她能身担重任，懂了吗？"周韩意言语十分犀利。

赵溪眉头紧皱："那如果今晚他们不去呢？"

"没用的，不管她今晚去，还是不去，徐家都会宣布与厉家联姻，她去了，没准还能反抗两句，至于她是否同意，压根就不重要。"

"你为什么要告诉我？"赵溪不认为他有那么好心。

周韩意摆出一副满不在乎的姿态："不知道。也许，只是想看热闹，又也许是觉得，你会对我改观，从而喜欢我。"

"不会，我永远也不会喜欢你。"赵溪目光坚定。

周韩意没说话，他只是面无表情地将桌上的咖啡杯给扫到地上而已，咖啡杯"啪"的一声摔在地上，支离破碎。

周遭的目光都被吸引了过来。

周韩意若无其事，抽了张纸巾擦了擦手，而后吐出一句："多少钱？我赔。"

从咖啡厅里出来，赵溪上车之后，一个人沉默了许久，最后还是觉得不能坐以待毙，于是给程延青打了个电话。

"赵律师，找我有什么事吗？"

赵溪将刚才从周韩意那边得知的消息给他复述了一遍，最后总结道："我想了想，还是觉得他们不能去。程延青，你帮我想办法把厉槿唯牵制住。"

"牵制住？你想做什么？"程延青眉头一皱。

赵溪也没瞒他："今晚我代她出席，徐家敢提出跟厉家联姻，我就敢跟他徐家对着干！"

"赵律师，这样真的好吗？"程延青担心厉槿唯那边的反应，毕竟他们隐瞒她，私自作出决定，始终是不妥。

赵溪没他那么婆婆妈妈："这是目前最好的办法。他们真以为她厉槿唯身后没人了吗？我会让他们知道，有我赵溪在，他们休想欺负她！"

"赵律师，你真的要做到这种地步吗？"

程延青很清楚，赵溪到时面临的会是什么局面，那可不是她一个人能招架住的。

但赵溪根本不在乎，只要能帮上厉槿唯的忙，她的处境根本不重要。

因为她清楚地知道，倘若厉言封还活着，一定不会让自己的妹妹被人欺负。

现在他不在了，那么，就由她代替他保护厉槿唯。

4

程延青最终还是选择帮赵溪拖住厉槿唯。

从晚上七点开始，厉槿唯就做好了准备，在家里等着傅亦卿过来。

程延青按照厉槿唯的吩咐，从西装店取了套西装过来，这是她为傅亦卿准备的，而既然要牵制住她，当然不能那么顺利。

于是，趁厉槿唯没注意，程延青假装不小心将水溅到了西装上："糟糕！"

"怎么了？"厉槿唯立即转头看他。

程延青忙将放在沙发上的西装拿起来，抱歉道："我不小心将水倒到衣服上了，我现在马上送去干洗，应该不用太久。"

"快一点。"厉槿唯皱眉，现在都已经七点半了。

程延青点点头，拿了西装离开之后，没送去干洗，而是上了车。

将西装往副驾上一扔，程延青就坐在驾驶座上等。

他的车就停在格瑞酒店的门口，傅亦卿要是过来了，他一眼就能看到，到时将傅亦卿拦下就可以了。

以防万一，程延青将手机也关机了。

时间很快就到八点了，程延青左等右等，都不见傅亦卿的身影，怀疑他是不是放了大小姐鸽子。

又过了十分钟，程延青开始有些焦虑，手指敲着方向盘，突然，他觉得有些不对。

大小姐发现联系不上他，不可能什么动静都没有。

想到这儿，程延青立马下车。谁料，刚一进酒店大堂，前台小姐就喊住他："程先生！厉总给你留了一张纸条，叮嘱我看到你就跟你说。"

"什么纸条？"程延青急忙跑过去。

前台小姐将纸条递给他。

程延青打开一看，就见上面写着：

这笔账，我会跟你算的。

程延青错愕，忙又问前台："厉总呢？"

"她走了，从后门走的。"前台指着后门的方向，当时等在门口的司机还是她给厉总叫的。

想到自己没等到傅亦卿，程延青又问道："就她一个人吗？"

"不是哦，厉总的男友也在，他们是一起走的。"

程延青一愣，那个傅亦卿早就在酒店里了？所以，大小姐早就在防着他了？

但她刚才等人的样子也不像是装的，这到底是怎么回事？

程延青觉得很不对劲，于是随口又问了前台一句："厉总的男友是住在酒店里吗？或者，厉总有让你们给她开过一个房间吗？没有指名给谁住的那种。"

"没有。"前台摇头，"厉总从没开过房间，厉总的男友也不住在酒店里。"

说到这儿，前台还想起一件奇怪的事："而且很奇怪的是，我只看到过厉总的男友从电梯里跟厉总一起下来，但我从来没见过他独自来过酒店。"

程延青愕然，还有这种事？

那这个傅亦卿，平时到底是怎么出现的？

徐氏集团董事长六十大寿是晚上九点正式开始的，因此八点半的时候，宾客基本都到达了。

从现场的氛围来看，这与其说是生日宴，倒不如说是一场商业酒会，各行各业的专家、商业大佬同聚一堂，不是谈合作，就是谈生意，表面上，倒也是其乐融融。

但实际上，是各怀鬼胎。

陈国辉夫妇今晚也应邀来了，得知厉槿唯会带着男友出席，他们就迫不及待地早早过来了。

然而等了大半天，不见厉槿唯的身影，倒是见到了一个按理不该出现在这个场合的"外人"。

赵溪称自己是替厉槿唯出席才顺利进来的。

接待的侍者很快就去汇报这个消息，于是赵溪刚进来没多久，徐氏集团的董事长徐岩林就亲自过来见她了。

"刚才听说，你是代替厉小姐出席的，不知道你是？"

徐岩林年入六十，精神状态依然显得很年轻，笑起来一副慈眉善目的模样，像是一位德高望重的长辈。

赵溪自我介绍："我是她嫂子。"

这话一出，全场寂静。

跟着徐岩林一起过来的徐致聪听到她这话，表情古怪。

他知道眼前这个赵溪是厉言封的女朋友，但谁都知道，厉言封五年前就去世了，她说出这种话，谁会承认？

"呵。"坐在角落沙发上一个人喝闷酒的周韩意听到了，顿时冷笑一声。

赵律师，你可真是够"伟大"的！

5

"实在是不好意思，我没听说过，还麻烦你离开。"徐岩林态度很客气，但语气，却是不容反抗的。

赵溪从容不迫："没听过没关系，你现在就认识了。我家小唯身体不太舒服，我替她来祝贺徐董事长六十大寿，我祝你福如东海，寿比南山。"

徐岩林面露不悦，陈国辉注意到了，这时忙站出来："赵小姐，你可不要胡说八道，厉言封早就去世了，你还没嫁进厉家呢。你现在就是一个外人，有什么资格替厉槿唯出面？"

"就是，厉槿唯那丫头都没承认你是她嫂子，你凭什么站在这里说话？"张宝珠尖酸刻薄，冷言冷语地讥讽她。

赵溪瞥了这对夫妻一眼，瞧这狗腿样，就知道是跟徐家串通好的了。

"就凭我赵溪这辈子除了厉言封，谁也不嫁。厉槿唯是厉言封的妹妹，那也就是我的妹妹，谁敢欺负她，先过我这一关。"赵溪毫无怯意，昂首挺胸，当着众人的面，大声宣布。

"啪啪啪——"

随着她话音落下，角落里传来鼓掌的声音。赵溪望了过去，就见周韩意举着酒杯朝她走过来。

"赵小姐，你这话说得可真漂亮啊。"周韩意阴阳怪气地褒奖她。

"但可惜的是，今晚，你并不是这里的主角，就算你把话说得再漂亮，也掩饰不了你就是一个外人的事实，所以，趁没被赶出去前，自己走吧。"周韩意看着她的眼神带着明显的警告。

赵溪目光冷冷地看着他，没说话。

徐岩林这时招手叫人："把这位赵小姐给'请出去'吧，我们不接待外人。"

"徐伯伯，这是我嫂子，怎么能叫外人呢？"

就在这时，一道略带俏皮的声音传了过来。

众人的目光齐刷刷望了过去。

今晚的厉槿唯一改往日的小黑裙，穿着一身粉系的精致高定晚礼服，绾起的头发再戴上一个小皇冠，俨然就是一个贵气的千

145

金大小姐，娇纵而又明朗。

周韩意微微眯起眼睛，显然是不知道这厉槿唯在耍什么把戏。

厉槿唯是独自一个人出现的，在众人的目光下，她自信而又骄傲地走到赵溪身边，而后笑着对徐岩林说道："徐伯伯，我只是晚来了一步，您怎么就要把我嫂子给赶出去呢？"

"是伯伯误会了，你来了就好。"徐岩林是懂下台阶的，他笑得一脸慈祥，"我听说你交男朋友了，他没来吗？"

厉槿唯大方道："他来了。"

"在哪儿呢？"徐致聪一听，赶紧四处张望。

厉槿唯笑了笑，只是笑意不达眼底："刚才你们聊得热火朝天，好像并没有注意到他，他已经坐了好一会儿了。"

此话一出，就连周韩意都愣了一下。

周韩意转过身，就发现不远处的贵宾接待区，不知何时竟坐着一个年轻男人。

贵宾接待区，顾名思义，坐那儿的都是声名显赫的人物。

然而这些他们平时都接触不到的人物，此刻竟跟那年轻男人谈笑风生，仿佛他才是这里的主人，而他们都是被他邀请来的。

傅亦卿是感觉到他们的目光才放下酒杯，向身边的人示意微笑，而后起身，闲庭信步般双手背在身后，悠闲地走到他们面前。

"初次见面，我是傅亦卿，是我们厉小姐的——"傅亦卿嘴角带笑，故意拖长了尾音，吊足他们胃口之后，才目光缱绻地望向厉槿唯，薄唇轻启，缓缓道，"男朋友。"

厉槿唯的心跳蓦地漏掉一拍，这家伙，是懂得撩人的。

6

赵溪险些没看出来，眼前这个人是傅亦卿。

虽然只见过一次，但在赵溪的印象里，傅亦卿是那种穿搭很时尚，但看起来像不务正业的公子哥。

似乎只会讨女人欢心，一事无成。

而此刻的傅亦卿，穿着一身笔挺正式的黑色西装，发型也精心打理过，浑身透着正规严肃的气场，像是参加了某种重大的会议，而他刚下台一样。

他的举手投足、一颦一笑都带着上位者的从容与自信，让人一看到他就觉得安心和温暖。

赵溪都感觉到了，其他人就更不用说了，尤其是徐岩林，活到他这把岁数，什么样的人没见过？

仅仅一眼，他就看出傅亦卿绝非泛泛之辈。

"你！就是你！你终于出现了！"徐致聪很激动，指着傅亦卿就嚷嚷起来。

这一对比，徐岩林忽然觉得自己这个儿子无比丢人！

傅亦卿微微一笑："各位对我的身份似乎很感兴趣？据说现在网上也出现了一些流言蜚语，以至于让各位对于我到底是谁，更加好奇了。"

"所以你到底是什么人？"徐致聪是直性子，不搭他文绉绉的官腔。

所有人都在等傅亦卿回答，傅亦卿也没让他们失望，说道："我久居国外，再加上身份上有点特殊，因此是不便出面的。难道各位没想过，你们之所以查不到我，是因为后面有人在刻意隐藏吗？"

傅亦卿这轻描淡写的几句话，让他们的脸色都是一变。

这里面的信息量太大，很难不让他们往那方面想，都以为他是什么不得了的人物。

"不对啊，那你们是怎么认识的？"徐致聪不管傅亦卿背后的身份是什么，他只想知道，他们的关系到底是不是真的。

傅亦卿不慌不忙道："我既然久居国外，那当然是在半年前，在国外跟厉小姐认识的。"

徐致聪愣住，他忘了，厉槿唯确实是在国外待了半年的。

所以，这是真的？不是假的！

陈国辉眉头紧皱，他是真的没想到，厉槿唯的这个男朋友竟然有这样一层身份，这样一来，就不好对付了。

傅亦卿观察着每个人的脸色，最后笑着说道："大家就别再将注意力放我身上了。今晚的主角，是我们的寿星徐老先生，应该把目光放在您这里才对，您说呢？"

最后一句话，傅亦卿是对着徐岩林说的。

徐岩林明显感觉到了威胁，但如果真顺着傅亦卿的台阶下了，那他之前的准备就前功尽弃了。

厉槿唯看出徐岩林还不愿放弃，于是果断道："徐伯伯，我来得太匆忙，也没带多大的礼，这样吧，我给您演奏一曲大提琴，您觉得怎么样？"

闻言，徐岩林看着厉槿唯，心情很复杂。

他是知道厉槿唯的情况的，自厉言封出事后，她就再也没拉过大提琴，甚至痛恨上了。

可现在，她为了让他不再继续说下去，竟然不惜说出给他演奏一曲大提琴这种话。

"唉！"徐岩林叹了口气，故作遗憾，"好吧，那你就给伯伯奏上一曲吧。"

格瑞集团的厉总，曾经的国家级大提琴手，主动提出要给大家演奏一曲，自然吸引了全场的注意。

于是，众人都聚集到台下，等着欣赏这国家级大提琴手的演奏，到底是怎样的水准。

傅亦卿没见过厉槿唯拉大提琴，但他能看到，厉槿唯握着琴弓的手在抖。

傅亦卿蹙了蹙眉，刚想替她解围，却被赵溪拦住了："大提琴是她的梦想，她十几年的时间都花在了大提琴上，没人比她更热爱，只是因为觉得，是她拉大提琴才害死了她哥，所以才发誓自己再也不拉大提琴了。

"可是，我知道的，曾经无数个日夜的练习，岂是她想忘就能忘的？"

赵溪看着台上已经渐渐适应的厉槿唯，嘴角弯起了一抹欣慰的笑意。

"更别说，她还那么热爱。"

7

厉槿唯做好准备了。

虽然一开始确实有些陌生，但热爱是藏不住的，拿到大提琴的那一刻，她就仿佛变回了曾经在舞台上的自己。

一束光打在她身上，厉槿唯闭上眼睛，而后，缓缓拉起琴弓。

于是，琴声响起的那一刻，全场一片安静。

傅亦卿怔愣住了，此刻的厉槿唯是他从未见过的，在耀眼的灯光照耀下，她整个人仿佛都在发光。

演奏起大提琴的厉槿唯显得那么自信又开心，仿佛这世间最幸福的事莫过于此了，全身心地投入在优美的琴声中，在那一刻，她就是全场最瞩目的存在。

有些人，天生就适合舞台，厉槿唯显然就是。

傅亦卿很难想象此刻在台上的厉槿唯跟他平时看到的是同一个人，她是会发光的，可她却选择泯灭自己的光芒，并让自己坠入无尽的黑暗中。

抛弃自己的骄傲，抛弃真正的自己，利用锋利的外壳将自己包装起来，让自己变得冷漠、不近人情。

只有这一刻，她才真正做回自己。

望着台上的厉槿唯，傅亦卿那颗如死水般平静的心，忽然荡起了阵阵涟漪……

"傅、亦、卿？"

听到身后有人一字一句地念出他的名字。傅亦卿回头，眼前的男人是他没见过的，但傅亦卿知道对方是谁。

周韩意，未来的前格瑞集团的董事长，现在的盛逸集团总裁。

"你好。"傅亦卿笑着回应他。

周韩意的眼神直勾勾地盯着傅亦卿："你，到底是谁？"

"嗯？"傅亦卿不解。

"为什么会像到这种地步……"周韩意喃喃自语，眼睛依然直直地盯着傅亦卿，仿佛要透过他的表面，看清真实的他，究竟是谁。

傅亦卿礼貌地问："我像你认识的人吗？"

"不要用这种语气跟我说话，会让我觉得你在嘲讽我。"周韩意咬牙切齿道。

傅亦卿很困惑。

而这时，厉槿唯一曲演奏完，得到满堂喝彩之后就下台了。她是朝着傅亦卿而去的，刚走近，就听到周韩意问他："你听过，林樾这个名字吗？"

厉槿唯脚步一顿，抬眸间，眼神里充满错愕。

傅亦卿摇头，表示没听过。

周韩意最后看了他一眼，扭头走了。

傅亦卿这时才转过身，但身后并没有熟悉的人。傅亦卿顿了一下，刚才好像感觉到厉槿唯过来了。

是错觉吗？

厉槿唯找了个安静的地方待着，听到身后有脚步声，她以为是傅亦卿，就头也不回道："我刚才表现得还不错吧？"

"那当然了，你的实力谁敢质疑？"

发现不是傅亦卿，厉槿唯不耐烦地道："徐致聪，你这么闲吗？"

"谁说的，我可忙了。"徐致聪嬉皮笑脸地凑过去，献宝似的将吃的递到她面前，讨好道，"这是我花大价钱买的巧克力，可好吃了，你尝一块呗。"

厉槿唯冷着脸："不吃。"

徐致聪脸皮很厚，软硬兼施，最后厉槿唯没耐心，才敷衍地拿起一块咬了一口，结果刚吃到嘴里，她就脸色大变，急忙吐了出来，难以置信地看着徐致聪说道："酒心巧克力？"

"对啊，有什么问题吗？你这表情怎么好像我下毒了似的？"徐致聪被她的反应吓到，很是茫然。

厉槿唯感觉到头脑一阵发昏，就知道傅亦卿没骗她！

眼前的视野逐渐模糊，厉槿唯还想强撑，但最终眼前一黑，还是昏睡过去了。

徐致聪见她突然倒下，吓得赶紧把她抱住坐了下来："厉槿唯？厉槿唯！不是吧？这都能醉？"

徐致聪一脸不敢置信，但看着倒在他怀里，安安静静睡着的厉槿唯，他这心里就觉得痒痒的。

"偷偷亲你一口，你也不会发现吧。"

邪念涌上心头，徐致聪朝她的嘴唇慢慢凑了过去。

然而，还没亲上，就感觉到一股强大的力量掐住他的肩膀，徐致聪一回头，被一拳砸到了脸上。

徐致聪只觉得骨头都要碎了，摔在地上，疼得他捂着脸，就差满地打滚了。

徐致聪气愤极了，他倒要看看，是谁打的他！

结果一抬头，就对上令他发怵的眼神。

只见刚才还一脸微笑，让人如沐春风的傅亦卿，此刻面如寒霜，尤其是眼神，狠厉得吓人。

傅亦卿蹲了下来，看着他，然后微笑，轻飘飘地吐出一句："她是你能冒犯的吗？"

那一刻，徐致聪只有一个想法——

这男人，很可怕！

8

傅亦卿抱着厉槿唯回车上了。

直接让司机送他们回去，中途厉槿唯的手机响了，是赵溪打过来的。

傅亦卿接了电话，告诉她厉槿唯累了，所以他们就提前走了。

"她真的没事吗？"赵溪怀疑有其他原因。

傅亦卿让她放心："没事。倒是你，也可以走了。"

"我知道。"赵溪心里有数。

半晌，赵溪问了他一个问题："你当时说的话，是真的吗？"

傅亦卿笑了笑："假的，只是吓唬他们一下而已。"

"我差点就信了。"赵溪没忍住吐槽，想起刚才看到徐致聪肿着脸出来，赵溪又问他知不知道是怎么回事。

"可能是摔了吧。"傅亦卿很认真地回她。

赵溪也觉得有道理："也是，总不能说是你打的吧？像你这样的人，估计连骂人都不会，更别说打人了。"

对此，傅亦卿笑而不语。

傅亦卿原以为厉槿唯醉后的状态就是睡觉，直到她回到家后醒了，傅亦卿才看清了她醉后真正的状态。

"我要喝水，你，给我去倒水。"

厉槿唯现在整个人都是神志不清的，酒精上头，整张脸红扑扑的，但尽管如此，还是没忘自己是个大小姐，于是趾高气扬地使唤他。

傅亦卿给厉槿唯倒了水，厉槿唯喝完又开始耍酒疯。

她将高跟鞋蹬掉，晃晃悠悠地站上沙发，将别在头上的饰品给扔了，又把头发给放下来，披头散发才满意。

"你还愣着干什么？捡起来啊。"厉槿唯气鼓鼓的，还嫌弃他没眼力见。

大小姐都发号施令了，还能怎么办？

他老老实实地将鞋放回鞋柜里，一回头，就见厉槿唯在准备脱衣服，他瞳孔蓦地一缩，立即上前制止她："你干什么？"

"我热，我要洗澡。"

厉槿唯觉得闷得慌，想脱了衣服去洗澡，傅亦卿将她摁住："别洗了，我怕你淹死在浴缸里。"

"你是谁啊？你凭什么不让我洗？我可是厉家大小姐，你敢不听我的？"厉槿唯双手一叉腰，那叫一个嚣张跋扈。

傅亦卿反问她："你说我是谁？"

厉槿唯眨着迷茫的大眼睛，想看清，却发现眼前的人模模糊糊的，根本看不清楚，于是将傅亦卿的脸捧住，她凑近看！

傅亦卿错愕，但某人没发现他的异样。厉槿唯看清后，就笑呵呵道："我知道你是谁了，你是林樾！"

傅亦卿的眉头顿时一皱："林樾是谁？"

"你啊，难道你不是吗？你不是的话，那你怎么会跟他那么像？就连喜好都是一样的，林樾也不喜欢吃甜的。"厉槿唯说着又开始犯困了，打了个哈欠，将脑袋往他怀里一靠，就又睡过去了。

眼看着她要滑下沙发，傅亦卿将她扶住。怀里的人彻底睡着了，傅亦卿纵使有千般疑惑，也找不到人问。

将厉槿唯安置妥当之后，傅亦卿经过一面镜子的时候，他突然停了下来，然后看着镜子里的自己，毫无征兆地说出一句："你好，我叫——林樾。"

　　结果话音刚落，傅亦卿就头痛欲裂。

　　并且这一次，比上次更加严重……

第八章

他是误入她世界的"时空旅客"

1

厉槿唯做了一个梦。

梦到自己在某一个炎热的午后，在厉家客厅里的沙发上睡着了，梦里的她很困，连眼睛都睁不开。

"小妹，醒醒。"

有人在喊她，是她的大哥厉言封，她想说话，但无法开口，身体好似不受她的控制。

"小唯醒了吗？"这是赵溪的声音。

"没有。算了，让她睡吧。"

厉槿唯清楚地听着他们的对话，包括他们的一些动静，但她无法睁开眼睛，只能凭想象推测出他们在做什么。

"阿樾，那你就在这儿坐一会儿吧。"

"嗯。"

男人的声音好听又低沉。

而后，脚步声渐远，先是安静了一会儿，紧接着又是一阵窸窸窣窣的声音，最后，耳边就传来翻书的声音。

窗外的风吹过树叶，"沙沙"作响，客厅里平和静谧，除了偶尔翻一下书页的声响。

厉槿唯挣扎了许久，终于，眼帘被她艰难地撑开了。

结果映入眼帘的是刺眼的阳光，她被晃了下眼睛。

阳光是从男人身后的窗户照过来的，使他整个人都被笼罩在光辉下。

厉槿唯眯着眼睛，企图看清坐在她对面、安静看书的男人长什么模样。

"你醒了？"

这时，男人开口了。

厉槿唯听到声音，忽然觉得很熟悉，这是……傅亦卿？

傅亦卿见她醒来，但意识似乎还不太清醒，于是起身去给她倒了杯水。

返身的时候就见厉槿唯已经从沙发上坐起来了，只是眼神很迷茫地张望四周，似乎觉得自己不应该在这里。

"好点了吗？"傅亦卿将水杯递给她。

厉槿唯虽然状态还有些晕乎，但已经清醒过来了，她喝了水，跟他道了声谢。

"还记得昨晚发生了什么吗？"傅亦卿再次坐了下来。

厉槿唯只记得自己误吃了一块酒心巧克力，之后还发生了什么，就不得而知了，但想来，是他把她带回家的。

傅亦卿挑了挑眉："所以，你醉倒之后发生的事都不记得了？"

"我又不发酒疯，醉倒就睡，还能发生什么？"厉槿唯觉得他这问题莫名其妙。

傅亦卿没忍住一笑，点点头道："嗯，你说得很对，你确实睡着了。"

"你这是什么语气？"厉槿唯总觉得他在"内涵"她。

然而傅亦卿已经转移话题："我临时有事，会出差一周，所以，这段时间我都不会在家。"

"哦。"厉槿唯显得满不在乎。

傅亦卿其实很早就要出发了，但怕她醒来发现他不在，又误以为时空重叠消失了，就一直坐着等她醒来。

于是跟她说完话后，傅亦卿就拉着已经整理好的行李离开了。

傅亦卿一走，厉槿唯就觉得这家里空荡荡的。

明明之前她就一直是一个人，但傅亦卿出现后，他们跨时空"同居"还不到一个月，她就快习惯家里有他的存在了……

厉槿唯现在只能让自己尽量不去想他的存在，但偏偏总有人不让她如愿。

"大小姐，您还是不能告诉我，那个傅亦卿住在什么地方吗？"

在开车接厉槿唯去公司的路上，程延青忍不住再次问起。虽然这个问题已经问了很多遍，但他还是想得到一个答案。

厉槿唯被他问得不耐烦："程延青，你现在该关心的是这些吗？别忘了，昨晚的账我还没跟你算。"

昨晚的事，程延青后来从赵溪口中得知了，也知道傅亦卿帮厉槿唯解了燃眉之急，但这并不是他可以信任傅亦卿的理由，相反，傅亦卿表现得越好，他就对傅亦卿越警惕。

不过，厉槿唯不愿透露傅亦卿的信息，不代表程延青就没办法知道。

"大小姐，我爸晚上想见您一面。"

等到达公司，在厉槿唯下车之前，程延青通知她这么一个消息。

厉槿唯刚将车门打开，听到他这话，眉头一皱。

"你跟你爸说了什么？"

"没什么，就跟他聊了一下您的近况，他很担心您。"

"哼。"厉槿唯信他才怪！

下了车，厉槿唯刚要说什么，忽然感觉到身后有一道目光直勾勾地盯着她，她猛地转身。

停车场里很安静，一眼望去，全是车，她环顾四周，发现并没什么可疑人物。

"大小姐，怎么了？"

程延青察觉到她的异样，急忙赶到她身边。

厉槿唯盯着不远处望了许久，最后才收回目光："没什么，估计是我的错觉吧。"

而就在两人离开停车场之后。

刚才厉槿唯看的方向，快速地闪过了一个人影……

2

程明康知道厉槿唯不愿回厉家，特地约在一家茶室跟她见面。

厉槿唯坐下之后，程明康就示意程延青回避。

"爸，我不能听吗？"程延青还想争取。

程明康态度坚决，程延青没办法，只能离开，临走还不忘程明康的吩咐，将门给关上。

"厉小姐，喝杯茶吧。"程明康将沏好的茶递给她一杯。

厉槿唯双手接过："谢谢程伯。"

"昨晚延青这孩子来找我，跟我说了些话，大致是跟那位姓傅，叫傅亦卿的年轻人有关。"程明康娓娓道来。

厉槿唯猜到了，她可以对程延青隐瞒，但倘若程明康问起，她就不得不说。

"程伯虽然年纪大了，但外界的一些消息，还是知道的。延青说那个傅亦卿是你找来的，还说，他的身份存在很多疑点，对此，你怎么看？"

程明康好似随口一问，但厉槿唯知道，他这话绵里藏针，表面上温和随意，实际没给她退路，非逼她说出来不可。

"程伯，您对我不放心吗？"厉槿唯也没打算跟程明康周旋，直说了。

程明康摇头："我相信你，但我不相信那个傅亦卿。"

程明康虽然没见过傅亦卿本人，但从一些只言片语中，能感觉到这个年轻人不简单，要是他图谋不轨，那麻烦就大了。

"程伯其实不太赞同你这种做法，风险太大了，但凡换一个信得过的，比如延青这孩子，那程伯都不会说什么。"程明康苦口婆心，开始劝她道，"但那个傅亦卿，实在是来路不明，可能的话，还是要尽早跟他撇清关系，免得——"

"程伯，我不能死。"厉槿唯打断他的话。

程明康愣住："什么？"

"我没多少时间了，而他，是唯一能救我的人。"事已至此，厉槿唯也不隐瞒了，将傅亦卿的事，从头到尾告诉了他。

程明康的表情从震惊，到错愕，最后，泪眼婆娑。

"你这傻孩子，出了这么大的事，你怎么现在才说？你一个人扛着得多难受啊？"程明康老泪纵横，心疼坏了。

她是做错了什么？命运要这么对她？

程明康实在无法想象，她是如何在得知这个消息后，还能跟个没事人一样，每天照常生活的？

程明康光是想想，就难受得不行。

厉槿唯原以为他会被两个时空重叠这种事震惊到，结果没想到，带给他打击最大的会是她活不过两年这件事。

厉槿唯劝慰了半天，老人家的情绪才缓和过来。

最后，程明康让厉槿唯走了，把程延青叫了进来。

"爸，怎么样？大小姐说了吗？"程延青迫切道。

程明康想喝口茶，拿起茶杯，发现茶早已凉了，不由得叹了口气，语重心长道："以后，不准再问了。"

"什么？"

程延青怀疑自己没听清。

程明康忽然怒上心头，瞪着他说道："是我错了，原以为把你放在她身边，可以帮她排忧解难，结果呢？到头来，她有些事情，都不能放心地告诉你。"

"爸，大小姐都跟您说了什么？您就不能告诉我吗？"程延青不明白他爸的态度怎么变得这么快。

程明康答应了会替厉槿唯隐瞒，自然不会随便透露。

甚至，程明康还反过来叮嘱程延青："那位傅医……不，那位傅先生，今后你见到他，一定要客气，不能对他不敬，听懂了吗？"

"为什么？"

程明康不耐烦："总之，你给我记着就对了，要是你敢不听，你也别认我这个爸了。"

程延青蒙了。

这到底，是怎么回事？

3

傅亦卿出差后的第三天，厉槿唯就有种傅亦卿其实是她幻想出来的错觉了。

仿佛傅亦卿从未出现过一样，之前的经历只是她的一场梦。

这种感觉，当厉槿唯一个人在家的时候尤为明显。

坐在客厅时，厉槿唯总有种傅亦卿会从她身后走过的感觉，不自觉地转头，但身后空无一人。

早上洗漱时，她会习惯性地往镜子里看，以前每当这时，傅亦卿会站在她身后调制咖啡。

毕竟他这人很有情调，很会给自己的生活制造仪式感。

明明人不在，厉槿唯却觉得他无处不在。

为了摆脱这种恍惚感，厉槿唯让自己全身心投入工作，不去想他，甚至就当他从来没出现过。

程延青这几天不再追着她问傅亦卿是什么人了，他换了一种说法，开始问："大小姐，他人去哪儿了？"

他问起，厉槿唯就敷衍地说回老家了。

程延青明显是不信的："大小姐，我有一种很奇怪的感觉，就是当他不在的时候，好像他从这个世界上消失了般。"

程延青还是第一次见到像傅亦卿这样的人。

他好像没什么实质感，神神秘秘，无声无息，突然出现，又随时消失得无影无踪。

厉槿唯闻言一怔。

从严格意义上讲，傅亦卿确实不存在于这个世界，他就像一段意外的插曲，是误入她世界的一个"时空旅客"。

"大小姐？"

注意到她的眼神忽然黯淡下来，还有一丝落寞的忧伤，程延青忙关心地询问："您怎么了？"

"没什么。"

厉槿唯就像无事发生，继续专心工作，接下来，没再说过一句话。

当天晚上九点，厉槿唯回到格瑞酒店，刚进电梯，就接到高严明打来的电话。

"厉小姐，我们发现马胜金曾在格瑞集团附近出现过。"

厉槿唯一愣："马胜金还没被抓到？"

"没有。他这人很狡猾，而且我们也怀疑有人在帮他躲藏，但不管怎么说，马胜金出现在你附近，对你会是一个隐患。"高严明不敢掉以轻心，刚得到消息，就第一时间联系她了。

厉槿唯眉头紧皱，马胜金会出现在她附近，肯定不是巧合。

"厉小姐，你不是一个人住吧？我记得那个傅亦卿是跟你住一起的。"高严明这时想起来问她。

厉槿唯无法像敷衍程延青一样敷衍高警官，为了避免他提出要跟傅亦卿联系，就说道："嗯，他在。"

"那就好。你尽量避免一个人独处，多一个人也相对安全一些。"高严明反复叮嘱，最后才挂了电话。

厉槿唯这时也出了电梯，顶楼还是如往日一样安静。

走到门口，输入密码解了门锁，厉槿唯进门后第一件事就是开灯，进了玄关，才随手将门关上。

回自己的家，厉槿唯是没什么戒备心的，因此当即将关上的门突然被一道人影猛地撞开时，她毫无准备。

整个过程是刹那间发生的！

门被撞开，厉槿唯回头，迎面而来一张怒目狰狞的面孔，以及狠厉的一耳光。

"砰！"

门被重重关上，并且上了锁，男人欺身压了过来，她的脖子被掐住。厉槿唯极力挣扎，却只是徒劳，与此同时，无法呼吸的窒息感也接踵而来。

"就是因为你，警方才会找到我。老子不好过，你也别想活！"男人面部表情扭曲，阴狠至极。

尽管如此，厉槿唯还是认出了他，他是马胜金！

"我看谁能救得了你，给我去死吧！"马胜金掐着她脖子的手不断加大力度，铁了心要她死。

厉槿唯开始耳鸣，眼前的视野也逐渐变得模糊，濒临死亡之际，她虚弱地喊出一个人的名字："傅亦卿……"

而随着她话音刚落，厉槿唯就看到，门口那边发出了一道刺眼的白光。这熟悉的画面，让厉槿唯不由得想起第一次见到傅亦卿的时候。

当时，他就是从一团白光里，跨过了一个时空，走到她面前。

是他，他来了！

4

马胜金也察觉到了。

只见他掐住厉槿唯脖子的手一松，猛地一个闪身，然后掏出了一把刀！

"咳咳！"

厉槿唯趴在地上，剧烈地咳嗽起来，甚至咳出了几滴血珠，脸色惨白如纸。

但即便如此，看到马胜金抽出刀的那一刻，厉槿唯还是忍着剧痛，眼含泪光，哑着嗓子提醒道："傅亦卿……你小心……"

"怎么回事？"

马胜金被这刺眼的光晃得睁不开眼睛，胡乱挥舞手里的刀，他分明记得把门给锁上了，这道诡异的白光是怎么回事？

还没等他搞清楚，手腕这时突然被抓住！

马胜金企图挣脱，但那股力将他的手腕紧紧钳住，仿佛要将他的骨头给捏碎了一样，不对！是真的将他的腕骨给捏断了！

"啊！"

马胜金发出一声凄厉的惨叫，手失了力，刀掉到了地板上，下一秒，就被踢到一边去了。

"刚才她要是死了，我会让你后悔活在这个世上。"

白光消失了，只见傅亦卿站在马胜金面前，他的脸上没有往日的笑容，冰冷而漠然，那双深褐色的眸子，笼罩着一层凶狠的戾气。

马胜金被激怒了，他何曾受过这种耻辱？就算只有一只手能动，他也要给他来一拳！

然而这拳头还没挥过去，他整个人就先被傅亦卿一脚给踹飞出去了。

要知道这马胜金可不瘦弱，人高马大，而且是练过的，但在傅亦卿面前，毫无招架之力。傅亦卿那一脚踹在他身上，马胜金只觉得浑身的骨架都要散了，五脏六腑都搬了家。

厉槿唯看呆了。

她不敢相信，刚才还命悬一线的危机，转眼间，就这么轻易被傅亦卿化解了。

她甚至有一种还没开始就已经结束的错觉。

这真的不是她在做梦吗？

傅亦卿轻蔑地看了还在垂死挣扎的马胜金一眼，而后，走到厉槿唯面前，弯下腰，单膝蹲下，近距离看她。

厉槿唯还没从刚才的变故中回过神来，整个人都是蒙的。

傅亦卿靠近她时，她还下意识地往后躲了一下。

这一躲，让傅亦卿伸过去要碰她的手落了空。傅亦卿顿住，幽暗的眸子随着从她身上一寸寸扫过，而渐渐覆盖上了一层寒气。

厉槿唯白皙的脖颈上有一圈淤青，那是马胜金刚才用力掐她脖子而留下的，左脸红了一大片，其中还泛着青紫，可见，刚才那一耳光打在她脸上有多重。

傅亦卿只是伸出修长的食指，轻轻触了下她的脸，厉槿唯就"嘶"了一声。

傅亦卿一时没忍住爆了粗口，他的声线压得极低，与他平时说话的声音截然不同，暗哑中带着一丝狠劲。

他的本性露出来了。

马胜金还在地板上挣扎蠕动，忽然感觉到有一道阴影将他笼罩住。

他抬起头一看，瞬间露出了惊恐的表情。

高严明接到电话，第一时间就赶往现场，同时还叫了一辆救护车过来。结果到地点一看，他不禁怀疑，这救护车，到底是给谁叫的？

"你打的？"

高严明看着倒在地上、满身是血、浑身还抽搐个不停的马胜金，惊愕的眼神落到了傅亦卿的身上。

傅亦卿正拿着纸巾擦拭双手，瞧那温文儒雅、慢条斯理的模样，身上哪有一点"暴徒"的影子？

傅亦卿微微一笑："下手稍微重了些，但不用担心，我避开了致命点，他死不了。"

高严明的表情十分复杂，最后问他："厉小姐呢？她没事吧？"

"有事。"傅亦卿的眼神一下子冷了下来。

他突如其来的转变，让高严明有些措手不及："严重吗？要不要去医院？"

"高警官……"

厉槿唯这时走了出来，她的嗓子还是哑的，脖子上已经缠了一圈纱布，脸颊虽然还泛着红肿，但不难看出已经上过药。

"厉小姐，你还好吧？"

厉槿唯摇摇头，看了一眼被抬上担架的马胜金，对高严明道："他是来报复我的……"她的声音很微弱，她想说大声些，但喉咙实在疼得厉害。

"我来说吧。"

傅亦卿的态度难得强硬，不准她开口。之后，保险起见，高严明还是让厉槿唯去医院检查一下。

高严明其实还想让傅亦卿跟他去警局一趟，但想到人家的女朋友刚遭遇这种事，现在是最需要陪伴的时候，把他带走，高严明实在是过意不去。

于是，高严明让傅亦卿先陪着厉槿唯去医院，表示之后再找他。

5

厉槿唯是拒绝傅亦卿陪她去的。

因为很快就十二点了，如果这时跟着她出了门，那他就得留在她的时代里，等到明天晚上十二点才能回去了。

然而傅亦卿压根就没在乎。

厉槿唯只能眼睁睁地看着十二点过去，而傅亦卿就跟她坐在同一辆车上。

他们是坐着警车去医院的，这是高严明的安排，算是为了确保他们的安全。

这导致一路上他们什么话也不能说。

等到了医院，警员就在病房外守着，值班的医生给她做了检查之后，没有说结果，而是将目光转向傅亦卿，问道："她的伤是你包扎的？你是医生？"

"嗯。"傅亦卿微笑点头。

医生这时才对厉槿唯说道："男朋友是医生的好处还是不一样的，他基本都给你治疗好了，说话喉咙疼只是一时的，少说话，休息两天就好了。"

"谢谢。"傅亦卿很自然地替厉槿唯向医生道谢。

随后医生有点事要先去忙，让他们稍等片刻，回来再给她开药。

医生一走，厉槿唯就问傅亦卿："你不是出差一周吗？怎么今晚就回来了？"

"我把时间提前了。"

实际上，离开这几天，傅亦卿心里就有种不安的感觉，而事实也证明，他的担心是对的。

厉槿唯又问："话说，你真的只是一个医生吗？"

回想起他当时将马胜金打到吐血的一幕，厉槿唯不禁怀疑起他的身份。

"在成为鎏金医院外科主任之前，我在部队，是军医。"傅亦卿也没隐瞒。

听到他这话，厉槿唯不由得说道："那为什么我第一次见你的时候，我对你动了手，你却没有反击？让我一直以为你手无缚鸡之力，还担心你会受伤。"

厉槿唯倒也没有要找他算账的意思，纯粹好奇。

傅亦卿凝眸注视她的眼睛，缓缓道："因为，你当时很害怕。"

厉槿唯愣住。

傅亦卿还清楚地记得她当时回过头看见他时，那恐慌的表情，像只受惊的小兔子，再加上她连站都站不稳，别说反击了，傅亦卿都怀疑下一秒她就自己倒下了。

但没想到，兔子急了也会咬人，她竟然会给他一个过肩摔。

就在他以为可以反击的时候，结果她的情况比他这个被摔的人还严重。

小脸惨白，看起来柔弱不堪，但那眼神却无比倔强。

傅亦卿承认，他第一眼见到她的时候，就心动了。

否则，他后面不会那么主动。

但这种心动又有些特殊，他的潜意识一直在促使着他做出对她好的事，包括，保护她。

因此，在感知到她可能会有危险的时候，提前结束了出差，只有亲眼看到她，才能放下心来。

当时一回到家，看到她倒在地上，捂着喉咙激烈咳嗽，还咳出血的时候，傅亦卿的脑子就"嗡"的一声，明显地感觉到有根弦断了。

之后，他就几乎失去了理智。

要不是厉槿唯忍着剧痛大声喊出他的名字，让他清醒过来的话，马胜金估计就没命了。

也是这时，傅亦卿才发现，他其实很害怕她会死……

厉槿唯没想到，傅亦卿对她的第一印象是这样的，但厉槿唯还是嘴硬道："谁说我害怕了？"

"好，你不害怕，我们的厉小姐，可厉害着呢。"傅亦卿忍不住宠溺地摸了摸她的头。

厉槿唯将他的手一把拍开，这种"夸奖"她才不要！

傅亦卿垂下眼帘，这时低声说了一句："是我害怕……"

"你说什么？"厉槿唯没听清。

傅亦卿摇头："没什么。"

6

马胜金的诊断结果出来了。

高严明看到的时候一脸惊愕："全身多发性骨折？这都是那个叫傅亦卿的男人打的？"

"是啊，我看到报告的时候也吓了一跳，那男人看着高高瘦瘦、斯斯文文的，没想到，身手会这么厉害，要知道，马胜金可不是什么善茬，一般人是对付不了他的。"小警员也很惊讶。他是见过傅亦卿的，实在想象不出来，对方是怎么把马胜金打成这个样子的。

"看来，这个傅亦卿确实不一般。"高严明摸着下巴思索。

小警员这时欲言又止，似乎有什么话想说。

"有什么话就直说。"高严明没那闲工夫陪他婆婆妈妈。

小警员这才说道："队长，张队他被下病危通知了……"

"你说什么？"高严明脸色一变。张队在病床上躺了这么多年，不是一直好好的吗？怎么突然病危了？

小警员也很难过："医院那边也说了，如果现在的医疗技术能更好一些，张队没准还有望醒来，但现在看来，张队等不到医疗更好的那一天了。"

高严明不甘心!

为什么偏偏在他有希望查出真相的时候，张队却要撑不下去了?

小警员看出他的不甘，问道："队长，你是不是怀疑，张队之所以会出事，是跟他当年调查的那桩贩卖器官案有关?"

"没错，这也是我为什么会在抓捕马胜金这件事上花那么多精力的原因。"

包括高严明那天跟厉槿唯提起厉言封，也是希望能从她口中得到一些线索，但现在看来，厉言封他们当年的死，或许真的只是意外，跟这桩案子并没有直接的关系。

高严明颓废地往椅子上一坐，疲惫不堪道："你说，现在的医疗技术能直接达到几十年后的水平该多好，张队就不怕醒不过来了。"

小警员苦笑，他何尝不希望呢。只可惜，这只是一场空话，是不可能的事……

两人准备离开医院，经过手术室门口时，傅亦卿停下了脚步。

厉槿唯注意到了，也停了下来。

只见从手术室里推出一位没有抢救过来的病人，家属们哭倒了一片，场面很是伤感。

厉槿唯问他："在未来，现在这些救不了的病人，是不是都能活过来?"

"大部分可以，不过在未来，也有无论如何也救不了的病人。因此，人类需要一直进步。"傅亦卿也是医生，清楚地明白病人救不过来时，会是一种什么样的心情。

或许是感同身受，才让他停下了脚步。

说到未来，厉槿唯还想起一件事，既然她在这场危机中活了下来，那是不是意味着她的未来已经被改变了？

厉槿唯的问题，让傅亦卿短暂地沉默了一下。

"怎么了？你是不是有什么事没告诉我？"厉槿唯忽然有种不好的预感。

傅亦卿想了想，还是选择告诉她："你还记得我跟你说过，马胜金被判死刑的事吗？"

"记得，你还说，他没逃多久就被警方逮捕了。"

傅亦卿点点头："嗯，他是被一个不知名的神秘人打成重伤之后，才被警方逮捕的。"

厉槿唯一怔，莫非……

"没错。"傅亦卿证实她心里的猜测，"一开始我也没想到这个神秘人会是我，直到刚刚才反应过来。"

"所以，你的意思是，现在我们所走的每一步，都在按着历史的轨道走的？两个时空重叠在一起，也是注定的？未来，是无法被改变的？"厉槿唯脸色一白，所以，几个月后，她会死是注定的？

然而傅亦卿却不这么觉得："现在下定论还太早。还记得李晴吗？一开始她的档案是无法看到的，现在可以了，所以，很大的可能性，是她的未来被改变了，而你的档案现在还看不了。"

"真的吗？"厉槿唯再次涌起希望。

不过，傅亦卿还是得提醒她一句："现在最重要的问题是——我们还不知道这个会对你下死手的人是谁，甚至连怀疑的对象都没有。"

说到这儿的时候，傅亦卿表情严肃。

连怀疑的对象都没有，这是最可怕的地方。

厉槿唯明白他的意思，如果说之前是为了拯救李晴的话，那么现在，就到了拯救她自己的时候了！

7

尽管警方有意将消息封锁，但在一些有心人的渲染下，格瑞集团总裁厉槿唯遭到马胜金报复，险些丧命的消息还是被传开了。

得知这个消息，程延青一大早就赶了过来。

但没想到，过来给他开门的不是厉槿唯，而是傅亦卿。

由于整个事件从头到尾就没提到过傅亦卿，因此见到他出现在厉槿唯的家里，程延青第一反应就是质问："你怎么会在这儿？"

"我让他来的。"

厉槿唯这时走过来，随口回了他一句。

看到厉槿唯，程延青是把傅亦卿给撞开后跑过去的，反复确认厉槿唯没有大碍，这才松了口气——整个过程就没把傅亦卿放在眼里过。

傅亦卿也没在意，他知道程延青是故意忽视他的。

过了没几分钟，赵溪也来了。她是在确认了厉槿唯没事，放下心来之后才注意到傅亦卿的存在的。

"你又是什么时候来的？"

对于傅亦卿此时出现在厉槿唯的家里，赵溪还是有些警惕的。

厉槿唯还是那句话："我让他来的。"

闻言，赵溪看着他们的眼神带上了打量——人在遇到危险的时候，第一个想到的人，往往就是她心里认为最对的人。而她此时让傅亦卿过来陪她，这意思还用说吗？

程延青正是因为厉槿唯第一时间想到的人不是他，才故意对傅亦卿爱搭不理。

赵溪则是担心厉槿唯会在感情中受伤害，于是在"忽视"傅亦卿这点上，两人是不谋而合的。

直到程明康出现，才让形势有所逆转。

程延青以为他爸是担心厉槿唯才过来的，然而，让他没想到的是，程明康却是径直走向了傅亦卿。

然后，就见他泪眼婆娑，握着傅亦卿的手，感激涕零道："傅先生，谢谢您……大恩大德，没齿难忘，我替厉家上下，对您表示诚挚的感谢，您有任何需要，可尽管吩咐，我一定办到！"

看到这一幕，赵溪跟程延青两人都是一脸震惊。

"爸，您在说什么？"

程延青一脸茫然，这个傅亦卿对厉家作出了什么他不知道的贡献吗？值得让他爸这么尊敬？

"你给我闭嘴！"程明康怒斥他一声，"忘了我跟你说过什么了吗？这就是你对傅先生的态度？"

"我……"程延青一时无语凝噎。

程明康威严道："从现在开始你给我记住，傅先生就是我们厉家的大恩人，你对他，要跟对待厉小姐一样尊敬客气，听到没有？"

"为什么？"程延青不理解。

程明康掷地有声道："就凭他救了厉小姐的命！"

程明康虽然年纪大了，但还没老糊涂，别人不知道昨晚是傅亦卿救了厉槿唯，难道他还猜不到吗？

算下来，这傅亦卿都救他家厉小姐两回了。

对于程明康知道他身份这件事，傅亦卿并不意外，昨晚已经听厉槿唯说了。因此，对于程明康的话，傅亦卿笑着回道："您客气了，厉小姐也照顾了我很多。"

"您谦虚了。虽早有耳闻，但今日一见，傅先生果然与众不同，能见到您，是我的荣幸。"程明康这话是发自内心的。

一个来自几十年后的医生，能见到本身就是一种奇迹，更别说，对方的谈吐跟气质还如此出众。

程明康一开始，就没把傅亦卿当普通人一样对待。

赵溪看到程明康对傅亦卿的态度并不震惊，让她震惊的是，厉槿唯竟然从头到尾没说过一句话，就仿佛，程明康对傅亦卿尊敬，是理所当然的一样。

这是怎么回事？

这个傅亦卿不是她雇来的假男友吗？怎么地位这么高？

8

傅亦卿又失联了。

当再一次电话联系不上傅亦卿，宋川这次没有之前那么有耐心了。

站在傅亦卿的家门口，宋川先是按了门铃，得不到回应，直接在门上输密码。

而后径直开门进去。

然而，屋里空无一人。宋川转了一圈，傅亦卿的屋子没有任何变化，也没有任何女人生活过的痕迹，卫浴的洗漱用品也是单人使用的。

宋川不认为如果傅亦卿真的与一个女人生活在一起，会这么怕被他发现，连一点痕迹都没留下。

那就只有一个可能了，他一开始，就猜错了……

"你，是谁？"

结果就在这时，身后突然传来一个女人的声音。

宋川顿了一下，转过身看到对方的一刹那，他的瞳孔蓦地一缩，整个人都呆住了。

傅亦卿去警局了。

高严明派了个警员过来接他，昨晚的一些具体情况，还得当面详聊。

以防万一，厉槿唯让程明康跟傅亦卿一起去了。赵溪则因为想知道昨晚傅亦卿是怎么把厉槿唯救下的，也跟着去了。

傅亦卿一行人走后，厉槿唯想了想，然后和程延青去了趟公司，免得她不出面，某些人传她性命垂危了。

一直到中午，厉槿唯才被程延青催着回家休息，而程延青则留在公司，替她处理一些事务。

但让厉槿唯没想到的是，她一回到家，推开门一看，就发现客厅里出现了一个陌生的男人。

因为对方是背对着她，厉槿唯还盯着他的背影看了好一会儿。

男人身材高瘦，西装革履，一只手插在兜里，金色的手表明显价值不菲，浑身透着一股多金的霸总气质。

发现对方没注意到她，厉槿唯这才出声。

男人转过身来。

看到他的长相，厉槿唯不得不说，要不是因为她见过傅亦卿的话，确实会被其惊艳到，这五官过于优越了。

无论是长相，还是举手投足间流露出的气场，都能让厉槿唯感觉得出来，眼前这个男人，是极为强大的一个存在，不怒自威，高高在上。

这一点，傅亦卿其实也有，只是他善于藏匿，不易发觉。

只是，让厉槿唯感到有些奇怪的是，这男人看她的眼神，怎么不太对劲？

"忽然想起来，我忘了件事。"

傅亦卿从警局出来时，就想起他今天约了宋川来他家里见面，讨论那位赵溪，也就是他"太太"的病情。

以他对宋川的了解，发现联系不上他，一定会直接进他家。

也不知道待在家里的厉槿唯突然见到一个陌生人，会不会被吓到……

"忘了什么？"赵溪听到了。

傅亦卿摇头，并没多说，赵溪也没追问，只是在掏手机的时候，不小心把自己的名片带了出来，刚好就掉到傅亦卿脚下。

　　傅亦卿刚要帮她捡起来，看到名片上"赵溪"两个字，他不由得一愣。

　　"你叫赵溪？"傅亦卿问她。

　　赵溪这才想起，自己确实没把名字告诉他："是啊，我叫赵溪，有什么问题吗？"

　　傅亦卿想起宋川带他去医院里见的那位老太太，也是叫赵溪，而且，仔细一看，他发现，那位老太太和赵溪的五官有点相像。

　　为了确认，傅亦卿还问了赵溪的年龄。

　　得知她二十八岁，傅亦卿算了一下，五十二年后她就是八十岁。

　　年龄对上了。

　　那么问题来了，宋川说赵溪是他的妻子，那宋川，他到底是谁？

第九章

—

他是医生，现在，他去救人

1

宋川对厉槿唯的记忆还停留在她十九岁的时候。

那时的厉槿唯是被厉家捧在手里的小公主，她骄傲自信，眼睛里总是充满光芒。

她经常穿一身白色的长裙，肩上背着黑色的琴包，走在校园里，耀眼而又夺目，吸引无数人的目光。

而此刻的厉槿唯，高冷而又孤僻，瞳孔乌黑，眼神是警惕而又冷漠的。在她身上，宋川几乎看不到她以前那种意气风发、自由自在的洒脱。

她就像是被困在一个黑暗的漩涡里，身体被上了枷锁，自由的灵魂被禁锢，从此以后，黯淡无光。

宋川几乎无法想象，她经历了什么才有了如此大的转变。

心隐隐作痛，宋川红了眼，此刻只有一个冲动，那就是将她紧紧地抱住，告诉她，她不是一个人，还有他这个"哥哥"在……

看到男人二话不说，跑过来抱住她的那一刻，厉槿唯的眼神里充满了错愕。

他，竟然抱她了？

傅亦卿加快速度往回赶，但等他到的时候，还是晚了一步——

他们已经见到面了。

并且，厉槿唯已经将宋川给"摔"出去了……

一般情况下，厉槿唯自保的能力还是有的，但要是像昨晚的马胜金那样，利用暴力，并且是奔着置她于死地来的，那就算厉槿唯的防身技巧练得再厉害，也抵挡不住。

傅亦卿虽然不知道宋川对厉槿唯做了什么，但从他被厉槿唯给摔出去这一点上看，就知道，宋川是对她动了"手脚"的。

"他是你认识的人吗？"厉槿唯看到傅亦卿回来，指着坐在地上、脸色阴晴不定的宋川问他。

"嗯。"傅亦卿点头，"他是我朋友，来找我的。"

朋友？厉槿唯想起来，傅亦卿曾说过，他有个朋友叫黎致，是个花花公子。

这么一想，刚才这男人突然走过来抱住自己，就说得通了。

厉槿唯向来讨厌这种花花公子，冷漠的眼神瞥了对方一眼，对傅亦卿说了句"你解决"之后，就回房间去了。

当看到厉槿唯如同一道虚影，从一堵墙穿过去的时候，宋川的脸上终于浮现出一丝诧异之色。

这到底，是怎么回事？

傅亦卿知道瞒不住了，将两个时空重叠的事告诉了宋川。

宋川听到两个时空重叠的时候没什么反应，倒是傅亦卿说，他去到了厉槿唯所在的时代，也就是 2023 年时，宋川的眼神才终于有所波动。

但更多的时候，宋川是沉默着，一言不发，不知在想什么。

"你在想什么？"

傅亦卿很想知道，宋川此刻是怎么想的。

宋川没回答，只是反过来问了傅亦卿一个问题："她脖子上的纱布，是怎么回事？"

"嗯？"傅亦卿虽然没料到他会问这个问题，但还是回答了他。

得知厉槿唯昨晚遭遇了什么，宋川握紧拳头，青筋都暴起了。他很少发怒，但这一刻，他恨不得亲手掐断那马胜金的脖子。

傅亦卿饶有兴致地看着他，故意说道："你好像很生气？"

"或许吧。"宋川没否认，但也没打算说原因。

傅亦卿摸着下巴打量宋川，然后突然想起什么，他拿出一张名片，但不给宋川看，而是自顾自地欣赏："这张名片，是我自己要来的，她是一个律师，名字叫——赵溪。"

傅亦卿还故弄玄虚了一番。

果不其然，宋川一听到"赵溪"这两个字，就猛地起身，瞬间将他手里的名片给夺走了。

傅亦卿的嘴角弯起了一抹弧度。

他这个好朋友身上，果然有一个不为人知的秘密。

他记得厉槿唯称呼过赵溪为"大嫂"，而宋川又说赵溪是自己的太太……

那么，死去的厉言封跟宋川什么关系，傅亦卿真是非常好奇了。

2

赵溪与人有约，出了警局之后，没跟傅亦卿回格瑞酒店，而是开车去了医院。

到了主任办公室，李严已经沏好茶等着她了。

赵溪只在来医院找厉言封时，见过他几面，因此算不上太熟。

她带了见面礼过来，简单寒暄过后，就直奔主题了。

"李主任，我今天过来，其实是想问您，关于林樾的事。"

李严低头倒茶，默不作声，直到将茶壶重重往桌上一放，他才冷哼了一声，阴沉着脸道："我这个好徒弟，不是已经被厉家的大小姐害死了吗？还有什么好说的？"

赵溪摇头，眼神坚定道："不，李主任，我怀疑这件事有蹊跷，所以才会过来问您。"

"蹊跷？你们发现什么线索了？"李严眯起眸子，眼神锐利。

赵溪说道："我也是刚得知，阿言他们生前多次前去警局，但不知道他们去警局干什么。您是林樾的老师，又是他的师父，所以我才会想来问您，他是否有跟您说过什么？"

"没有，什么也没有。"李严几乎是脱口而出，回答得很笃定。

赵溪不死心："那您还知道林樾认识什么人吗？或者……"

"赵律师。"

李严打断她的话，一副没耐心的表情道："如果有疑点，早在五年前就查出来了。这一切悲剧都是厉大小姐的任性导致的，如果不是她，他们不会出车祸。

"我实在不明白，她害死了你最爱的人，你怎么还想着替她洗白？"李严说这话时，看着她的眼神，充满了失望。

赵溪却否定道："李主任，我不觉得我必须要恨厉槿唯，大家都是成年人了，得为自己的行为负责——当时阿言可以选择不加速，避开这个风险。因此，您说责任全在厉槿唯身上，我是不认同的。"

"你是律师，我说不过你，反正，在我这里，她就是害死我徒弟的凶手。"李严不跟她争辩，只认准自己的道理。

言尽于此，赵溪也无须再多言了。

只是在她离开时，李严突然说了句："厉言封已经死了，就算你再怎么妄想找到别的真相，他也活不过来，你何必在这些无意义的事上浪费时间？"

"找出真相，怎么会是无意义呢？"赵溪笑着回头看他，说罢，飒爽地离开。

但只有赵溪自己知道，她根本没表面上的那么潇洒，李严说的那些话，并不是对她一点影响都没有。

尤其是"厉言封再也活不过来了"这句话，宛如一把刀，狠狠扎入她的胸口，疼得她不得不承认这个残酷的现实。

是的，他死了，再也活不过来了。

赵溪知道这是自己的一个执念，不管最终的真相如何，只要她不放弃调查，就仿佛厉言封还在，他还没有彻底从她的生命中离开……

眼眶湿润，赵溪停了下来，想缓解一下情绪，就在这时，手机响了。

是个陌生的电话号码。

赵溪接起电话，毕竟有可能是客户打来的。

"喂，你好，我是赵律师。"

然而电话那边，却一点声音也没有。

赵溪怀疑是信号不好，便又重说了一句："喂，你好，能听到我的声音吗？"

对方还是没有说话。

赵溪虽然很疑惑，但也没再多说，直接挂断电话，只当是一个恶作剧。

而这一边，发现赵溪将电话挂了，宋川才将座机的话筒放了回去，神色落寞而又伤感。

见他打完电话，傅亦卿的手才从座机上离开，于是在宋川的视角里，座机就这么凭空消失了。

"你不说点什么？"傅亦卿问他。

宋川摇头，说了一句"让我一个人静静"就转身出了门。

3

厉槿唯昨晚几乎没睡，这会儿补了个觉，整个人的精神才好了一些。

出了房间，发现客厅里只有傅亦卿在，他那个朋友已经走了。

"你都跟他说了？"厉槿唯坐下来问他。

傅亦卿点头。

厉槿唯没再说什么。

傅亦卿一直在观察她，发现她没什么异样，不由得试探地问："你看到他的时候，没什么感觉吗？"

"能有什么感觉？还是说你以为，是个女人就会对他动心？"以为被小瞧，厉槿唯颇为不满。

傅亦卿听出不对："嗯？你为什么会这么想？"

"他不是一个很讨女人欢心的花花公子吗？"

听到她这话，傅亦卿就知道她误会了，他失笑道："他不是黎致，他姓宋，叫宋川，我记得之前有跟你提起过。"

"就是你上次说，格瑞酒店未来的董事长，叫宋川，是你朋友……就是刚才那个人？"

厉槿唯经他这一提醒才想起来。想到自己刚才因为误会，而对人家那种态度，厉槿唯不由得皱了皱眉。

"那你替我跟他说一声抱歉吧，刚才是我误会他了。"

傅亦卿没急着答应，而是话锋一转，忽然说道："我记得，你有个哥哥，叫厉言封，如果有机会再见到他的话，你会想见吗？"

门外，刚要推门进来的宋川听到傅亦卿这话，立即停下了。

宋川屏气凝神，只要她说想，他就立马推门而入。

然而，让他没想到的是，厉槿唯给了一个否定的回答。

"不想。"

宋川一怔，眸底是掩饰不住的失落与沉重。

傅亦卿问："为什么？"

"他是被我害死的，你以为他突然出现在我面前，说他是我哥哥，我们会是一番兄妹相见，感天动地的画面吗？不会的。"

厉槿唯自嘲一笑，"与其相见，彼此都硌硬得慌，还不如不见，至少我心里会好受些。"

厉槿唯知道这是一个不切实际的问题，因此也没打算真心回答。实际上，她怎么可能会不想见……

傅亦卿听出她在嘴硬，刚要说什么，宋川这时进来了。

见到去而复返的人，厉槿唯微微一愣，然后想起自己之前误会了人家，便很坦然地跟他道歉："抱歉，刚才是我误会你了，把你当成了另一个人，如果对你造成了伤害，我会补偿你。"

"你要怎么补偿？"

这原本就是一句客气话，没想到对方还较上劲了，但厉槿唯还是说道："那就看你需要什么了！"

"现在还没想到，等我想到了再告诉你。"

厉槿唯表情古怪，这话听着，怎么像是赖上了她一样？

当然，厉槿唯也没自恋到觉得对方是看上她了。也正因如此，厉槿唯才极为纳闷。

等宋川离开后，厉槿唯问傅亦卿："他刚才那话是什么意思？是觉得两个时空重叠很有意思，所以想掺和进来，或者看热闹吗？"

一个傅亦卿已经够她费心思了，再多加一个进来，到时候被发现就更难解释清楚了。

傅亦卿笑了笑："我也想知道，他在想什么。

"或者，他想做什么。"

傅亦卿其实也有想不通的地方，但他相信，宋川迟早会告诉他这一切到底是怎么回事。

以及，他到底是谁。

4

晚上十二点，傅亦卿再次回到他的时代。

洗了个澡之后，傅亦卿没有回房去睡，而是出了门。

开车到了宋川的家里，傅亦卿按了门铃，没人来开门，他就自己开门进去了。

一进去，就看到宋川坐在沙发上，手里夹着根烟，脚下倒了无数个酒瓶，烟灰缸里掐灭了不少烟头，空气中弥漫着一股浓浓的烟味。

傅亦卿嫌弃极了，打开空气净化器，然后才勉强坐了下来。

"她死了……"宋川眼睛猩红，低沉的嗓音此刻很嘶哑。

傅亦卿神色淡然，也没有问宋川口中的这个"她"是谁。

"你早就知道了对吧？你今天让我过去找你，不是为了跟我讨论她的治疗方案，而是要告诉我，她撑不过今晚，对吧。"说到最后，宋川的语气已经不再是带着疑问，而是笃定了。

"是。"傅亦卿点头，如实告诉他，"赵溪撑不过今晚，没有回天的余力了。"

宋川沉痛地闭上眼睛，他最终还是没能等到她醒来，没能告诉她一声，她这一生最爱的人回来找她了……

傅亦卿见状，说了句："这个时代的赵溪去世了，但2023年的赵溪还活着，你还可以见到她。"

"傅亦卿，有时候我真觉得，你理性得有些可怕了。"宋川将没燃尽的烟给掐灭了，抬眸看他，那双漆黑的瞳孔弥漫着深不见底的暗沉。

傅亦卿笑了笑，说："我是医生，生死离别对我而言，就是家常便饭。"

"谁死你都不在乎吗？"

傅亦卿刚要回答，脑海里忽然闪现厉槿唯的身影，话到嘴边，又停住了。

他傅亦卿不想回答的问题，没人可以逼他。于是傅亦卿反过来问了一句："你是厉言封？"

宋川自嘲地笑了一声："厉言封早就死了。"

"那你是谁？"傅亦卿步步紧逼。

事到如今，宋川也没必要隐瞒了："你听说过'记忆拷贝'吗？将一个人的记忆拷贝下来，等这个人死了之后，将记忆植入到一个新生儿的身上，从而做到带着'前世'的记忆重生。"

傅亦卿一愣："所以，与其说你是厉言封，倒不如说，你拥有厉言封的记忆？"

"没错，而厉槿唯，就是我妹妹。"

傅亦卿闻言，问他："那你真的是因车祸身亡的？"

宋川知道傅亦卿希望听到一个不一样的答案，但可惜的是，他确实是死于车祸。

这也是宋川为什么听到厉槿唯那番话的时候，不敢跟她说出自己身份的原因了。

当事人都这么说了，那就真的没有其他可能性了。傅亦卿问他："那你接下来，打算怎么做？"

"我现在，只想保护我这个妹妹，让她活下来。"

宋川知道厉槿唯的死因，不管当年她自杀的原因是什么，宋川都不会让她重蹈覆辙。

"那赵溪，你不见她了？"

宋川沉默，他想，但他不能。现在的他，除了拥有厉言封的记忆，身上没有一点厉言封的影子。

就算他站在赵溪面前，赵溪也不会认出他。

"就像你说的，两个时空的重叠，不知道什么时候就会消失，我何必给她希望，又让她失去我一次？还不如，一开始就不要相见。"对现在的宋川而言，能陪在她们身边，保护她们，就已经足够了，再也不敢奢望其他。

傅亦卿明白了，他尊重他的想法。

他不会告诉厉槿唯，但也不会刻意隐瞒她，如果她自己发现，并开始怀疑，那么他就会给她一个肯定的答案。

5

"大小姐，您怎么了吗？"

程延青在接厉槿唯去公司的路上，注意到她心不在焉，不知在想什么，犹豫片刻，还是问了。

"专心开车吧。"

厉槿唯没想跟他多说，因为连她自己都想不明白，那个叫宋川的男人到底想干吗。

一大早，厉槿唯就发现宋川出现在她家里，虽然知道他是来找傅亦卿的，但毕竟是在同一屋檐下，家里忽然多了两个男人，她自然是各种不自在。

更别说，那个叫宋川的男人还时刻注意着她，那眼神都不带掩饰的。

厉槿唯还找傅亦卿说过，告诉他这个宋川一直在看她。原以为傅亦卿会有所表示，结果他一副若无其事的表情，反问她："有吗？"

他说这话的时候，宋川还在盯着她看。

有那么一刻，厉槿唯怀疑傅亦卿瞎了。

厉槿唯发现，比起宋川一直看着她的眼神，傅亦卿的不在乎更让她不舒服。

越想越烦，厉槿唯忍不住气呼呼地哼了一声。

程延青回头看她，这一刻，他忽然发现，大小姐明明在他眼前，却又感觉距离他好遥远。

从厉槿唯对他隐瞒傅亦卿开始，程延青就知道，他们之间，再无任何可能了。

到了公司，厉槿唯就发现，今天让她烦心的事不止一件。

她那个好舅舅又开始作妖了。

"你们刚才说什么？我精神有问题？"

在董事会议上，厉槿唯都不敢相信自己听到了什么，他们竟然企图以她精神方面出了问题逼她交出总裁之位？

陈国辉一脸正色道："厉总，我们都知道，厉言封车祸身亡一事，一直是你的心结，也知道你这些年看过不少心理医生。经过我们的讨论，我们觉得你不适合任职集团总裁。"

"陈国辉，你这么捏造事实，我可以告你诽谤知道吗？你说我精神有问题，那你拿出证据来。"厉槿唯感到可笑至极，为了利益，他可真是什么都干得出来。

陈国辉却反过来要她拿出证明她精神正常的证据，并且，在她没拿出来之前，暂停她一切事务。

"凭什么！"厉槿唯怒喝拍桌。

一帮人全低着头，谁也没说话，显然知道自己在做什么，并且摆明了他们都是站在陈国辉那一边的。

陈国辉喝了口茶，慢条斯理道："厉总，你说你交男朋友那么大的事，也没跟我们打声招呼，是不是哪天把公司拱手让人了，我们还傻乎乎地被你蒙在鼓里？

"事关集团的利益，我们本该是一条心，可你却跟一个外人偷偷联合。既然你不仁在先，可不能怪我们不义。"

陈国辉对格瑞集团野心勃勃，哪是遇到一点波折就会放弃的。

那天见过傅亦卿之后，陈国辉就有危机感了——以后这个傅亦卿进到集团内部，保不准格瑞就被他收入囊中了。厉槿唯留自己这个舅舅在格瑞集团，是碍于"亲情"，但傅亦卿就不一样了，他就是一个外人，到时候给自己穿小鞋，将自己赶出集团，那是会毫不留情的。

陈国辉觉得自己不能坐以待毙，于是联合了董事众人，这也算是给厉槿唯一个警醒，让她知道自己几斤几两重。

"厉总，这样吧，你们双方都给出证据，在这期间，厉总就先暂停集团事务，若陈总拿不出证据，到时候，我再让他向你道歉。"

有人站出来说公道话了。

此话一出，得到了大家的认同。

厉槿唯冷笑，说到底，还是得暂停她的职务，至于一个道歉，谁稀罕啊！

6

厉槿唯是憋着一肚子气回家的，一进门，将包一甩、高跟鞋一踢，什么形象礼仪都被她抛之脑后了。

厉槿唯知道这个时间点傅亦卿是不在家的，因此也不需要注意什么，但让她没想到的是，这个叫宋川的男人竟然还在。

宋川一直留在傅亦卿的家里没走。

他希望厉槿唯晚上回来的时候，能第一眼就看到他，但让他没想到的是，厉槿唯竟然这么早就回来了。

"你怎么还在？"

厉槿唯的语气很冲，毕竟任谁都不喜欢自己的家里有一个陌生人，尤其还被对方看到了自己发脾气的模样。

宋川没在意她的发火，他这妹妹的脾气他是知道的，他现在只想知道，谁惹她生气了。

"谁欺负你了？"宋川敛起冷眸。

厉槿唯还在跟自己怄气，冷不丁听到他这话，蓦地一愣。

她抬起头看他。男人双腿交叠，坐在沙发上，面前放着电脑，那凌厉的眼神、不悦的语气，与当初她受了欺负时，她哥厉言封问她的时候如出一辙。

恍惚间，厉槿唯在他身上，仿佛看到了厉言封的影子……

反应过来是自己想多了，厉槿唯掩饰住眸底一闪而过的脆弱，故作冷漠道："这跟你有什么关系？"

"如果是跟格瑞的前景有关，或许我能给一些建议。"宋川知道她不会轻易开口，只能找理由。

果不其然，厉槿唯听到他这话才有所动摇，毕竟在未来，他就是格瑞集团董事长。

她就当跟同行吐槽了。

殊不知，随着她的开口，宋川的脸色越来越差。

听到最后，宋川"啪"的一声合上电脑，陈国辉好大的胆子，竟敢欺负到他妹妹头上？

这口气，他可咽不下。

宋川的反应，厉槿唯都看在了眼里，不明白他为什么会这么生气。

就在她想问的时候，门铃响了。

厉槿唯只好起身去开门。

站在门外的人是赵溪，她此刻红着眼睛，见到厉槿唯的瞬间，就二话不说将厉槿唯一把抱住，伤心哽咽道："为什么？为什么不跟我说，你得了那么严重的病？为什么……"

赵溪泣不成声，厉槿唯愣了一下："谁告诉你的？"

赵溪放开她，擦去眼泪，缓了一下情绪才说道："周韩意。中午他约了我见面，说有个关于你的秘密要告诉我。"

"竟然真的被他查出来了。"厉槿唯眉头紧皱，这个秘密相当于是她的把柄。

一旦周韩意把这件事告诉陈国辉，那么，她就无法再回到格瑞集团了。

赵溪知道厉槿唯在担心什么，刚要告诉她，她已经跟周韩意谈过了，却在这时注意到厉槿唯身后还有一个人在。

"你是谁？"赵溪这话是看着男人说的，眼神警惕。

宋川的眼眶微微泛红，想开口，却仿佛失了声一般，什么也说不出来。他甚至都不敢眨一下眼睛，很怕这会是自己的幻觉，怕下一秒，赵溪就会消失不见。

宋川记忆中的赵溪，还是那个大学毕业没多久，充满青春气息与一腔热血的小姑娘。

五年过去了，她已然成为一个足以独当一面、强大独立、成熟稳重的赵律师，岁月在她身上留下了成熟女性的气质，"青涩"两个字再也不会形容在她身上了。

苦涩、酸楚、心疼种种复杂的情绪涌上心头，谁也不会知道宋川是怎么将自己克制住，没有朝赵溪迈近一步的。

"他叫宋川，是傅亦卿的朋友。"厉槿唯替他回答。

赵溪的眼神透着质疑："傅亦卿的朋友？你确定吗？"

"你得了什么病？"

宋川没给厉槿唯回答赵溪的机会，抢断问她。

厉槿唯当然不会告诉宋川。宋川也发现了，知道多问无益，便直接去找傅亦卿了。

"你不知道她活不过两年吗？"

傅亦卿接到宋川的电话，得知他毫不知情时还有些意外。

宋川根本就不知道，对此，他还猜测道："难道，她之所以会自杀，就是因为忍受不了病痛，才选择结束自己的生命？"

"原来，你一直以为她是自杀的，所以你口中的救她，就是阻止她自杀的想法。"傅亦卿摇头失笑，原来他有这么大的一个误区。

宋川沉声问道："傅亦卿，你这话是什么意思？"

"我的意思是，厉槿唯，她不是死于自杀，而是——"傅亦卿拖长了尾音，而后冷酷地说出两个字，"谋杀。"

7

赵溪真的以为厉槿唯活不过两年了。

尤其在得知这种病还无法医治的时候，赵溪也无法劝她去医院接受治疗。最后，赵溪忍着心痛告诉她："你放心，你想做什么就去做什么，我绝不会让任何人阻止你。"

尤其是周韩意，赵溪绝不会让他将这个消息给泄露出去。

"他会听你的吗？"

厉槿唯可不认为周韩意会听话配合，像他这种人，这么好的机会可不会错过。

但赵溪一意孤行，表示这件事包在她身上，而后就离开了。

等宋川跟傅亦卿打完电话回来时，已经连赵溪的影子都见不着了。

"你还不打算走吗？"

厉槿唯见他又折返回来，感到很是纳闷，他就那么闲吗？

"厉槿唯，你过来。"

宋川声音喑哑，连名带姓地叫她，此刻的脸上毫无表情，却给人一种暴风雨来临前的宁静，让人不寒而栗。

厉槿唯心里下意识"咯噔"一下，困惑的目光再次落在他身上。

这是厉槿唯第二次，在一个人身上，感受到了熟悉而又陌生的感觉……

虽然不知道他想干什么，但厉槿唯还是走了过去。

然后，厉槿唯就发现，她被他算计了！

傅亦卿是晚上八点的时候从医院回来的，一进门，就发现厉槿唯坐在玄关里，看样子是在等他。

傅亦卿还没来得及问，厉槿唯就猛地站起来对他说道："宋川不见了！"

"不见了？"

"他将我推出门的同时，握住了我的手，之后跟你一样，穿越到我的时代来了。"厉槿唯将当时的情况告诉他。

而且，更要命的是，这宋川得逞之后，就乘着电梯离开了。

等厉槿唯反应过来去追宋川的时候，宋川早就不见人影了。

厉槿唯担心会造成什么不良后果，想联系傅亦卿，结果根本没有联系的办法，只能等他回来，再将这件事告诉他。

"他已经消失好几个小时了，你知道，他去了哪里？又会做什么吗？"

宋川是他的朋友，厉槿唯现在只能问他。

"不用担心，我相信他自有分寸。"傅亦卿倒是不慌，让她放心。

但厉槿唯怎么可能放心。

人是她带过来的，虽然不是她的本意，但她终究有责任，不管怎么样，都必须把人找回来！

于是，厉槿唯很强硬地将傅亦卿也"带"了过来。

"跟我出去找！"厉槿唯拉着傅亦卿就走。

等上了车，司机问去哪儿的时候，厉槿唯才回过神来，对啊，去哪儿找？

"君城律师事务所。"傅亦卿这时说出一个地址。

厉槿唯一愣："这不是赵溪所在的事务所吗？"

"嗯。"傅亦卿点头。

厉槿唯充满疑问："他去那里干什么？"

"不知道，先去看看在不在吧。"傅亦卿很是轻松随意。

厉槿唯就这么稀里糊涂跟着他去了君城律师事务所，结果去了发现，不仅没有看到宋川，就连赵溪也不在。

助理告诉他们，赵溪今晚约了个客户，在一家酒吧见面。

厉槿唯皱眉："哪有客户约在酒吧见面的？"

"也许不是客户。"傅亦卿说道。

厉槿唯略一思索，很快就有了怀疑的人选："是周韩意？"

"走吧，去酒吧。"傅亦卿很自然地牵起她的手就走。

厉槿唯放心地跟着他，也没看路，继续给赵溪打电话，她打了一路，都没人接。

"小心台阶。"傅亦卿提醒她。

厉槿唯还在忙着打电话，等反应过来的时候，脚已经踩空了，但她没摔倒，而是扑入了傅亦卿的怀里。

厉槿唯吓了一跳，双手紧紧拽着他的衣服，呼吸都有些急促，只是不知道是不是她的错觉，傅亦卿的身体忽然很僵硬。

厉槿唯想抬起头看他，却被他霸道地用手摁住头顶。

傅亦卿的喉结缓慢地滚动了一下，他闭上眼睛，深吸了口气，才将她放开。

"走吧。"

傅亦卿跟没事人一样，牵着她继续往外走。

8

高严明晚上抽空去了趟医院，去探望一个病人。

那是一个四十多岁的中年男人，长着一张"让人安心"的国字脸，只是他已经睡了五年了。

高严明拉了张椅子过来坐下，就跟老朋友聊天一样，对他说道："张队，你这次运气好，医院都下病危通知单了，还能被你挺过去，是不是你知道我在查你未完成的案子，所以，在我没查出来之前，不放心走？"

然而回应高严明的只有医疗器械运作的声音。

高严明鼻子发酸，强忍伤感。病房的门这时被推开，高严明立即转头，发现是李主任。他站了起来，跟对方握手："李主任，怎么样？张升的情况还好吗？"

"情况不太乐观，家属还是要做好准备的。"李严进来看一下病人，掀开病服时，高严明注意到张升的腹部上有一条极长的伤疤。

李严注意到他在盯着伤疤看，就说道："你们当警察的也不容易，看这一身伤。"

"是啊，我还记得，张队那次任务执行得很凶险，要不是现场刚好有一个年轻人救了他，我们张队都活不到现在了。"

李严没说话，闷头做事。

高严明这时又说了句："我还记得，那年轻人是个医生，他的名字叫——林樾。"

傅亦卿跟厉槿唯到酒吧了。

这是厉槿唯第一次来这种地方，闪烁的灯光晃得她眼花缭乱，动感的舞曲震耳欲聋，厉槿唯强忍着不适，跟着傅亦卿往里走。

"要不要在外面等？"傅亦卿看出她不舒服。

厉槿唯很要强："不要！"

傅亦卿笑了笑，也没强制要求。酒吧人多嘈杂，厉槿唯就一路拽着傅亦卿的衣角，免得跟他走散。

傅亦卿是在二楼的一个卡座上看到赵溪的，他示意厉槿唯抬头。厉槿唯往上一看，发现坐在赵溪对面的并不是周韩意，而是一个她没想到的人——程延青！

厉槿唯立即上到二楼，傅亦卿则是先观察了眼四周。没看到宋川的身影，但傅亦卿并不意外。

"大小姐？"

程延青看到厉槿唯，很是诧异。厉槿唯走过来，问他们："你们约在这里见面做什么？"

"小唯，你怎么来了？你一个人？"

赵溪很紧张，直到看见傅亦卿，她这才松了口气，不是厉槿唯一个人就好。

"先别管我了，你们约在这里，是准备说什么吗？"厉槿唯这话是看着程延青说的。

程延青也没想到，他约赵溪见面问些事，会被当场抓包。

见程延青尴尬，还是赵溪替他回答："他问我，知不知道傅亦卿是什么人，直到现在，他都还在质疑他的身份。"

赵溪说着伸手指傅亦卿。

傅亦卿就笑道：“想知道我是谁，直接问我就可以了。”

“那好，你说，你是什么人？”程延青很认真地问。

傅亦卿也很认真地回答他：“我是从未来的 2075 年穿越过来的，我叫傅亦卿，是个医生。”

程延青看起来，像个傻子吗？

赵溪的表情也不太好看，就算不想回答，也不至于说这种话戏弄人吧？

厉槿唯还紧张了一下，发现他们根本不相信，顿时觉得自己想多了。

“让让！快让让！”

“啊！死人啦！”

“天哪，伤得好严重，这警察没事吧？”

就在这时，楼下突然传来一阵骚动，音乐这时也被关停，好几个便衣警察押着一个光着上身的人走了出来，那人身上有血，但看得出来，那些血并不是他的。

现场伤得最重的是穿着警服的警察，被砍了好几刀，血流不止。

“车呢？快去把车开过来，去医院啊！”

“怎么去！他流这么多血，就这么送去医院，半路上人就没了！先想办法止血！”

“救护车呢？快喊救护车来啊！”

…………

这一幕看得人胆战心惊，不知道他们刚才在疯狂撒野的时候，在酒吧的深处发生了什么，光是想想就后怕。

傅亦卿靠在栏杆上，注意到那警察的脸色已经发白。他皱了皱眉，快步走了下去。

“大小姐，他去干什么？”程延青见到傅亦卿下楼，赶忙提醒她。

厉槿唯回了他一句：“他不是说了吗？他是医生，现在，他去救人。”

第十章

要不，你撒娇求我试试

1

晚上十一点，陈国辉在书房看完书，就准备入睡，突然听到保姆走过来说有客人来了。

"谁这个时间点过来做客？还连声招呼都不打。"陈国辉皱眉，很是不悦。

保姆说道："是个年轻人，他说自己姓厉，叫厉言封。"

"你，你说什么？"陈国辉面露惊恐之色，"厉言封早就死了，你别胡说八道！"

保姆是新来的，也不知道厉言封是什么人，听陈国辉这么说，也有些后怕道："这，这不会是鬼魂过来找您索命了吧？"

"去去去！胡说八道什么？"陈国辉怒瞪她一眼，但心里还是忍不住发怵。不知道是不是因为今天刚针对了厉槿唯的缘故，让他一时有些心虚。

下一秒，陈国辉又壮起胆子。他倒要看看，谁在装神弄鬼，敢说自己是厉言封！

陈国辉气势汹汹地去了客厅，远远就看到一个年轻人坐在沙发上，那正是厉言封生前常坐的位置。

但就算如此，这人也不是厉言封。

陈国辉走近，看清了对方的长相，是一个从未见过的陌生人。他冷声质问道："你是谁？为什么要骗人说自己是厉言封？"

"我是厉言封。"宋川抬眸看陈国辉，那双眸子漆黑而又冰冷，在陈国辉发怒前，他又慢悠悠地补了一句，"的朋友。"

陈国辉愣住，他是厉言封的朋友？怎么之前从未见过，也从未听说过？

"陈国辉，你真以为厉家没人了吗？厉槿唯是你想欺负，就能欺负的？"宋川摆出一副兴师问罪的口吻，分明是坐着，却给陈国辉一种他在居高临下俯视他的错觉。

陈国辉也不是吃素的，气焰嚣张道："你是谁啊？你说自己是厉言封的朋友，你就是了？还跑到我家来，找我算账？"

"你家？我厉家的东西，什么时候变成你陈家的了？"宋川冷笑，而后顷刻间变脸，表情冷厉而阴沉道，"别忘了你这个副总的身份当初是怎么求来的，不过是一个娘家人，却敢恬不知耻，厚着脸皮住进别人家里，现在还企图占为己有？陈国辉，你哪儿来这么大的脸？"

听到他这话，陈国辉的脸都白了，浑身发抖："你，你怎么会知道？你到底是谁？"

"陈国辉，别以为你做的那些事情没人知道，我可是一直在盯着你。"

宋川步步紧逼。陈国辉害怕得不断后退，最后跌坐在沙发上，退无可退。

宋川看着他的眼神里充满鄙夷与不屑："记住我的名字，我叫宋川，从今以后，他厉言封的妹妹，就是我的妹妹，我要是不想把格瑞集团给你，你就这辈子都别想得到！"

"谁说格瑞集团是你的！"

一说到格瑞，陈国辉就硬气起来。

宋川都准备走了，听到陈国辉这话，脚步又停了下来，冷笑地回了他一句："我把格瑞买下来，不就是我的吗？"

陈国辉的瞳孔一下子就瞪大了。

"坏了！没呼吸了！"

酒吧里，一众人围着受伤昏迷不醒的警察，其中替他止血的便衣发现他没了呼吸，脸色顿时大变。

"你止血过程中压到他的呼吸管道了。"

傅亦卿这时走了过来，让捂着毛巾止血的便衣将手松开，傅亦卿将毛巾拿开后重新止血。

"你是医生？"便衣见他动作专业，赶紧问他。

傅亦卿淡淡"嗯"了一声，目光以及专注力都集中在受伤的警察身上。他在过来救人前，就提前挽了袖子，还戴上了一副材质特殊的金丝眼镜，能扫描伤者全身，其身体各机能的数据都会显现出来，从而达到效率最高的救治。

此时，伤者已处于休克状态，心脏机能也停止了。

救人刻不容缓！

傅亦卿有些庆幸他是刚从医院回来就被厉槿唯带过来的，关键时刻能救命的东西现在就戴在他手上。

那是一枚银色的戒指，它有一个学术上的名字，叫紧急电疗心脏复苏器。

于是，那个原本无法活下来的警察，就这么被傅亦卿硬生生从鬼门关给拉回来了……

2

厉槿唯从未见过傅亦卿穿白大褂在医院治病救人的样子。

但此刻，看到傅亦卿救人的一幕，厉槿唯已经能想象出来，当他穿上白大褂，那举手投足间，尽显从容不迫的风采了。

他拥有与生俱来的，让人安心的力量。

这种魅力，无人能及。

程延青无论如何也想不到，傅亦卿竟然真的是个医生。

救护车抵达后，傅亦卿平静而从容地向医生叮嘱伤者该注意的事项，那一刻，程延青才彻底相信。

只是，他怎么会是个医生呢？

程延青隐约觉得有哪里不对，但一时说不上来，直到赵溪说："难道，鎏金医院外科主任傅亦卿，这个身份，不是假的？"

一语惊醒梦中人！

程延青猛地回过神来，鎏金医院，一座预备十年内建起的全国最大的医院，而他说过自己来自 2075 年，那不就说得通了吗！

"赵律师，没准他真的是从未来穿越过来的……"程延青喃喃自语，感觉自己的世界观都被颠覆了。

"啊？"

赵溪一副见鬼的表情看他，他不会是相信了吧？

但不管他们信不信，当事人此刻都已经跑了，等他们回过神，傅亦卿跟厉槿唯已经不见了踪影。

"不行，我必须去问清楚！"

程延青不搞清楚，誓不罢休，于是他这一走，就只剩下赵溪一个人了。

赵溪独自喝着酒，直到时间不早了，她才迈着微醺的步伐离开酒吧。

她没有急着打车回家，而是在街上散了会儿步，吹吹风。

但很快，赵溪就发现不对了。

有人在跟踪她！

虽然有一段距离，但那道身影一直保持着不紧不慢的速度，跟在她身后。

赵溪不动声色地拐入一个转角，那人也跟了过去。

结果，刚一转身，就跟赵溪正面对上了。

"是你？"

赵溪防狼喷雾都拿在手上了，没想到这个跟踪她的人，会是今天在厉槿唯家里见过的，那个叫宋川的男人。

"你跟着我干什么？"赵溪质问他。

宋川知道赵溪是在故意引他出来，他也没打算躲躲藏藏，因此平静道："看你一个人，不放心。"

"我们貌似不熟吧？只见过一面，你就担心我的安危了？"赵溪由下而上，明目张胆地打量他，怀疑他是不是别有企图，比如，想勾搭她？

宋川知道她在想什么，也没否认："嗯，担心。"

"你凭什么担心我，你是我什么人吗？"赵溪说话带刺，攻击力很强。

宋川没有被她激怒，相反，凝视着她的眼神里，是掩饰不住的心疼。他知道，这是她为了保护自己，而启动的一种防御机制。

对上他心疼的目光，赵溪忽然愣了一下，下意识问了句："你是谁？"

宋川没说话。

倒是赵溪回过神，苦笑道："我在说什么啊？看来，真的是酒喝多了，都出现幻觉了。"

赵溪几乎是逃似的拦了辆车。

坐车离开的时候，她还看到他站在街上，目送她的车远去。

而当年，厉言封也经常这么目送她回家……

3

程延青追过去的时候，还是晚了一步，车已经走了。

厉槿唯当时几乎是拉着傅亦卿跑路的，虽说他确实救了人，但他医生的身份，在这个时代可是无法证明的。

为了避免落下一个无证救人的罪名，厉槿唯赶紧带他离开。

就让他做好事不留名吧！

厉槿唯没有忘记他们是出来干什么的，已经这么晚了，而宋川还是连个人影都没见着。

而厉槿唯这时也终于反应过来一件事，她问傅亦卿："你为什么会觉得，宋川一定会去找赵溪？先是律所，后是酒吧，你到底是依据什么这么笃定的？"

傅亦卿没回答，低着头，看着自己沾满血迹的双手。

厉槿唯这才注意到他的状态不太对，忙问道："你怎么了？"

"我过去，好像也救过一个警察！"

傅亦卿说这话时，表情很困惑，甚至有些恍惚，恍然间，有种梦境与现实交接的虚幻感。

"过去什么时候？"厉槿唯问。

傅亦卿陷入沉思。他也在想，是什么时候的过去？

想了许久，他忽然低喃了句："上辈子……"

话音刚落，傅亦卿就头痛欲裂。他痛苦地捂着头，只觉得有无数钉子往他脑袋里钉。顷刻间，他就已经疼得满头大汗，什么声音也听不见了，只有漫长的、无尽的、让他痛不欲生的折磨。

"傅亦卿……"

耳边传来急切的呼唤，似乎喊得很大声，但傅亦卿依然只能听到一点点。他艰难地睁开眼睛，对上厉槿唯那张惊慌失措的脸，她快哭了，不断地喊他。

"傅亦卿！你没事吧？"

车子不知何时已经停下。司机正在打电话，似乎是在叫救护车。

傅亦卿强撑着，嗓音虚弱而沙哑道："我没事，不用叫救护车……"

"你都疼成这样了，还没事吗？"厉槿唯看着他苍白的脸色以及满头的汗，任谁都看得出来他在强忍着常人所无法承受的痛苦。

傅亦卿毫无血色的嘴角强撑着弯起，他喘着气，故作轻松道："我之前不是跟你说了吗？我经常会头疼……"

"每次都这样吗？"厉槿唯一脸不敢置信。

他刚才几乎快疼晕过去了，那种生不如死的痛苦是装不出来的，厉槿唯难以想象，他是怎么饱受这样的折磨活下来的。

"我有点累了，带我回家吧。"傅亦卿勉强地对她笑了笑，虚弱地往她肩上一靠，闭上眼睛。虚弱的喘息声、紧蹙的眉头，证明他依然还在饱受头疼的折磨。

这是厉槿唯第一次见到傅亦卿这么脆弱的一面。

也让厉槿唯发现，原来傅亦卿在她心里，一直是无所不能，从容而又强大的。她从未意识到，他也有虚弱不堪的时候。

因此当傅亦卿反过来依赖她的时候，她的心底忽然生出一种别样的感觉。

以及，真正意义上感觉到了他的存在。

在这之前，厉槿唯一直觉得傅亦卿很不真实，就像是她在做一场梦一样，梦醒了，他就消失了。

但现在，她感觉到他的体温、他的心跳，以及他的呼吸，一切是那么真实……

不知怎的，厉槿唯突然鼻子发酸，觉得好难过。

奇怪，她在伤心难过什么呢？

似乎，是怕他有一天不见了……

4

厉槿唯醒来的时候发现自己睡在床上。

想起傅亦卿还需要她照看，厉槿唯猛地从床上坐起来。

"怎么突然起这么急？"

傅亦卿走了进来，身上穿着睡衣，并且从他微湿的发丝上不难看出，他刚洗漱出来，整个人神清气爽，仿佛昨晚他虚弱的模样只是厉槿唯的幻觉。

见状，厉槿唯才发现，原来她之前好几次看到傅亦卿一大早就悠然自得，一副精神很好的样子，不是因为他前一晚睡得有多好，而是他很早就去洗漱，没让自己留下任何疲惫痛苦的痕迹。

"你没事了吗？"虽然他看起来安然无恙，但厉槿唯还是忍不住问。

昨晚是厉槿唯一路搀扶着他回家的，也照顾了他一夜，凌晨三四点的时候，她才趴在床侧睡着了。

显然，是他将她抱到床上睡的。

"没事了，昨晚谢谢你。"傅亦卿知道厉槿唯照顾他到多晚。厉大小姐平时虽然十指不沾阳春水，但在照顾人这点上，是极为温柔又细心的。

既然他说没事，厉槿唯也不用再多问了。这时她又想起一件事，忙问他："宋川回来了吗？"

"还没。"傅亦卿看了眼时间，现在已经是早上八点。

厉槿唯眉头紧皱，一夜未归？他人生地不熟的，昨晚不会是睡大街了吧？

"再等等吧，我相信他会回来的。"傅亦卿并不担心。

厉槿唯一双大眼睛直勾勾盯着他看："你一定知道什么对吧？不然你朋友失踪了一夜，你不可能不担心。"

"嗯，我知道，但他不让我说。"傅亦卿一脸认真，乖巧又诚实。

也得亏宋川不在，不然非得给他一个白眼不可。

发现他果然有事瞒着她，厉槿唯气急败坏道："我不管，我现在命令你跟我说！"

傅亦卿摸着下巴，故作严肃地思考，然后说了句："我吃软不吃硬，要不，你撒娇求我试试？"

"你想得美！"

"那就没办法了。"傅亦卿摊手耸肩，装无辜，他还挺想看到她撒娇的，可惜了。

厉槿唯："真无耻！"

但厉槿唯还是很快就知道宋川是谁了。

陈国辉打电话过来时，厉槿唯正在吃早餐，从他口中听到"宋川"这两个字，她差点呛着。

"你说什么？宋川昨天去了厉家？"厉槿唯一脸错愕。

傅亦卿正坐着喝咖啡看新闻，听到厉槿唯这话，挑了挑眉，嘴角弯起了一抹耐人寻味的弧度。

之后，厉槿唯就从陈国辉口中得知了宋川去厉家的全部经过，直到陈国辉追问她这个宋川到底是什么人，厉槿唯才挂断电话。

"傅亦卿，他到底是什么人？"

厉槿唯现在浑身起鸡皮疙瘩，这个宋川是怎么认识她哥厉言封的？还知道厉家那些不为人知的事，他到底是谁？

"你怀疑他是谁？"傅亦卿循循善诱，引导她。

厉槿唯开始回忆见到宋川时的每一个细节，包括他说的每一句话……慢慢地，厉槿唯的眼睛突然就红了，眼眶含着热泪，她颤抖着问傅亦卿："是我想的那样吗？"

"嗯，是你想的那样。"傅亦卿点头，眼神坚定。

也就在这时，外面门铃响起，是宋川回来了。

宋川已经想好应付厉槿唯的措辞了，但他没想到的，一开门，就见厉槿唯红着眼睛看他。

宋川以为她受委屈了，沉声道："怎么了？是不是傅亦卿欺负你了？你告诉我，我去揍他。"

厉槿唯强忍的眼泪，在听到他这话时，终于忍不住了。

她怎么现在才发现？

他是她哥，真的是她哥……

"我哪敢欺负她呀，我们的厉大小姐欺负我还差不多。"傅亦卿这时闲庭信步地走过来，嘴角蓄着笑，调侃道。

宋川瞪他一眼，这家伙，没个正经。

"你到底是谁？"厉槿唯忍着哭腔问他，她要听到他亲口说。

宋川眉头一蹙，目光望向傅亦卿，这时才发现他已经摆出一副看好戏的表情。

宋川已经猜到什么，但面对厉槿唯的质问，他还是依然回道："宋川，我叫宋川。"

"我再问你最后一次，你到底是谁？"泪止不住地涌出眼眶，厉槿唯此刻已是泣不成声。

宋川的双手握得很紧，显然很挣扎。半晌，他还是将手松开了。

宋川看着厉槿唯，说道："我叫宋川，不过，我还有另一个名字，叫厉言封。"

厉槿唯心里那座本就摇摇欲坠的城墙，在这一刻终于崩塌了。

她没有任何迟疑，奔赴到宋川怀里，紧紧抱住他，哭着对他说道："哥，爸爸妈妈都不在了。

"就剩我一个人，我一直都好孤单，好害怕……

"哥，我真的好想你，想爸爸妈妈……"

宋川听着厉槿唯无助又委屈的话，心如刀割，眼眶也红了。这是他最疼爱的妹妹，厉家最宝贝的小公主，却承受了她不该承受的苦与痛。

而原本还饶有兴致的傅亦卿，这时脸上也没了笑容。

他垂下眼帘，掩住了眸底那一抹暗沉的阴霾。

5

赵溪每个周末都会去一个地方。

那是厉言封毕业后给他自己买的房子，在一个高档小区里，只有赵溪一个人知道，门锁密码是她的生日。

后来赵溪才知道，厉言封偷偷把房子转到她名下了。

这五年，赵溪每次想他了，就会到这里来。

如往常一样输入密码，一进门，赵溪就愣住了。她发现，门口的鞋柜上，厉言封的鞋子被动过！

赵溪浑身像触电了一样，头皮发麻。她跑进客厅，也明显有人来过的痕迹。

最后，赵溪冲进厉言封的卧室，抽屉被打开，一本相册被打开，摊在床头柜上，停的那一页，是她与厉言封在校园时期手牵手站在一起的合照。

赵溪的腿一软，坐到了床上。她脸色发白，喃喃道："有人来过？是谁？五年了……除了我，没有人来过！"

赵溪不敢细想，这时想起门口装了监控摄像头，她立即跑过去查监控。

然后，赵溪就在监控里看到了一个让她意想不到的人！

那个叫宋川的男人！

赵溪不敢置信地看着监控，宋川从电梯里出来之后，径直走过来，而后输入密码，进了屋。

赵溪心跳疯狂加速，手脚都是冰凉的。

那个宋川怎么会知道这里？

而且，他不仅知道门锁密码，还在厉言封的家里待了一夜！

他是谁？他到底是谁？

厉槿唯跟在做梦一样，不敢相信，眼前这个长相、身高、年龄与她哥都截然不同的男人，会是五年前死去的厉言封，她最爱的哥哥。

厉槿唯也是冷静下来之后，才反应过来问这是怎么回事。

宋川也没隐瞒，将之前跟傅亦卿说的话，又跟她解释了一遍。

而即便知道他只是拥有厉言封的记忆，但在厉槿唯的心里，他就是她哥！

兄妹相认，有说不完的话，于是难得周末休息不用去医院的傅亦卿就这么被晾在了一边。

而宋川这时也做了一个决定，他看了厉槿唯跟傅亦卿一眼，说道："我不打算走了。"

从知道厉槿唯有可能是因"谋杀"身亡之后，宋川就有留下的想法了。

他会在两个时空重叠消失之前，将两边事务都安排妥当，反正他是孤儿，在未来，没有任何羁绊。

相反，在这里，有他的妹妹，还有他最爱的女人。

"你真的做好决定了吗？"

傅亦卿没有阻止他，只是不希望他将来因抛弃现在的一切而后悔。

宋川没有丝毫犹豫："我不会后悔，永远也不会。"

傅亦卿笑了笑，表示明白了，他会帮他。

就在这时，厉槿唯的手机响了，是赵溪打来的。

厉槿唯接了电话，看了宋川一眼，果断开了免提。

赵溪的声音很是急切："小唯！傅亦卿跟你在一起吗？我要问他，他那个叫宋川的朋友，是什么人？"

厉槿唯没有回答，她先是看了傅亦卿一眼，然后两人的目光同时望向宋川。

宋川闭上眼睛，深吸了一口气，开口说道："我是什么人，重要吗？"

赵溪瞬间安静下来。

许久，她才紧张地问："你是不是认识厉言封？"

"认识。"

赵溪继续试探地问他："所以，你是跟厉言封关系很好的人，他什么事都告诉了你，因此你才什么都知道？"

"没错。"宋川全程顺着她的话。

赵溪沉默了几秒钟："你说的是真话吗？"

"假的。"

宋川脱口而出，而随着他的话音落下，两边都沉默了。

半晌，赵溪哽咽的声音才传来："阿言，你以为你能骗得过我吗？我记得我们以前就说过，如果一件事是真的，那你就回答是假的，这样，我就会知道，你说的是真话了。

"所以你才会回我是假的，而你习惯性地说'真话'，恰恰暴露了你自己，因为有些习惯，是改不掉的。"

这一次，轮到宋川沉默了。

"既然无话可说，那就开门吧，我站在窗户后，看你们很久了。"

听到这话，宋川猛地回头，就看到赵溪正站在窗外，举着电话，泪流满面，泣不成声。

6

为了给他们一个独处的空间，厉槿唯把傅亦卿给拉出门了。

两人站在天台上，厉槿唯回想着刚才发生的一幕，跟在做梦一样，她怀疑自己可能真的在做梦。厉槿唯向傅亦卿提议道："你打我一下，看我是不是在做梦？"

傅亦卿二话不说，抬起手就要朝她的头打去。

厉槿唯没想到他会来真的，吓得闭上眼睛，然而，想象中的疼痛迟迟没有出现。厉槿唯小心翼翼睁开了一只眼睛，就看到傅亦卿的手停在了她头顶半空，根本没落下来。

傅亦卿见她愿成这样，忍不住失笑，手掌放到她的头顶，很是温柔地摸了摸她的头。

在厉槿唯愣住的时候，傅亦卿又不由自主地上前一步，将她搂到怀里，她比他想象中的还要瘦弱、单薄。

傅亦卿其实早就想抱抱她了，此刻如愿以偿。傅亦卿嘴角蓄着一抹温和的笑，缓缓地问她："现在，还觉得像做梦一样？"

厉槿唯由一开始的僵硬，到慢慢地放松下来，这个过渡，取决于傅亦卿让她感觉到了温度。

很少有一个拥抱能像傅亦卿这般，给她无限的安全感与温暖。

厉槿唯就这么静静依偎在他怀里，抱着他，只觉得天台上再大的冷风，都吹不到她身上半分。

许久，厉槿唯才说了一句："傅亦卿，我想去看我爸妈了。"

"嗯，那就去。"

她想做什么，傅亦卿都会支持。放开她之后，傅亦卿一转头，这时才看到，程延青就站在电梯口，不知站了多久。

程延青其实也是刚到没多久，就正好看到他们抱在一起而已。

或许是已经知道厉槿唯不会喜欢他，程延青并没有什么受伤的感觉，他下意识的反应是，大小姐喜欢这个傅亦卿，会不会受伤害？

尤其，这个傅亦卿的身份还如此扑朔迷离，程延青的心情，才会如此复杂。

"你站在那儿发呆干什么？"厉槿唯这时也注意到他。

程延青回过神来，稍稍迟疑，而后下定决心，对厉槿唯说道："大小姐，我开车送你们去吧。"

墓园很远，程延青一路开车，两个小时后才到达。

程延青有话想跟傅亦卿说，就让厉槿唯先过去，他们随后跟上。

厉槿唯猜到程延青会说什么了，在得到傅亦卿的点头示意后，下车先走了。

程延青点了根烟，抽了一会儿，才说道："我决定回国帮她的时候，她还没满二十岁。你能想象，她一边兼顾学业，一边学习当一个总裁，管理各种事务，这个过程有多难吗？

"即便有我帮她，她承受的压力依然是我们无法想象的，她的身体也是在那种高压下搞垮的。"

程延青回忆起那段时间，还是会忍不住心疼。

可能连程延青自己都不知道，他喜欢厉槿唯，只是因为不希望看到她受苦而已。

傅亦卿一直没说话，他就这么静静看着不远处，望着厉槿唯形单影只，迈上台阶，逐渐远去的身影。

"我不希望她受伤害，所以，你能告诉我，你究竟是什么人吗？或者我应该问，我能信任你吗？"程延青已经快被他折磨疯了，想相信他，又不敢相信。

傅亦卿这时收回目光，看着他说道："你知道她生病了吗？"

"我知道。"

傅亦卿笑着问："那她活不过两年，你也知道？"

程延青怔住，眼神逐渐变得惊愕。傅亦卿见状，就知道他还被蒙在鼓里："她患上的是新型疾病中的一种，目前的医疗水平还没有相关治疗的方案，但在几十年后的未来，这种疾病，靠药物就能康复。"

程延青被震惊到大脑都宕机了，傅亦卿这番话的信息量太大，他一时没消化过来。

傅亦卿看着他，微微一笑："正式介绍一下，傅亦卿，鎏金医院外科医生，二十九岁，出生于 2046 年 7 月 27 日。"

随着傅亦卿话音落下，程延青彻底蒙了。

7

"两个时空重叠？"

这边，赵溪同样处于从宋川口中知道真相后的震惊之中，实际上，从怀疑宋川就是厉言封的那一刻开始，赵溪就没有理性了。

她甚至觉得自己疯了。

直到宋川将一切告诉了她，赵溪都还有种不切实际，像在做梦的感觉，但之前的种种迹象，又都在证实，这是真的。

"我原以为怀疑你是厉言封已经够离谱了，没想到，还有时空重叠这种更离谱的事，所以，这段时间，厉槿唯跟傅亦卿住在同一屋檐下，但又在各自的时代里，这不就是跨时空的'同居'吗？"

赵溪觉得很是不可思议，难怪，之前她会觉得傅亦卿与这个时代格格不入。

"我也是这两天刚得知，否则，我不会现在才出现。"宋川很遗憾，没能早点出现。

赵溪摇头："不，你出现得刚刚好。"

赵溪靠在他怀里，双手紧紧抱着他，仿佛只有这样，她才不会怕他突然消失。

而随着激动的心情渐渐平复之后，赵溪忽然想起一件事："对了，我记得你出车祸之前，给我打了电话，但我没接到，你当时想跟我说什么？"

"电话？"宋川面露疑惑，"不，我没有给你打过电话。"

"有啊，电话记录我都还保存着。"赵溪拿出手机，将相册打开给他看。

宋川看到上面显示的时间，愣了一下："不对，这个时间点，我已经死了……"

"你说什么？！"

赵溪吃惊，不由自主道："那这个电话，是谁给我打的？"

赵溪细思极恐。

宋川这时已经想到什么了。

看着她的眼睛，宋川缓缓道："如果不是我，那就只有他了。"

经他这一提醒，赵溪很快就想起来，当时车上并不止他一个人。

还有林樾！

厉槿唯将一束花放在了她爸妈的墓前，跟他们说了见到她哥哥的事，让他们不用担心，她今后会照顾好自己。

看过她爸妈之后，厉槿唯看着手里的另一束花，而后，去了另一个墓。

厉槿唯原以为没人，结果到了才发现，有个中年男人捧着一束花，站在了那座墓前，显然也是刚来的。

厉槿唯走过去，问道："请问您是？"

李严刚将花放下，听到声音，警惕地转头。认出她是厉家大小姐厉槿唯，李严站起来，态度冷漠道："我是林樾的老师。"

"您好，我是……"

厉槿唯刚要介绍自己，却被他不耐烦地打断了。

"我不想跟一个害死我学生的人说太多。"丢下这句话，李严冷漠地转身离开，浑然不顾听到这话的人会是什么心情。

厉槿唯眼帘低垂，默不作声。许久，她才将手里的花也放到了墓前。

她抬起头，看着墓碑上男人的照片，眼眶忍不住一红。

照片上的男人笑得很温柔，即便是黑白照，仿佛也能看到他眸底蕴含的璀璨星河，那般清俊的眉眼，那种意气风发、傲气凛然的少年气，本该是闯荡出一番成就的年纪，却被永远定格在了这里。

就凭这一点，厉槿唯就永远不会原谅，也不会放过自己。

她咬紧牙关，克制地不让眼泪落下来。

8

"可是，林橞是真正地死了，什么也没留下。"

这一边，赵溪这时才想到，林橞没有像厉言封一样活下来，对厉槿唯而言，仍然是心里的一根刺。

宋川摇头："不，他也跟我一样，还活着。"

"真的吗？"赵溪很是惊喜。

宋川的脸色却有些凝重："但他不知哪里出了差错，记忆全都消失了，唯有性格保留了下来，并且还不能强迫他想起，否则后果会很严重。"

"那他叫什么名字？"赵溪现在更在意的，是要让厉槿唯知道，他也还活着，这就够了。

宋川回答她："他叫傅亦卿。"

赵溪顿时愣住。

傅亦卿，就是林橞？！

李严走出墓地，发现天空下起了蒙蒙细雨，怕雨势转大，李严加快了步伐。

在走下台阶的时候，迎面见到一个撑着黑伞的男人走上来。

由于是从上而下俯视的角度，李严只能看到伞面，至于男人的脸他是看不到的。

不过从身形上看，身高腿长，气质很出众，是人群中最瞩目的存在，让人禁不住好奇，此人是何等身份？

男人逐渐走近，李严也没有停下脚步。在与对方擦肩而过的时候，男人刚好抬起伞面，李严一个余光扫过去，就看到了他的长相。

那是一张无可挑剔的脸，轮廓分明，五官更是毫无缺陷，尤其是那双眼睛，褐色的瞳孔，仿佛有将人吸进去的魔力，看上一眼，就难以将目光收回了。

但是让李严印象最为深刻的，还是他那一身清正廉明、周身端正的气质。

这给了李严一种感觉，他是一个即便清楚世界黑暗却依然偏执着要发出光，就算微弱，也要照耀这个世界的人。

像这种"蠢货"，李严以前就见过一个。

后来那个人，年纪轻轻就死了，"牺牲"得不明不白，要是能见到他，李严一定会问他一句是不是后悔了。

真是可笑。

这么想着，李严不由自主地笑出了声，嘲讽地摇了摇头，以一副胜利者的姿态，走下了台阶。

听到一声嗤笑，傅亦卿停下了脚步。

他转过头，望着中年男人走下台阶的背影，回想着刚才抬眸间不经意瞥了对方一眼，那分明是一张温和亲善的面孔，他却在对方脸上看到了一丝狰狞，甚至凶恶。

压下心里的异样感，傅亦卿去找厉槿唯。

远远地，他看到厉槿唯蹲坐在一座墓碑前，傅亦卿原以为那是她爸妈的墓，走近一看，却发现墓碑写着一个人的名字：林樾。

而后，那张黑白照也随之映入眼帘。

那一刻，傅亦卿如遭雷击。

无数的记忆画面一股脑地冲涌而来，伴随着各种各样的声音，刺耳的急刹声，碰撞的剧烈声响，燃烧的火焰，以及那一张狰狞可怖的面孔，举起手中的重器，狠狠锤到了他的头上！

骨头碎裂的疼痛蔓延到四肢，直冲傅亦卿脑内的每一根神经，强烈的刺激让他眼前一阵发白，胸腔有一股阻力，几乎要压抑不住地往外冲。

傅亦卿立即捂住口鼻，但还是晚了，一口血从他口中喷溅出来！

傅亦卿看着滴在地上的血，一脸不敢置信，他恍惚失神地倒退了两步，在失去意识前，听到了厉槿唯惊恐喊他的声音——

"傅亦卿！"

第十一章

你是这场事件中，最大的受害者

1

傅亦卿宛如置身于一个无尽的深渊之中。

在这个世界里，没有一丝光，他就在这里，漫无目的，无止境地徘徊着。

直到，一道琴声仿佛从远方缓缓地流淌进来，那般温柔而又充满力量，黑暗似乎被瓦解，而后，在琴声的引领下，一束光划破天际，穿过阴暗的云层，落到了他面前。

傅亦卿抬起手，接住了这束光……

傅亦卿醒来时，琴声还在耳边回荡，但这一次听得极为清晰，因为拉大提琴的人就坐在距离他不远的位置上。不是别人，正是厉槿唯。

傅亦卿没在家里见厉槿唯拉过大提琴。

她的琴房就是他的卧室，但她从来没进去过，此刻见她坐在自己专属的位置上，傅亦卿就知道，琴房不再是她的禁地了。

傅亦卿也没打断她，坐起来，背靠着枕头，就一副欣赏的表情看着她。

傅亦卿还记得第一次见到厉槿唯的场景。

那是在厉家，在一个傍晚，他被厉言封强拉去厉家"见家长"，当时，他就在厉家后面的那座花园里，见到了正在拉大提琴的厉槿唯。

傍晚金灿灿的余晖打在她身上，让她浑身仿佛都在发光。

但让傅亦卿印象最深刻的，还是厉槿唯的认真与专注。那时他就清楚地知道，大提琴将会是她的全部，会陪伴她一生。

…………

一曲终了，厉槿唯将琴弓慢慢放下。

这时听到一阵掌声。

厉槿唯原本闭着的眼睛一下子睁开，就看到傅亦卿拍着手，对她投来肯定的目光，并夸赞道："不错，我们厉大小姐，果然是天生的大提琴家。"

厉槿唯的眸底划过一抹异样的光。她垂下眼帘，将其掩盖住，故作满不在乎道："谁说的？明明都不如以前了。"

傅亦卿笑了笑："我说的。"

厉槿唯明显一怔。

"你都想起来了，对吗？"厉槿唯转头看他，缓缓喊出一个名字，"林樾。"

傅亦卿拧着眉沉思，半晌，才回道："想起了一些，比如，我是林樾，以及，一个对我而言至关重要的人。

"她的名字，叫——"

傅亦卿故意拖长了尾音，见她不由得紧张起来，他才笑盈盈地看着她，然后温柔地喊出她的名字："厉槿唯。"

厉槿唯的心触动了一下。

这不是傅亦卿第一次喊她的名字，但她就是能从中感觉到差别。

他果然，就是林樾……

这个消息，在傅亦卿昏迷期间，宋川就告诉她了。

得知傅亦卿就是林樾，厉槿唯没有露出多惊讶的表情，就仿佛，她的潜意识里早已知晓了。

傅亦卿昏睡了两天。

这两天，厉槿唯寸步不离地守着他，直到他醒过来。

面对傅亦卿，厉槿唯的心里有种五味杂陈的感觉。

她发现自己不知该如何面对他……

注意到她低着头，不与他对视，傅亦卿嗓音低沉道："厉槿唯，抬起头看我。"

"傅亦卿，这是一个毋庸置疑的事实，也是扎在我心里，根深蒂固拔不出来的一根刺。"既然避不开，厉槿唯就坦然面对他。

她用最冷静的语气，阐述自己犯下的最恶的罪。

"即便你们拥有过去的记忆，但依然不可否认，你们是我间接导致而死的。你们本该拥有一个更好的未来，却要为我的自私买单，让自己的人生，毁于一旦。"

站在琴房外，原本想进去看傅亦卿的宋川跟赵溪听到厉槿唯这话，两人对视一眼，都默契地没有打扰。

他们清楚，这两天，厉槿唯并不好过。

她的心里一直有根刺，五年了，这五年来，自责与后悔日日夜夜折磨着她，她从没有一天是解脱的。

即便厉言封跟林樾换了一个身份出现在她面前，但依然掩盖不了她将他们害死的事实。

"厉槿唯，我现在告诉你，你不是导致我们死亡的罪魁祸首。"傅亦卿直视她的眼睛，严肃而郑重道，"你是这场事件中，除了我们之外，最大的受害者。"

厉槿唯愣住，这是在安慰她吗？

"外面那两位，进来吧，有件重要的事，你们也应当知道。"傅亦卿脸上没有一丝笑容，虽然是很平静的语气，却透着一种让人无法反抗的气场。

宋川跟赵溪进来了。

傅亦卿的目光落在他们几人身上，而后，向他们说出一个消息："我们的死，不是因为车祸事故，而是一场——谋杀。"

此话一出，几人脸色大变！

2

厉槿唯现在明白，傅亦卿为什么会说她是最大的受害者了。

她替真正害死他们的人，背负了五年的罪恶。

当傅亦卿亲口说出他们是死于"谋杀"的那一刻，厉槿唯很难形容知道真相的瞬间是什么样的心情。

或许是解脱，或许是勒着她脖子那条名为"罪人"的绳索终于断了，整整五年，她终于可以呼吸了。

厉槿唯想露出释然的笑，眼泪却不受控制地涌出眼眶。

赵溪想过来抱抱她，却被拒绝了，厉槿唯表示不用，她眼中含着泪，笑着说道："我没事，我只是终于可以放过自己了……"

简单的一句话，让在场的几个人都十分心疼。

厉槿唯闭上眼睛，深吸了口气，再睁开的时候，眸底的阴霾消散了，眼睛清明而透亮。

那是一种卸下了压迫，得到解放的轻松。

此刻的她，无比坚韧。

感觉到她的变化，傅亦卿那颗悬着的心也落了下来，她果然比他所想的还要坚强。

"是谁？"

宋川是克制着愤怒，逼着自己用冷静的语气问傅亦卿的。

闻言，厉槿唯与赵溪的目光也齐刷刷落到了傅亦卿身上，等他一个回答，要知道，他说出的这个人，将会是他们共同的敌人！

然而，傅亦卿却摇头："很遗憾，我还没想起来。"

宋川眉头紧皱，当年究竟发生了什么？

在傅亦卿的记忆里，当时有辆货车故意朝他们冲撞过来，并且开着刺眼的远光灯，厉言封为了避开，才发生了车祸。

但车子翻倒的时候，他们都还活着。

厉言封昏过去了，林樾虽然也受了伤，但还清醒着。发现车子有漏油的迹象，林樾拼尽全力，将厉言封从车里拉了出来。

傅亦卿记得，厉言封当时出了大量的血，为了保住厉言封的命，他什么也顾不上了。因此有人从他身后走过来，他也没发现。

傅亦卿最后的记忆，是他的头遭到了重击，也是这个原因，导致他的记忆拷贝出了问题，并没有像宋川一样，记忆完整。

但头部受到重击的痛苦没有消失，一直伴随着他。就像是在时刻提醒他，他是怎么死的……

随着傅亦卿的话音落下，气氛一下子凝固了。

许久，还是赵溪问道："那当时用阿言的手机，给我打电话的人，是你吗？"

"电话……"傅亦卿皱着眉，苦思冥想，发现还是想不起来，"不知道，总觉得其中少了一段至关重要的记忆，但就是想不起来。"

傅亦卿没想起来，他们也没强行逼他，毕竟还有其他线索，比如，他们时常去警局的原因是什么。

庆幸的是，傅亦卿这一点没忘。

"樾唯，还记得，我跟你说，我以前好像也救过一个警察吗？"傅亦卿对厉樾唯说道。

突然听到他这么叫她，厉樾唯一时愣了下，等回过神，才点头道："嗯，记得。"

"那个警察叫张升，我是在救了他之后，才跟他有了交集。他当时在查一桩贩卖器官案，因为跟医院有关联，我便协助他调查，私下给他提供信息。"

赵溪闻言，忙问宋川："这件事你也知道吗？"

"我知道。"宋川点头，但面色很凝重，他转头看着傅亦卿，"但我知道得不多，而且为了不让我牵扯进去，你还一直在刻意避开我，对吗？"

傅亦卿失笑："是啊，毕竟知道得越少，就越安全。"

厉槿唯跟赵溪对视一眼，果然，她们之所以安然无恙，就是因为对这件事一无所知。

厉槿唯突然想到，林樾当年之所以没让她们知情，是因为他可能知道，这个凶手，一定是认识她们的！

甚至，这个"杀人凶手"直到现在，还可能一直在暗中盯着她们！

想到这儿，厉槿唯不由得头皮发麻。

3

高警官最近很头疼，案子遇到了瓶颈，无论如何也推进不了，他烦躁到抓耳挠腮。

烟抽了一根又一根，高严明觉得自己再这样下去，非得短命不可。

这时，手机响了。

高严明瞥了一眼，是那位厉小姐打过来的，虽然不知道大晚上她打电话过来有什么事，但他还是接了。

"喂，厉小姐，有什么事吗？"

电话那端却传来一个男人的声音："高警官，是我，傅亦卿。"

"原来是傅先生，有事吗？"

傅亦卿直说："我想跟你见一面。"

"那你明天来趟警局吧。"高严明又点了根烟，也没问缘由。

傅亦卿就说道："就现在，能麻烦你过来一趟吗？"

"啊？"高严明怀疑自己幻听。

这小子，他最好是有什么至关重要的大事。高严明耐着性子问道："想让我去见你，也得说出个理由来，看值不值得让我亲跑一趟。"

"是关于张警官的事。"

"哪个张警官？"

高严明还在想警局有姓张的同事吗？傅亦卿这时就说出了一个名字："张升。"

高严明愣住。

他怎么会知道张队？

这边，傅亦卿挂了电话，就把手机还给厉槿唯，笑着说道："他现在就过来，我们等一等他。"

"你打算怎么跟他说？"

厉槿唯虽然知道，傅亦卿现在要做的事，是利用未来的医疗技术让成为植物人的张警官醒过来，好从他口中问出当年的真相。

但如何跟高严明沟通，并让他相信，还是个问题。

"放心吧，我会让他相信我说的每一句话。"傅亦卿自信从容，显然对他而言，这不是什么问题。

见状，厉槿唯就知道自己多虑了。

傅亦卿这时想起一件事，问："宋川在这边稳定下来了吗？"

"差不多了，我也不知道他是怎么办到的，短短两天，就把身份证给办了下来，现在，他在这里，就是一个有亿万身家的投资商。"厉槿唯对她哥的本事是佩服得不行。

傅亦卿笑着说道："那你说，他们之所以回去，是不想被我们打扰，还是给我们留单独相处的空间？"

"都有吧。"

厉槿唯很认真地思考，她哥跟赵溪现在每天形影不离，让她时刻觉得自己是个电灯泡。

至于给她跟傅亦卿留"单独相处"的空间，厉槿唯倒觉得是顺带。

傅亦卿说这句话，当然不是真的让厉槿唯去猜测，重点其实是最后一句，但既然她没注意到，他就没延伸这个话题了。

看着厉槿唯坐在她自己的沙发上，虽然是同一屋檐下，但傅亦卿知道，他们现在，都在各自的时代里。

傅亦卿环顾着自己这个熟悉的家，想到两个时空重叠，让他们交织在一起，产生联系，这是第一次，傅亦卿觉得，冥冥之中，自有注定。

"我好像知道，两个时空重叠的原因了。"傅亦卿看着她说道。

厉槿唯好奇："因为什么？"

"因为你。"傅亦卿温柔的目光凝视着她，"准确地说，我是为了你而来。"

这话乍一听像情话，但厉槿唯知道，他这样说，一定有他的依据，于是她一本正经地分析道："可能性其实还是挺大的，但我觉得更重要的原因，还是你们。也许是连老天都觉得你们当初死得太不应该了，所以，才安排了这次时空重叠，让我们寻找真相。"

傅亦卿很想说，这就是情话，情话！想那么多干吗？！

当然，表面上，傅亦卿还得点头附和她。

"嗯，你说得有道理。"

4

高严明如约过来。

在开车来的路上，高严明就一直在想，傅亦卿会跟他说什么，他甚至都做好傅亦卿会给他一个"惊吓"的准备了。

如此一来，不管傅亦卿说什么，他都不会惊讶。

但高严明没想到的是，他还是低估了，因为傅亦卿说出的话，直接惊掉了他的下巴。

"你刚才说什么？你活在未来？2075年？"

高严明说出这话时，深深怀疑，不是自己疯了，就是对方有病！

要让高严明相信两个时空重叠，是一件轻而易举，不费吹灰之力的事。于是，在给高严明表演了"穿墙""隔空取物"等精彩节目之后，高严明抹着额头的冷汗，捂着胸口，相信了。

"之所以让你知道，是因为想要告诉你，我是个医生，未来的医疗技术能让张警官醒过来，而这个过程，还需要麻烦高警官你配合一下。"傅亦卿也不拐弯抹角，直截了当地跟他讲清楚。

高严明算是明白傅亦卿的意图了，但他还有个疑点："你为什么会想让张队醒过来？为此，不惜将你的秘密告诉我？"

"我也是刚听了我女朋友说起她哥的事，才知道有张警官这么一个人，就觉得，或许我能帮上忙，没准会发现，当年的车祸不是意外。"傅亦卿早就想好了措辞，不会让高严明发现任何端倪。至于为什么不告诉高严明自己就是林樾，傅亦卿是另有打算的，眼下还不能说。

高严明一听，也觉得没什么毛病，逻辑是通的，而且，这对他来说，有益无害。

"倘若当年的车祸真的不是意外，而是阴谋，那这件事情就真的非常严重了。"两个那么优秀的医生就这么失去了生命，还无人知晓真相，高严明想想就心痛。

傅亦卿笑着点点头："确实严重。"

"你别笑，这种事不是开玩笑的，尤其对厉小姐来说，这个真相尤为重要，你不是当事人，你体会不到。"高严明严肃地批评他，觉得傅亦卿笑着说出这种话，是对死去的人不尊重。

此刻的高严明不知道，傅亦卿就是当年死去的两个医生中的一个。

厉樾唯很想替傅亦卿说些什么，但见他并不在意，也就没有多说。

言归正传，高严明问傅亦卿："你要我怎么配合？"

傅亦卿："我需要在这里，给他做一场手术。"

高严明皱眉，这要求说难也简单，但不得不说，确实只有他能办到。

为了确保万无一失，高严明还是很威严地问他："你真的能让他醒过来吗？前不久，他被告知病危，现在的情况，可能没你想得那么乐观，而且，你都还没见过他的情况。"

"那明天，就麻烦高警官带一下路，让我看一下他的情况，到时候，我再告诉你结果。"傅亦卿也没有妄下定论，只尽可能地让他放心。

高严明对这个决定很满意："好，明天我带你去医院。"

谈妥之后，高严明就离开了，不过临走之前，他回头对傅亦卿说了句："你也是医生，我能问你一句，如果你是当年车祸中的其中一个，因为帮警方而被害，你会后悔吗？"

话音刚落，高严明就觉得自己问了一个蠢问题。

刚想让傅亦卿不用回答，结果就听他说道："不后悔，就算再来一次，我还是会选择这么做。"

"话说得好听。"

高严明扭头走了，就当自己没问过这个问题。

5

第二天，傅亦卿跟高严明去了医院。

见到张升，傅亦卿脑海里自动浮现与他之间的一切过往。他"死"了五年，张警官躺了五年，对方也是那个事件的受害者。

"怎么样？"

高严明见他看着病床上的张升一言不发，还以为很棘手。

"五年了，他也该睡够了。"傅亦卿不是那种狂妄的人，但有时候说的一些话，却自带一股傲然的恣肆。

儒雅又野性，这两个不搭边的词，用在他身上却毫不违和。

高严明松了口气："你有自信就成，但现在我想让他出院是个问题，因为主治医生不允许。"

"如果他的病情有所好转，那是不是就能出院在家观察了？"傅亦卿给他提了一个建议。

高严明眼睛一亮："你能做到？"

傅亦卿将拎在手里的黑皮包打开，摆在高严明面前的是各种闻所未闻、见所未见的医疗用具以及药物。

高严明对他竖起大拇指，给了他一个"你小子真行"的表情。

高严明还想亲眼看看未来的医疗技术有多强大，结果他却没这个命，刚好有电话打来，高严明为了不打扰傅亦卿，就走到外面去接了。

傅亦卿戴上口罩跟医用手套，刚准备动手，这时身后传来了一个中年男人的声音。

"你是谁？"

傅亦卿拿起针管的手一顿，他缓缓转头，透过玻璃窗，看到了站在他身后的是一个穿白大褂的医生。

傅亦卿认识他。

他叫李严，是林槭，也就是他的"老师"。

厉槿唯被"暂停职务"这么多天，今天终于在某些人的苦苦哀求下，回到集团。

这还得归功于宋川的"钞能力"。

宋大老板财大气粗，要买下格瑞也不是说笑的，短短几天，凭着投出去的一笔笔巨款，在商界打出了自己的名声。

要不怎么说有钱能使鬼推磨呢？宋大老板一句话出去，但凡要与格瑞谈合作的，只愿意与格瑞总裁谈。什么？总裁被暂停职务了？那就什么时候复职再谈合作吧。

于是副总裁陈国辉成了众矢之的，受尽白眼。

厉槿唯早就收到那些高层的消息了，那会儿傅亦卿还没醒，厉槿唯哪里会搭理他们，再说了，想她走的时候就赶她走，想她回来的时候就让她回来，她厉槿唯这么不要面子的吗？

于是她晾了他们几天，摆足了架子，才不情不愿地过来。

让他们知道，她厉槿唯可不是什么任人揉捏的软柿子。

"大小姐，我能问一下，这个宋川，他跟您是什么关系吗？"关于这个问题，程延青其实很早就想问了。

程延青第一次见到宋川，还是傅亦卿昏迷那天，当时在厉槿唯的家里，见到他跟赵溪在一起。

那时程延青已经知道傅亦卿的身份了，得知这个宋川是傅亦卿的朋友，就猜到他也是来自未来。

但这个宋川神秘的程度不亚于傅亦卿。

程延青就只见过宋川一次，之后关于他的消息，都是听来的。

"怎么，他有什么问题吗？"厉槿唯问。

程延青想了想，还是说道："刚听到一些消息，有人传言这身价显赫的宋老板跟你有不一般的关系，暗指你是他包养的情人。"

"咳咳！"

厉槿唯被咖啡呛到，等缓过来后，才咬着牙，恶狠狠地道："这帮人是闲得慌吧？平时啥事也不干，就排着队，等着给我泼脏水？"

"在他们眼里，毁掉一个女人，就是给她造各种谣。一句'生活不检点'就足以毁掉很多女人了。"

程延青深知其中的潜规则，但很多时候，他都是无力的。

这些年来，这种事，他见过太多太多了……

6

李严查房的时候，无意间发现张升的病房里站着一个人。

对方穿着白大褂，高高瘦瘦，虽然只是一个背影，看不出是谁，但李严记得，医院的年轻男医生，没有长这么高的。

当然，如果只是这个原因，还不足以让李严停下脚步。

真正吸引李严注意的，是这个男人的背影让他觉得格外熟悉，记忆中的那个身影跟这个背影重叠在一起，几乎一模一样。

李严这才出声，质问对方。

"你是谁？"

傅亦卿不动声色地转过身，很礼貌地与他打招呼："您就是外科主任李严，李主任吧？久闻大名。"

"你是？"李严盯着他的眼睛，觉得这双眼睛很熟悉，似曾相识。

傅亦卿摘下口罩，伸出手，自我介绍道："你好，我是傅亦卿，北院的外科医生，经院委会研究，来贵院参观学习的。"

"我们在哪儿见过吗？"李严跟他握手，依然目不转睛地盯着他。

傅亦卿笑着回道："李主任的记性真好，前几天，我去墓园看一位朋友，偶然与李主任擦肩而过。"

李严这才想起来，难怪自己会觉得眼熟。

而关于他说的从北院来参观学习，李严也是有所耳闻，只是，他不去参观，在这里干什么？

面对李严的质疑，傅亦卿依然从容不迫道："是这样的，我有一位朋友，他姓高，叫高严明，得知我来了，说什么也要让我来看看他的队长。听说，他的队长成为植物人已经躺了五年了，前不久还被下了病危通知。"

"确实有这件事。"李严听到这儿，对傅亦卿的身份，已经没有任何怀疑了。

客气地聊了几句，李严就走了，出去的时候还正好跟高严明碰上，好在高严明反应快，因此也没露馅。

傅亦卿顺利地给张升打了一针，给他制造出一种身体各项机能都很稳定的假象。

如此一来，只要在院观察几天，确保没问题，出院就不是什么难事了。

走出医院，傅亦卿对高严明说道："正好，我也需要点时间准备一下，三天后，就麻烦高警官将他送过来了。"

"行！到时候把人给你送过去。说吧，去哪儿？我送你一程。"高严明很爽快。

傅亦卿没耽误他工作："我要去的地方跟你不顺路，就不麻烦你了，我坐出租车走。"

"你去哪儿？"高严明问。

傅亦卿的目光望向远处，勾起嘴角，说了句："格瑞集团。"

夏妍经过茶水间时，发现门虚掩着，原本也没在意，直到听见里面有两个同事在嚼舌根。

"听说了吗？咱厉总是那个超有钱的投资商宋老板的情人。没想到啊，像厉总这样的白富美，竟然还需要出卖自己靠男人？"

"真的假的？厉总不是有男朋友了吗？前阵子传得沸沸扬扬的。"

"嘴上说是男朋友，但咱们有见过吗？连公司都没来过，我猜肯定是假的！"

"我还一直以为程延青是厉总的男朋友呢，两人虽然没公开，但私下肯定在一起过。"

"那肯定啦，不然以程延青这种青年才俊，怎么可能屈尊在她身边当一个小小的管家？你别看厉总表面清冷，背地里还不知道跟多少男人搞在一起呢。"

"嘭——"

"说什么呢！"

夏妍是个暴脾气，听到这种话哪能忍，"嘭"的一脚将虚掩的门踹开。

夏妍恶狠狠地警告这两个同事："公司雇你们，是让你们来八卦散布谣言的吗？下次再让我听到你们胡说八道，信不信我告诉厉总，让她把你们辞了！"

"哎哟，夏秘书这么大的口气啊？我们上班时间八卦确实不好，但我们好像也没说错吧？"显然，同事并不怕她的恐吓。

另一个同事也附和道："对啊，厉总的男朋友，咱确实没见过嘛，难道夏秘书你见过？"

"我当然——"夏妍一下子噎住了。

该死，偏偏她还真的没见过！

就在两个同事一脸趾高气扬，等着看好戏时，一道温润儒雅的声音从茶水间的门口传了过来。

"请问，厉总的办公室在什么地方？"

看到两个同事惊讶的表情，夏妍回头一看，眼睛也瞬间瞪大。

厉总的男朋友？！

7

傅亦卿方才听到这两个同事的话了。

他没打算置之不理，好整以暇地看着她们，嘴角虽挂着笑容，但笑意不达眼底。

"缺乏事实依据支撑的就是谣言，据说，在未来，散布谣言，对当事人名声造成损害，情节严重的，给予三年以上有期徒刑哦。"

明明是很温柔的语气，却让在场的人听了背后直冒冷汗。

之后，在带傅亦卿去总裁办公室的路上，夏妍怕他误会，还多解释了一句："傅先生，我们厉总跟那个宋老板绝不是像她们说的那样，你别多想。"

"嗯，我知道。"

夏妍却以为他只是装不在意，还想认真地再说一遍，傅亦卿这时先一步开口了："你刚才说的宋老板，他是我朋友。"

原来，厉总这个男朋友才是真正的"大佬"！

等到了总裁办公室门口，夏妍才想起来："我差点忘了！盛逸集团的总裁周韩意来找我们厉总了，现在还在办公室。"

闻言，傅亦卿挑了挑眉，那真是巧了。

周韩意这次来找厉槿唯，没有其他目的，只有一件事，那就是找厉槿唯问清楚，那个叫宋川的男人，跟赵溪是什么关系。

听到他问起的时候，厉槿唯感到很好笑："周总，你不去问当事人，找我做什么？还是说，你不敢问？"

"厉槿唯，我这是在给你机会。"周韩意不会承认，他确实害怕听到赵溪亲口承认，她与那男人的关系，那会让他倍感耻辱！

厉槿唯饶有兴致地反问他："机会？周总能给我什么机会？"

"厉小姐，说实话，我很同情你，你说你就剩两年可活了，何必还这么辛苦？"周韩意说这话时，还瞥了站在一旁的程延青一眼，见他无动于衷，就知道这不是什么秘密。

周韩意整了整袖口，背往沙发上一靠，跷起二郎腿道："这个消息，我可以替你瞒下，只要你告诉我，赵溪跟那个宋川是什么时候在一起的。还有，宋老板那么帮着你，跟你，又是什么关系？"

周韩意从不做赔本生意，要不是为了赵溪，他不会放过这么好的机会。

厉槿唯笑了："周总，你不会真的以为握住了我的把柄吧？你会耍手段，难道我就不会给你设圈套吗？你就没想过，你能查到我的病历是我故意给你看的？"

"你没生病？"周韩意眼神凌厉。

厉槿唯大方地向他展示自己健康的气色："你看我像一个病入膏肓的人吗？"

"你变了。"

周韩意眯起眼眸，他能细致地发现每个人身上的变化，厉槿唯在他眼里，是沉闷抑郁、表面锐利，实则内心不堪一击的，因此，他可以轻易地说一些话来刺激她，因为知道那是她心里的一根刺。

但现在，那根刺好像消失了，再也没有任何枷锁能束缚住她了。

"周韩意，如果是之前的我，确实只能任你摆布，但现在不一样了，因为，我已经没什么好怕的了。"厉槿唯目光坚定，平静且从容，此刻的她，比谁都要清醒。

周韩意笑了，拍着手给她鼓掌："厉小姐，我恭喜你。"

说罢，他便沉着脸，起身准备走。

厉槿唯喊住他："等等。"

"厉小姐还有事？"

厉槿唯直视着他的眼睛，说道："除非我死了，格瑞才会落到你手里，所以，有没有可能，有一天，你放把火，把我家跟我一起烧了，然后，制造成我自杀的假象？"

程延青猛然一惊！

大小姐怎么会说出这么可怕的话来？

周韩意则是面无表情地盯着她看，半晌，才轻蔑地笑了一声："厉小姐，我在你眼里有那么蠢吗？商业手段跟犯罪，我会分不清吗？"

"那你觉得，谁有可能会这么做？"厉槿唯紧跟着追问。

周韩意原本懒得回答，但看她的表情，不像是在开玩笑，而是真的在认真地问他，或许是因为那句话，最了解你的人，往往是你的敌人。

"从目前的情况来看，没有一个竞争对手敢做出这种事，包括你那个舅舅陈国辉，也没那胆子。能做出这种事的人，一定是你手里，有能毁掉他一辈子的把柄，或者证据，于是为了自保，才会杀你。"

周韩意说完，自己都觉得好笑，他竟然真的一本正经地在给她分析？

"谢谢。"

厉槿唯跟他道谢。

看得出来，她是真心的。

周韩意愣住。

他发现，这么多年来，这是第一次有人跟他说谢谢，而且，这个人，还是他眼里的竞争对手……

他自嘲地笑了笑，头也不回地转身离开。

8

周韩意走出办公室，就见到傅亦卿双臂抱怀，站在门口，显然已经站了有一会儿了。

不想被他看笑话，周韩意直接无视他。

但周韩意没得逞，因为傅亦卿开口喊住了他："周韩意。"

周韩意停下脚步，但没回头。

傅亦卿弯起嘴角，好似在跟一位老朋友叙旧一般，娓娓道来："你人其实还不错，就是功利心重了些，过于要强，再加上年轻气盛，为此，冲动的事没少做。"

"你在教育我？"周韩意转过身，不可置信地看着他。

傅亦卿抬眸，看了周韩意一眼，嘴角的笑意更浓了："你有没有想过，你对赵溪之所以那么执着，或许并不是因为有多爱，而是羡慕。羡慕厉言封的身边有赵溪，有值得称为兄弟的朋友，而你，却只有自己。"

"你算什么？你有什么资格说这些话？"周韩意面上带着掩饰不住的怒气，很想冲上去揍他。

傅亦卿也不跟周韩意嬉皮笑脸了，走到他跟前，对他说道："跟人相处，不要总想着用心机，有时候真诚一点也挺好的，不然以后我怕你妻离子散，孤独终老。"

傅亦卿看过周韩意老年时的一篇采访。

他说最后悔的事，是这辈子没人告诉他怎么跟人相处，他处心积虑算计了一辈子，最后，让自己活成了一个笑话。

周韩意不会知道，他不过是回答了厉槿唯一个无关紧要的问题，而因此改变了自己的一生。

"有病！"

但是此刻，周韩意只觉得自己遇上了一个疯子，气得他恶狠狠地说完，扭头就走！

"记住我说的话哦。"傅亦卿笑着挥了挥手。

于他而言，也算仁至义尽了。

"记住什么？"

听到身后传来的声音，傅亦卿嘴角弯起的同时转过身，但没想到厉槿唯就站他背后，于是这一转身，手就不小心磕碰到她额头。

厉槿唯顿时抱头。

"撞到哪儿了？我看看！"傅亦卿脸色一变，满脸紧张地将她搂过来，仔细检查她的额头，眼里只有心疼。

厉槿唯委屈巴巴："你好歹回头看一眼，转那么快干吗？我又不会跑。"

"对不起，是我的错，还疼吗？"傅亦卿连连道歉。

厉槿唯摇摇头，看在他这么慌张的份上，原谅他了。

但傅亦卿还是捧着她的小脸，发现她额头有点泛红，还是又心疼又自责。

"咳咳！"

还是程延青看不下去了，他站办公室门口看半天了，大庭广众之下，干吗呢？

厉槿唯这才反应过来，好歹是个总裁，在自家公司，搂搂抱抱像什么样？当下赶紧从傅亦卿怀里退出来。

厉槿唯故作正经，咳了两声说道："咳，那什么，你跟我进来吧。"说着，也不管傅亦卿是什么反应，拉着他的手就走进办公室。

进办公室之前，厉槿唯还对程延青说了句："程延青，你有事先去忙，不是什么重要的事，就不用来找我了。"然后，当着他的面，"砰"的一声把门关上了。

呵，女人！

第十二章

厉小姐，愿意给个机会吗

1

　"刚才周韩意说的话，你怎么看？"关上门之后，厉槿唯就问傅亦卿，虽然不知道他什么时候来的，但厉槿唯估摸着他应该都听到了。

　"他说的话不无道理。这个会害你的人，必然是在某个时间段突然受了刺激，于是起了谋害你的心。"

　傅亦卿很仔细地分析："并且，这个人平时一定将自己隐藏得很好，也熟悉你的一切，因为如果不是对你很了解，也想不到会将你制造成这种自杀的假象。"

　"满足这一切要求的人，我现在只想到一个人。"厉槿唯神色凝重，她看着傅亦卿的眼睛，两人仿佛进行了一段无声的对话。

　对视许久，而后异口同声——

　"杀你的凶手！"

　"杀我的凶手。"

　要真是同一个人，那现在要想知道这个凶手是谁，让成为植物人的张升醒来就很关键了。

"你害怕吗？"傅亦卿问她。

厉槿唯摇头："有你在，我不会怕。"

一向傲娇嘴硬的厉大小姐这次竟然这么诚实，傅亦卿还有些受宠若惊。想起一件事，至今还没问过，傅亦卿趁这个机会问她："你当时想跟我说什么？"

"什么？"他的思维跳跃太快，厉槿唯一时没跟上。

傅亦卿眼神温柔地凝视着她："不是你说的吗？在你演出结束之后，你有重要的话要跟我说，所以才打电话催你哥，就怕他没把我带去看你的演出。"

厉槿唯愣了一下。

"有吗？我忘了。"厉槿唯否认。

傅亦卿忍不住摇头失笑，看似无奈，实际看着她的眼神，都是对她的宠溺——厉大小姐果然死要面子，嘴硬又不实诚。

三日之后，高严明如约将张升送到了厉槿唯家里。

虽然早已做好心理准备，但真的目睹傅亦卿穿上白大褂、戴上口罩，做好一切术前准备的时候，高严明还是紧张到不自觉屏住了呼吸。

人一律被请出去到外面等候，此刻厉槿唯的家，就是手术室。

赵溪跟宋川也来了。

几个人坐在外面等着。

原以为得等上几个小时，结果不到半小时，傅亦卿就出来了。

"手术很成功，就等张警官醒来了。"

闻言，高严明着急地问："要等多久？"

傅亦卿比了一根手指头。

高严明深吸了一口气："竟然能在一天内醒来，未来的医疗技术就是厉害！"

"我的意思是，一个小时内。"傅亦卿纠正他。

这么快！

高严明再一次惊叹未来的医疗科技，简直堪比神仙救人！

张升睁开眼睛，第一眼看到的便是高严明那张大方脸。

见张升醒了，高严明激动得热泪盈眶，回头就想找个人抱一下。

结果他回头一看，两对情侣站一块，顿时一桶冷水从头顶浇下来，他瞬间没了兴致。

张升恢复得很好，无论是意识还是记忆，都很清楚。用高严明的话说，除了身体还无法动弹之外，他就像是睡了一觉刚醒来一样。

张升记得自己是在抓捕犯人的过程中，被人推下楼的。至于推他的人是谁，他就不知道了。当时是深夜，烂尾楼偏僻又荒凉，连灯也没有，他能活下来，已经是个奇迹。

在问过一些基本的问题之后，高严明终于进入正题了。

"张队，你还记得林樾跟厉言封这两个医生吗？"

2

随着高严明的话音落下，两个"当事人"都在一旁坐了下来，颇有种洗耳恭听的架势。

这动静引起了张升的注意，他这时才发现，这里不是医院，也不是他的家。

而现场的这些人，除了高严明，他也全都不认识。

"高严明，你先告诉我，这里是哪里？他们又是什么人？"张升反过来问他。

高严明面露为难之色。

主要是他刚苏醒就告诉他时空重叠的事情，到时候还不知道谁认为谁脑子有问题。

还是傅亦卿开口解围道："这里是私人诊所，你已经昏迷了很长一段时间了。"

傅亦卿穿着一袭白大褂，确实给人一种信服力，但张升还是不希望接下来说的话，有外人在场。

"我们不是外人。"厉槿唯开口道，"厉言封是我哥。"

赵溪这时也说道："我是厉言封的女朋友赵溪。我们之所以在这里，就是等你醒来。我们想知道，他们当年的死真的是意外吗？"

闻言，张升皱了皱眉，望向高严明，等他一个解释。

高严明将情况告诉张升，表示自己现在就在调查贩卖器官的案子，因此，他这里的线索至关重要。

张升把情况搞清楚了，这才说道："他们出事时，我在省外，等我知道这个消息的时候，他们的葬礼都办完了，但我从不认为他们是死于车祸意外。"

听到张升这话，厉槿唯跟赵溪对视了一眼。

那是她们最黑暗也是最不愿回想的一段记忆，当时没有任何一个人怀疑那场车祸。

毕竟，两个年轻医生，不违法乱纪，不作奸犯科，都是奉公守法的好公民，身世清白，也没仇人，大家怎么可能想到他们是死于谋杀？

因此，当时一切手续都是按照意外身亡办的。

张升也很是恼气，就差那么一点儿就真相大白了，却没想到自己也被盯上了，被人推下楼成为植物人，这一躺，就是五年。

"张队，是因为他们当年协助你调查，你才怀疑他们的死，不是意外吗？"高严明跟他确认。

张升摇头否定："不是。我之所以会坚信他们的死不是意外，是因为林樾。"

闻言，厉槿唯几人的目光都同时望向傅亦卿。

当事人耸了耸肩，表示毫不知情。

这个细节，张升跟高严明并没有注意到。高严明发现有新线索，忙问："林樾怎么了？"

张升："他跟我说，他有一个至关重要的发现，只是还没等他告诉我，他就出事了。"

高严明一惊，那这样看来，他们很有可能是被灭口了！

"怎么会这样？"

高严明一下子就颓废了。他努力了这么久，结果却告诉他，知道至关重要的线索的人已经死了。

这让他怎么能甘心？！

高严明原以为厉槿唯跟赵溪知道真相后，会情绪崩溃，但没想到，她们会那么平静，就仿佛，她们早就知道了一样。

但说不沮丧也是假的。

原以为张升醒了，真相就水落石出了，没想到，关键的线索竟然是在林樾的身上，偏偏当事人又没了记忆，这相当于又回到了起点。

所有人都很沮丧，除了傅亦卿。

因为张升的苏醒，让傅亦卿想起一件事……

当天晚上，所有人离开之后，傅亦卿让厉槿唯跟他去个地方。

厉槿唯跟他坐上车之后，问："去哪里？"

傅亦卿笑眯眯地回了两个字："我家。"

厉槿唯刚想说他家不就是她家吗？话到嘴边，她就反应过来了，他口中的这个"家"，是林樾的家！

3

厉槿唯一直以为林樾没有家。

他是孤儿。

因此在厉槿唯的印象里，林樾不是住学校，就是住医院，并没有自己的归所。

发现她好像很意外，傅亦卿问："你哥没跟你说过我的身世吗？"

厉槿唯疑惑："你不是孤儿吗？"

"嗯，是孤儿，因为父母都殉职了。"傅亦卿说得轻描淡写。

厉槿唯则是面露诧异之色，他父母，都是警察？

见她惊讶，傅亦卿笑了笑，才说道："或许正是因为如此，所以我才会即便知道危险，却还是义无反顾去协助张警官吧。希望我这个儿子，没给我爸妈丢脸。"

傅亦卿明明是一副调侃的语气，但厉槿唯听了，却鼻子发酸，心里莫名一阵难受。某种意义上，他也跟他父母一样，"牺牲"了。

让厉槿唯难受的是，他明明可以拥有一个美好的未来，以他的能力，必定能为中国的医疗事业作出贡献，成为一个赫赫有名的人物，无论是生活、事业，还是家庭，他都能圆满。

可他还是毅然决然选择了一条充满荆棘与危险的道路，就为了让社会上少一个受害者。

厉槿唯相信，当初让他协助警方调查的原因一定有许多，也许涉及医院，涉及病人，甚至可能涉及更复杂的层面，种种因素之下，让他无法置若罔闻，视之不见。

他那颗赤忱的心，容不下一丁点儿黑暗。

然而他所做的一切，无人知晓，倘若不是这场时空重叠，这段被掩盖的历史也不会被揭开了……

林家在一个很普通的小区里。

进入小区，傅亦卿指着一栋不远处的楼，对厉槿唯说道："那栋楼的第五层，阳台上盆栽已经枯萎的房子，就是我爸妈的家。"

厉槿唯望了过去，阳台上确实一片荒凉，但他活着的时候，那里一定是一片郁绿青葱。

"说起来，我现在住的地方，也是这里。"

这个小区在未来被拆了，盖了独栋的别墅，傅亦卿在 2075 年的家就在这里。

"未来的你，就住在这儿？"

厉槿唯忽然觉得很神奇，她一直以为，未来的傅亦卿是跟她住在同一个区域，因此时空重叠之后，两个空间才会重合到一起。

没想到，他竟是住在这里。

厉槿唯向来不相信宿命，但这一刻，她相信了。

傅亦卿带她上楼。

厉槿唯想起什么，问他："话说你怎么会突然想到回来？"

"是张警官的话提醒了我。"

傅亦卿将自己的想法告诉她："他说我有一个重大的发现，只是没来得及说，所以我想，或许我在家里有留下什么线索也说不一定。"

厉槿唯恍然大悟，自己之前怎么没想到？

门是密码锁，傅亦卿顺利开了门。厉槿唯原以为会是满屋灰尘的场景，但进去发现，屋内比她想象中的干净许多。

不难想象，有人住的时候，这一定是一个温馨且温暖的家。

"找找看吧。"

傅亦卿递了一双手套给厉槿唯，厉槿唯接过。两人就这样开始了漫无目的的搜寻，谁也不知道能找到什么样的线索。

遗憾的是，两人什么也没找到。

"怎么什么也没有？"厉槿唯翻累了，扶着腰，气喘吁吁。

傅亦卿看了眼她刚才翻找过的地方，貌似就几个抽屉，厉大小姐这就累得不行了？

"你这是什么眼神？我是病人。"厉槿唯替自己找补，还故作虚弱，病恹恹地扶了下额头。

傅亦卿无情地揭穿她："你已经好了。"

张升都醒了，傅亦卿岂会让她的病拖那么久，早在之前，他就为她治疗过了，这也是她面对周韩意的威胁时，毫无畏惧的原因。

厉槿唯才不要讲道理，反正她现在就是累。

"那大小姐，要我背你下楼吗？"傅亦卿也愿意陪她玩，做了一个弯腰的绅士礼。

他话都说了，厉槿唯当然不会放过这个机会。

出了门之后，厉槿唯就跳到傅亦卿的背上，双手搂着他的脖子，笑得很开心。

傅亦卿按了电梯，背着厉槿唯走了进去，电梯门关上。

谁也没注意到，走廊角落的一个监控摄像头一直亮着灯，并且，还随着他们的走动适时地调整方向。

就仿佛，有人透过摄像头，在看着他们……

4

厉槿唯没想到傅亦卿会一路把她背回家。虽说距离不是特别远，但步行过来还是会有点累，更何况还背着一个人。

厉槿唯问他，为什么要背着她走回去。

当时她趴在他背上，看不见他的表情，只感觉他的身板很挺拔，虽然消瘦，但充满了力量感。

而他的答案只有一句："也许是想把这些年跟你错过的那段路补回来吧。"

这在外人听来极其简单的一句话，只有厉槿唯明白，这句话的分量有多重。因为如果没有这场时空重叠，那段错过的路，已经是他们的一生了……

之后一路上，厉槿唯都陷在过去的回忆里，直到回到格瑞酒店，从电梯里出来，厉槿唯才注意到时间："快十二点了。"

担心傅亦卿错过回去的时间，厉槿唯赶忙从他背上跳下来，想跑去开门，却被傅亦卿一把拉住。

厉槿唯回头，看着傅亦卿抓住她手腕的手，最后不解的目光落到他脸上。

"我没打算回去，你不用这么着急。"傅亦卿语气温和，总能第一时间抚慰她的急躁。

厉槿唯问："不回去真的好吗？"

"好。"傅亦卿点头，凝视着她的目光温柔而又深情，"因为能陪在你身边。"

如此明目张胆的眼神，厉槿唯要是听不懂他这话的意思，那未免也太蠢了些。

傅亦卿一直很温柔，给予了她足够的尊重，因此，更多时候，两人相敬如宾，只是客气之中，又有一颗想无限靠近对方的心。

"厉小姐，怎么样？愿意给个机会吗？"傅亦卿上前一步，嘴角挂着笑，目光宠溺，循循善诱。

厉槿唯的心狂跳，说话都不利索了："什、什么机会？"

"我没猜错的话，你当初是想跟我说，你喜欢我，对吧？"傅亦卿再次上前一步，明明一脸笑意，却给厉槿唯一种极为强大的压迫感。

他逼近，厉槿唯就只能倒退，她掩饰道："我都没说，你怎么知道？"

"因为爱意是能感觉到的……小心。"傅亦卿边说着，边提醒她小心脚下的障碍物，以免绊倒，还扶了她一下。

之后，他继续说道："我能感觉到你，是因为，在你关注我之前，我就已经喜欢你了。"

厉槿唯愣住，她一直以为，是她单方面暗恋他，因为死要面子，还故意装不在意。

"你没想到是吗？"傅亦卿一看她的表情，就知道她在想什么了，他缓缓说道，"我是一个很擅长隐藏情绪的人，这一点，我想你应该早发现了，很多时候，透过你的眼神，我能感觉到，你在我身上看到了什么。"

"你不复杂。"担心他会在意自己这一面的性格，厉槿唯脱口而出，急忙告诉他。

傅亦卿眸底的笑意越发浓厚，凝视着她的眼神也越发炙热，不再掩藏了。

"如果第一次的一见钟情，是巧合，那第二次的一见钟情，就是这个人，只能是你，且非你不可了。"

傅亦卿这"两辈子"只有过两次想对一个人表白的想法。

第一次是厉槿唯，第二次也是厉槿唯。

第一次他已经错过了。

因此，这一次，他绝不会让自己再错过。

厉槿唯停下脚步，没再往后退。她知道傅亦卿在等她的回答，而她也做好了回复他的准备，只是还没开口，就被突然响起的钟声给打断了——"咚！咚！"

厉槿唯低头看了眼时间，才发现已经十二点了。她抬起头，刚要对傅亦卿说什么，却发现，眼前空无一人。

厉槿唯愣了一下，环顾四周，都不见傅亦卿的身影。

"傅亦卿？傅亦卿！"厉槿唯喊他，没有人回应。她跑进屋里，将灯打开，然而，还是没有见到傅亦卿。

顿时，厉槿唯的脑海里闪过这么一个念头——傅亦卿消失了！

5

赵溪接到厉槿唯的电话时，刚洗好澡出来。

"你哥？他在，怎么了吗？"

赵溪转头看客厅，宋川还坐在沙发上看着电脑忙工作。

"你说什么？傅亦卿消失了？"

连头发都顾不上擦了，赵溪将毛巾一把拽下来，宋川也"啪"的一声将电脑合上，脸色凝重。他接过赵溪递过来的手机，语气冷静道："发生什么事了？"

"哥，他不见了……"厉槿唯极力忍着哭腔，眼眶通红。

她一开始以为宋川也会跟着一起不见，现在发现，只有傅亦卿一个人消失了。

时空重叠是不是消失了，厉槿唯现在也无法确认。

"我们现在马上过去。"

宋川用眼神示意赵溪去换衣服。赵溪刚起身，宋川忽然又一把将她拉住。赵溪回头看他，就见他又摇摇头道："不用了，他在。"

宋川开了免提，就听傅亦卿的声音传了过来："只是一个小意外，我没消失，还在。"

"她被你吓到了，把她安抚好，明天去找你算账。"亲兄弟还得明算账，宋川挂了电话，凝重的脸色并没有因此松缓下来，眉头紧蹙着。

赵溪问他："这是怎么回事？"

"我没猜错的话，两个时空的重叠，可能快要消失了……"

虽然傅亦卿在电话里的语气跟平时一样，温和平静，但宋川还是听出来了，他的声音里，透着一丝慌张。

傅亦卿是突然消失，又突然出现的。

甚至连厉槿唯都没发现，傅亦卿其实就站在她身后，直到傅亦卿握住她拿着手机止不住发抖的手，凑到她耳边说话，他那一句"我在"不仅是说给宋川听，也是在告诉她。

他还在。

厉槿唯当时一回头，就再也绷不住，扑到他怀里，紧紧地抱住他，很怕他下一秒会再次消失。

傅亦卿温柔地摸摸她的头，笑着安慰她："虽然不知道为什么时间一到我会被召回去，但时空重叠并没有消失，我只是出去了一下，像上一次，把你吓到了。"

听到他这话，厉槿唯才松开他，抹了把泪，鼻子通红，又气又恼道："你就不能等我一下吗？"

"你生气了？"傅亦卿还很意外地问她。

厉槿唯气到不想跟他说话，一扭头，准备洗澡睡觉去了。

直到厉槿唯进了浴室，关上门，傅亦卿脸上的笑容才消失，凝重的目光望着自己的手，他的掌心里，满是冷汗。

傅亦卿刚才的话只说了一半。他没有出门，被召回之后，他就站在玄关，等着厉槿唯进来。厉槿唯确实急匆匆地推开门跑进来了，但她非但没有看见他，还跑着从他身体"穿"过去了。

他一脸惊愕，回头看着满屋子找他的厉槿唯，明明他就站她面前，她却无法看到他……虽然这种情况只持续了几分钟，但傅亦卿回想起来，还是一阵后怕。

他发现之前是自己想得太简单了。

虽然不知道为什么宋川不会被强制召回，但有一点已经很明显了，那就是宋川有可能留下来，而他，没办法……

厉槿唯进了浴室，关上门之后，浑身的力气仿佛瞬间被抽空，她背靠着门，跌坐下来。

生气是假的，责怪他也是假的。厉槿唯不傻，知道傅亦卿是在故意转移她的注意力，她能做的，就是配合。尽管两人都意识到了事情的严重性，但第一反应，都是在为对方着想。

6

第二天，宋川跟赵溪到厉槿唯家时，发现程明康也在。

程明康说他昨晚做了个梦，梦到厉大少爷以另一个人的身份回来看大小姐了，他老人家一大早伤心到老泪纵横，过来寻安慰了。

说着话，发现来了一个从未见过的陌生人，还跟赵溪走在一起，程明康悄悄抹了抹泪，礼貌地问道："这位是？"

"厉言封。"宋川面不改色地报上名字，跟回自己家一样，牵着赵溪的手走过去就坐下。

程明康一脸茫然，转头看傅亦卿跟厉槿唯，眼睛里写着"困惑"两个字。

"这位先生，话可不能乱说。"程明康觉得有必要提醒一下，就算关系再好，也不能乱开玩笑。

宋川一本正经地回他："不是您说昨晚梦到我换了一个身份回来看妹妹了吗？程伯，您的梦成真了。"

程明康的瞳孔慢慢放大，一只手赶紧捂住胸口，怕受刺激。

宋川接着说："不用担心情绪激动，医生就在这儿坐着，上不来气就找他。"

嗯，很好，傅亦卿还是第一次看到，有人用医生来招待"客人"的。

程明康最后离开的时候，还跟在做梦一样，要不是傅亦卿给他吃了一颗未来版的速效救心丸，他现在估计还冷静不下来。

程明康深吸了口气，不知是不是那颗救心丸的缘故，吃了后他忽然感觉自己年轻了十几岁，连走路都轻盈了许多。

跟着他的年轻司机则是战战兢兢，想上前扶又不敢扶。

程明康心情大好，这时接到一个电话，是李主任打来的，说想跟他见一下，聊聊天。

程明康答应得很爽快，坐上车去往医院。

李严见到神清气爽的程明康，夸了他一句今天气色不错。

程明康差点就把傅亦卿的事说出来了，好在忍住了，只说是最近睡得不错。

"我听说，厉大小姐交男朋友了？"李严低头沏茶，随口一问。

程明康笑着说："李主任平时工作那么忙，还有时间关注这些？"

"他叫傅亦卿，是吗？"李严又问了一句。

程明康顿了一下："你怎么知道？"

"偶然见过他一面，在医院。"李严抬起头，笑眯眯地看他。

程明康忽然感到有些不对，闭上嘴，不打算多说。

李严接着问："我实在很好奇，他是从哪儿来的？他说自己是北院的，可我问过，北院没他这号人物。"

"也有可能是另一个北院，你没问清楚。"程明康敷衍地回了一句，就借口有事要先走一步。

程明康的表现越异常，李严就越好奇，那个男人到底是谁？还有，他怎么会跟厉家大小姐一起出现在林樾的家里？

李严将手里的茶杯重重往桌上一放，表情瞬间扭曲起来，很是狰狞。他往椅背上一靠，闭上眼睛，深吸了口气，再次睁眼的时候，就看到一个人站在他面前。

男人穿着白大褂，清俊的面容没有往日温柔的笑意，那双深褐色的眸子清澈如江水，被那样的眼神看着，只会让人觉得自己肮脏至极。

五年来，这一幕时常在他的梦里出现，有时候累了往这里一坐的时候，这一幕也会出现。

李严清楚地记得，那一天林樾冷着脸来找他，跟他说的每一句话。

——"您叫我不要多管闲事？老师……不，您现在不是我老师，李主任，事关整个医院，还有我们医生的声誉，难道我们不该配合警方调查吗？"

——"李主任，您真的是为我的安全着想吗？还是说，您怕我查出什么？"

——"安分守己，冷眼旁观，视若无睹……这些确实能让我升职加薪，但抱歉，我林樾的眼里，容不下这些。"

——"这世界固然黑暗，但也不是没有光明，如果这条路没有光，那我就走过去，点燃它。"

…………

"点燃它？哈哈哈！"李严嘲讽笑出了声，笑出了泪。

是啊，点燃了，连同那辆车一起，在黑夜中熊熊燃起，确实替他照亮了一段路。

他还得感谢他无私的"奉献"呢。

李严笑累了，从抽屉里拿出一个相框，照片上是一个五岁小女孩，笑得很灿烂。

李严小心翼翼地抚摸着，满脸慈爱。

"女儿，你妈妈已经失去你，不能再让她失去我了，她会崩溃的，所以，爸爸为了保护自己，不能让一些会毁掉我的证据被警察发现，爸爸去把证据偷过来，好吗？"

没人回答他。

李严却弯起嘴角，低低地笑了起来，眸底蕴含着泪水："嗯，爸爸听到了，女儿真乖。"

7

宋川晚上如约来见傅亦卿。

"特地让赵溪把我妹带出去，想跟我单独说什么？"宋川走到傅亦卿对面坐下，现在，就只有他们两个人了，有什么话也不用藏着了。

傅亦卿放下手里的书，抬眸看他，直接进入主题："我能感觉，两个时空的重叠快要结束了，过不了多久，就会恢复正常。"

"你无法留下来？"

傅亦卿摇头："这种情况，类似于我跟这个时空重叠绑定了，在消失之前，我一定会被强制召回去，但你不会，因为你是中途出现的，属于一个意外。"

"有解决的办法吗？"宋川不认为傅亦卿找他，单纯就是跟他说这么一件事，以傅亦卿的性格，定是有了万全的准备，才会开始行动。

傅亦卿微微一笑："必须有。"

"你打算怎么做？"宋川连坐姿都换了。他就知道，傅亦卿不会让他失望。

"我想去见个人。"

傅亦卿也没吊他胃口，直言道："可能得去两天。我不在的时候，希望你们能照顾好她。"

"是他吗？"宋川忽然想到什么，如果是那个人，没准真的有办法。

傅亦卿点头："嗯，是他。"

"你放心去做你的事，我的妹妹，就算你不说，我也会将她照顾好。"宋川不喜欢他这种告别似的语气，就好像再也见不到一样。

傅亦卿的笑容里泛着苦涩，现在摆在他面前的，是一条未知的路。

"林樾。"宋川看着他，突然叫出这个名字，"这是我第一次这么叫你，也是最后一次，我不管你用什么办法，你都要给我回来，已经错过一次，这一生就别再错过了。

"没人比我清楚，你有多爱她。"

宋川向来讨厌说这种肉麻的话，但这一次，他的心里是真的没底。

宋川清楚地知道，现在他们之中最难的人，就是傅亦卿。

几乎所有的压力都在他一个人身上了……

程延青发现，厉槿唯这几天有些反常。

自那天她见到周韩意，问了一个奇怪的问题开始，之后就很少来公司，这些天，程延青见她的次数也是少之又少。

难得今天见她一整天都在公司里，却魂不守舍，食不下咽，就跟分手了一样。

而且，这两天傅亦卿也没有出现过。

想到这儿，程延青忍不住问道："大小姐，傅亦卿……"

"他来了吗？"

他话还没说完，刚才还心不在焉的厉槿唯"噌"地站了起来。

程延青不禁皱眉："大小姐，他没来，我只是想问一下，他这两天怎么不在？"

"哦，他有事。"厉槿唯的眸底是掩饰不住的失望，颓然地坐了回去，继续工作。

程延青见状，就知道自己想多了，这明明是犯相思病了。

"对了，大小姐，早上坏了的门锁，我已经找人去修了，密码也重新设置了。"程延青想起来这件事还没跟她说。

厉槿唯眉头一蹙："我有说过要改门锁密码吗？"

"确实没有，要不我打电话问一下？"

厉槿唯摆了摆手："算了，换就换了吧。"

"大小姐，您的病已经好了，对吗？"虽然已经听他爸说了，但程延青还是觉得有必要问一下。

厉槿唯头也不抬道："嗯，没事了。"

"那现在您就不用担心能活几年的问题了，等您活到七老八十，就能见到未来，傅亦卿所生活的时代是什么样的了。"

听到他这话，厉槿唯握着笔的手一滞，神色微微变了变。

不用担心吗？

要知道，那个杀她的凶手可还没现身，她现在，可是随时都有死的可能……

8

晚上，走出公司，厉槿唯发现外面下了雨。

风很大，称得上是狂风骤雨，估计交通也会受到影响。果不其然，车开到半路上，就被堵住了。

厉槿唯看了眼时间，已是晚上十点，还不知道堵到何时能到家。

雨点拍打着车窗，"啪啪"作响，厉槿唯不知怎的，忽然有些不安，车内明明也开了空调，但她的手脚就是止不住地发凉。

从知道门锁被换了密码开始，她就惴惴不安了。

没准，她的家里，现在就已经进了一个"陌生人"了。

厉槿唯的第六感很准。

格瑞酒店顶楼，随着一道雷电闪过，一个黑色的人影出现在小洋房的门口。

那是一个穿着黑色雨衣的男人，手里拿着一把刀，帽子盖住了他上半边脸，又戴着黑色的口罩，让人完全看不到他的长相。

　　李严站在监控下，但监控早已被他动过手脚，毫无作用了。

　　在门锁上按下密码，李严推开门走了进去。他没有开灯，而是打开手电筒，在屋里四处翻找，嘴里还喃喃自语："证据呢？她拿走的证据呢？"

　　而与此同时，在路上被堵了半个多小时的厉槿唯也终于到了格瑞酒店。

　　"大小姐，那我就先回去了。"程延青撑着伞，送她进入大堂，在得到厉槿唯点头示意后，才撑着伞回到车里。

　　厉槿唯进了电梯，在等上升的过程中，一直在看时间。

　　"嘀"的一声，电梯门开了，厉槿唯走了出去。

　　"噔噔噔……"

　　听到外面传来脚步声时，李严翻抽屉的手顿时停住，外面依然还在下雨，但脚步声是掩盖不住的。

　　紧接着，是按门锁密码的声音。

　　李严握紧了刀，悄悄地躲到门后，一旦这厉大小姐推门进来，他就将她置于死地！

　　门把手先是被扭动，而后，有人推门走了进来。

　　男人立即举起刀扑过去！

　　就在这时，又是一道雷电闪过，然而，李严却看到走进来的根本就不是厉槿唯，而是一个男人！

　　而且还是他见过的，这个男人，叫傅亦卿！

　　手里的刀在半空中就被拦截，扣住他手腕的那只手，力气大得可怕，李严只觉得，自己这只手无法再拿动手术刀了。

　　"李主任，我等您多时了。"

　　傅亦卿面带微笑，跟他打招呼。

而此时，出了电梯的厉槿唯，则是进了酒店另一个房间，门一推开，就见房间里站着十几个穿着警服的警察。

其中就有高严明跟张升。

张警官现在还站不起来，只能坐在轮椅上，此刻他们所有人的目光都聚焦在监控上。

而傅亦卿就出现在监控视频里。

显然，他就是今晚的主角。

李严发现自己中计的时候已经太晚了，一个年过半百的中老年人，岂会是傅亦卿的对手。

刀被夺走，李严基本毫无反击之力，原以为对方会对他大打出手，但李严没想到的是，这个叫傅亦卿的男人只是不慌不忙地开了灯，然后就堵在门口，背靠着门，双臂抱怀，俨然一副"今晚你休想从这扇门走出去"的架势。

不知道的，还以为他傅亦卿才是入室意图不轨的"歹徒"。

"李主任，您还记得，您有个学生，叫林樾吗？"傅亦卿笑着问他。

李严脸色铁青，这种被戏耍的滋味，让他倍感耻辱。

"你是林樾的朋友？你是来替他报仇的？"李严那双阴戾的眸子直勾勾地盯着傅亦卿，那眼神，让人不寒而栗。

傅亦卿却是毫无畏惧，甚至还有些闲情逸致。

此刻现场的氛围出奇的诡异，但傅亦卿似乎还嫌不够，因此他笑着回了李严一句："你猜错了，我不是他的朋友。

"我，就是您的学生，林樾。"

第十三章

欢迎你，来到属于我们的未来

1

林樾是李严一手带出来的。

林樾最为敬重的老师就是李严，他重视每一个生命，每一场手术他都拼尽全力，让病人康复出院就是他的人生信条。

因此，在林樾眼里，李严就是一位德高望重、治病救人的好医生。

可谁能想到，这样一个好医生，竟然是贩卖器官团伙的"中间人"，给贩卖器官团伙提供需要器官的病人。而当市场有了需求，就有人沦为被明码标价的器官存储器。

他一个医生，不仅做着犯法的事，还给屠夫递刀，他每递一次刀就意味着一条人命被残杀，多可笑？

林樾其实压根就没怀疑到李严身上，那是他的老师。李严不让林樾多管闲事，林樾能体谅他的用心。但李严呢？仅仅因为一个可能性，怕他迟早有一天会怀疑到自己身上，而将他灭口了。

即便他是李严最看好的学生。

"我跟你说过了，让你不要多管闲事，你不听，这是你自找的。"

这是李严当时居高临下俯视着他，冷血而又无情地说出的话，而他浑身是血地倒在地上。

看着重伤的他，李严不仅没有施救，甚至为避免他还有活下来的可能，还对着他的头部落下重重一击！

这种触及灵魂深处的疼痛就这么被拷贝了下来，此后，折磨了他二十多年。

赵溪没接到的那通电话，不是林樾打的，而是李严。

林樾如果有机会拿起手机打电话，第一时间会报警或是叫救护车，不会去联系她。

而李严之所以拿厉言封的手机给赵溪打电话，目的是试探，如果赵溪知道一些内幕，有了这通电话，她一定会怀疑他们的死不是意外。一旦赵溪怀疑了，那么下一个"意外身亡"的就是她。

最终的结果是赵溪活了下来，而真相，被淹没了。

这段记忆，傅亦卿其实早就想起来了。

就在那天，他跟着高严明去医院看张警官，李严突然出现，他透过窗户看到李严那张脸的那一刻，那段原本模糊的记忆瞬间清晰可见。

谁都不会知道，傅亦卿转身面对他，笑着与他打招呼时是一种什么样的心情。

那一刻，傅亦卿已经知道厉槿唯为什么会遇害了。

厉槿唯无论如何都会死。没有这场时空重叠，她会在两年内因病去世，而有了这场时空重叠，她连半年都活不过去。

一切，似乎都在按照未来的方向走。

但傅亦卿岂会让这种事在自己眼皮底下发生？于是，就有了今天这个计划……

"你刚才说，你是林樾？"李严用一副很可笑的表情看傅亦卿，显然根本不相信这种鬼话。

"先是张警官出院，后又在监控上看到我们去了林樾的家，再加上程明康提到我时那不自然的表情，种种因素，让你不得不产生怀疑。"傅亦卿很平静地阐述，"因为你知道，林樾说过他有一个发现，你怀疑是你犯罪的证据，你别无选择，只能上门。"

"我不知道你在胡说八道什么。"李严不傻，只要他不承认，这就只是一个猜测，他可以承认自己"入室偷窃"，杀人的罪名他可不背。

"李主任，我记得你有一个女儿吧。"傅亦卿突然说了一句。

李严的脸色蓦地一变。

傅亦卿料到李严不会轻易承认。

一开始，傅亦卿也想不明白，好好一个外科主任怎么会做这种犯法的事。他不缺钱，更不缺地位，那他到底是为了什么，甚至不惜赔上自己的一生？

直到傅亦卿发现，李严有个女儿。

据说，李严的女儿身患重病，因为没等到合适的器官移植，五岁就去世了。女儿死后，他的心理产生了一些变化。

"因为你女儿没等到合适的器官，你就这么自暴自弃，至于吗？"傅亦卿故意激怒他。

果不其然，李严愤怒发狂，怒吼道："你懂什么！

"她原本可以活下来，就差那么一点儿！那个器官马上就要送到我手上了，为什么警察要出现？他们截断的是那批器官流到市面上吗？不！他们截断的是我女儿的命！

"等不到合适的器官，我只能眼睁睁看着我女儿死！我是医生啊！我连自己女儿的命都救不了，算什么狗屁医生？

"你告诉我，我只是想让我女儿活下来，我有错吗？"

李严歇斯底里地吼着，仿佛整个世界欠他的。

他觉得自己没错，甚至觉得自己是救世主，那些家属都是因为他，才让亲人活了下来。

医生不是要救人吗？他在救人啊，他有什么错？

2

"你有什么错？呵。"傅亦卿气笑了，那笑声里掺杂着压抑、气愤、可笑，是对李严愚蠢至极的嘲讽。

傅亦卿蓦地上前，拽住李严的领口，一字一句，克制着愤怒质问他："你女儿的命宝贵，别人的命就低贱吗？你想过你通过非法途径得到的器官，是从哪里得来的吗？是不是有人的失踪是因为这个？是不是有人的死亡是因为这个？而那些失踪和死亡的人，不是别人的至亲吗？就这样，你凭什么说你没错？"

李严没说话，此刻宛如一具行尸走肉的傀儡。

"你觉得你是救世主？你挽救了一个又一个家庭？他们都因为你保住了自己最爱的人？在你眼里，警方打击器官贩卖的行为是在阻止你'救'人，而罔顾生命牟利的贩卖器官团伙才是正义的一方，是吗？"

傅亦卿越说越觉得荒谬，李严却依然默不作声。

傅亦卿怒上心头，只觉得碰他一下都觉得恶心，将他一把推开，骂道："愚蠢！"

李严没有任何反抗，甚至连求生的意识都没有了，傅亦卿甫一松开，他就跟失去支撑一样，轰然倒地。

跌坐在地上，李严仰视着站姿始终笔直的傅亦卿。

傅亦卿就那么站着，灯光刚好就在他头顶的位置，那光太耀眼，李严的眼睛半眯着，看不清傅亦卿的脸。

不一会儿，李严就看到他缓缓弯下腰，蹲下来。

随着他的靠近，有那么一瞬间，李严忽然在他身上，看到了另一个人的影子。

两个身影渐渐重合，最后，变成了一个人——是林樾！

李严的瞳孔猛地放大，恐惧让他不断往后退缩。

"老师。"傅亦卿喊了一声。

这声老师，是他作为曾经的林樾，感谢李严过去的栽培。

李严满脸惊恐地看着他。

"你没想到还能见到我吧？你放心，我不是鬼，林樾也确实死了。你是医生，应该比谁都清楚，当时林樾那种情况，根本没有活下来的可能性，更别说，你还放火烧了车，毁尸灭迹。"傅亦卿的语气很平静，听不出喜怒，甚至连一丝波澜都没有。

"林樾死了，厉言封也死了，但你一直在暗示自己，是厉槿唯害死了他们，跟你没有一点关系。这五年来，你就这么心安理得地让她替你背负两条人命的罪恶，将自己摘得干干净净。"

"不，不，你没死！我没杀人！"李严歇斯底里地喊起来。

傅亦卿失望地摇了摇头："这种话，你跟警察说去吧。"

话音落下，门开了。

高严明带着一众警察走了进来。

李严被捕，他必须为他犯下的罪付出代价。

傅亦卿目送李严被带走，而后，目光落在手腕上戴着的手表上。

时间，已经不多了……

高严明推着坐在轮椅上的张升走过来。

虽然傅亦卿之前去找他们时，就跟他们说过，他就是林樾，但真的亲眼看到他跟李严的对峙，两人心里还是有一种无法言喻的难受。

尤其是高严明。

每当想起自己问的那句"如果你是当年车祸中的其中一个，因为帮警方而被害，你会后悔吗"，而傅亦卿笑着说出那句"不后悔"，但自己还不信的时候，高严明就觉得自己真该死！

见两人过来，傅亦卿笑着对他们说道："感谢两位的配合。"

高严明跟张升对视一眼，都不约而同地叹了口气，心情复杂，他们"死"得太不应该了……

"你放心，我们绝不会让真相蒙尘。"高严明跟他保证。

傅亦卿却只有一个要求："她被冤枉了五年，我只希望，这件事能得到澄清。"

说这话时，傅亦卿的目光望向了他们的身后。

高严明跟张升转头一看，厉槿唯就站在门口。

为了不打扰他们，高严明推着张升出去。

经过厉槿唯身边时，高严明对她说了句："还需要你跟我们去警局一趟，所以尽量不要耽误太久，我们在外面等你。"

厉槿唯点点头。

3

"离我那么远干吗？过来。"傅亦卿张开双手，嘴角带笑。

厉槿唯几步奔赴到他怀里，紧紧抱住他，舍不得松手。

傅亦卿闭上眼睛，将她紧紧搂在怀里，贪婪地希望时间能停留在这一刻。

没人知道，十分钟之后，他们还有没有再见面的机会。

也许，这一别离，就是一生。

"傅亦卿，我喜欢你，一直以来，我喜欢的人，就只有你。这句话，五年前我就想跟你说了……"厉槿唯埋在他怀里，强忍着哭腔告诉他。

傅亦卿摸摸她的头："嗯，我听到了。"

"我回来的时候，你还会在吗？"厉槿唯抬起头看着他，眸底泪光闪烁。

傅亦卿温柔地替她擦去泪："就算时空不再重叠，我也一定会再来找你。"

"我会等你的，无论多久都会等，一直等到你回来找我的那天。"

跟他约好后，厉槿唯退后了两步，深吸了口气，狠狠心扭头就走。

手腕却被抓住，厉槿唯一回头，就被傅亦卿近乎蛮横地再次拉进怀里，他一只手盖住她的后脑勺，在她还没反应过来时，他低下头吻住她的唇……

挂在墙壁上复古的老古董钟，随着秒针的走动，发出"嗒嗒"缓慢而匀速的声音。

"嗒！嗒！嗒……"

距离十二点整还有三秒钟。

"嗒！"

还有两秒。

"嗒！"

还有一秒。

"咚！咚！咚——"

十二点钟一到，钟声响起。浑厚的钟声带着一种历史的厚度，余音绕梁，回荡在整个客厅。而此刻，这里只剩下厉槿唯一个人。

她红了眼眶，眼泪止不住地涌出。下一秒，她咬紧牙关，倔强地抹去眼泪，坚决地、头也不回地转身离开。

只是走出门的那一刻，眼泪再次决堤。耳边回荡着傅亦卿最后消失前跟她说的话——

"不要难过，我一直都在。

"无论相隔多远，你都要记住，有个人在未来思念你。

"等我……"

厉槿唯抬头望夜空，这才发现，雨不知何时已经停了，四下万籁俱寂，悄然无声。

一切回到了最初的时候……

厉槿唯一开始还抱着侥幸心理，觉得时空重叠还没有消失，傅亦卿还会在她某天回到家的时候突然出现，然而没有。

傅亦卿就跟人间蒸发没什么两样，自那日消失后，就再也没出现了。就好像，他的到来只是为了完成一个任务。

任务完成，他就离开了，如同一个"时空旅客"。

倘若不是宋川还在，厉槿唯真的会以为是一场梦。

李严一案在社会上引起了不小的轰动，尤其这还牵扯到五年前的一起车祸，造成两名年轻医生的身亡。

网上一片哗然。警方顺藤摸瓜，揪出了背后的贩卖器官犯罪团伙，这帮极其狡猾的歹徒终于落入法网。

一切尘埃落定，一直压在厉槿唯肩上的"偏见"也终于被卸下。

她再也不会被人在背后议论，说她害死了自己的哥哥。

所有的事情似乎在朝着一个好的方向发展，但厉槿唯无论如何也开心不起来。

因为，有个至关重要的人，不见了……

4

自傅亦卿"消失"开始，宋川跟赵溪怕厉槿唯伤心难过，每天陪着她。

但厉槿唯说自己不需要。

她没那么脆弱，不会哭哭啼啼，该工作就工作，该休息就休息。

只要太阳照常升起，就又是全新的一天。

程延青后来也知道傅亦卿跟宋川是谁了，震惊过后，就是感慨，得知时空重叠消失，最大的感受就是遗憾，以及，心疼他家大小姐。

毕竟谁能想到，在这世上，除了生死，竟然还有一种情况，能让两个都活着的人，无法见面。

一个在过去，一个在未来，他们中间隔了一条名为"时间"的长河。

厉槿唯要想再见到傅亦卿，只有一种可能，那就是等，等几十年后，傅亦卿出生，长大，最后成为她所熟悉的模样。

可到那时，她也已经老了。

每当想到这儿，程延青都替厉槿唯感到难受。

程延青偶尔也会问厉槿唯一句："大小姐，您真的要等他吗？"

"我等，还是不等，跟你有什么关系？你管那么多干吗？"

厉槿唯懒得搭理他，只想专心工作。

程延青愁眉不展道："时空重叠不是消失了吗？难不成他还能让两个时空再次重叠，然后过来找您？"

厉槿唯默不作声。

"大小姐，我觉得这不切实际，虽然一开始就很荒谬，但现在一切恢复正常了，大小姐，您是不是也该迎来全新的人生了？"程延青暗示她该往前走了，一直留恋过去，终究不是个办法。

厉槿唯将笔盖套上，把笔丢进笔筒，抬眸，给了程延青一个毫无波澜的眼神："说完了？"

"大小姐……"程延青很是无奈。

厉槿唯嫌弃赶人："说完就走，别烦我。"

"大小姐，马上就过春节了，您确定，还要一个人待在公司吗？"程延青看了眼时间，现在可是晚上九点了，放眼整个公司，只有她的总裁办公室还亮着灯。

厉槿唯还在忙，听到他这话不乐意了，将文件往桌上一扔，以手扶额，心情烦躁。

"大小姐，您其实是不想回去吧，不想回那个孤零零又空荡的家。"程延青无情地拆穿她，别看她表面无动于衷，实际上所有的情绪都藏在那些细枝末节里。

宋川跟赵溪之前还陪她住了些天，后来被她赶走了。别的住处她也不去，就固执地住在格瑞酒店的顶楼，那栋她爸妈送她的小洋房里。

程延青其实能懂厉槿唯的心情。

她想回去，又不敢回去，怕希望再次落空，因此，她宁愿在公司待久一些，也好过一个人回到那个冷清的家……

时间过得很快，转眼就到了 2024 年的除夕夜。

宋川跟赵溪把厉槿唯架去了他们家里，一家人一块吃年夜饭，一起跨年，但在晚上十一点多的时候，厉槿唯还是回去了。

这是她在新的一年给自己的第一个希望。

她希望傅亦卿会在跨年那一刻过来找她，因此，在晚上十二点之前，她必须在家里。

回到家，厉槿唯将电视开得很大声，随着跨年倒计时开始，所有人都在跟着倒数。

"五——四——三——二——一——"

新年快乐！

烟花整齐燃放，整个城市笼罩在一片热闹繁华之中，每个人都卡着点给重要的人发去祝福。

跨年迎新的氛围，一派其乐融融。

厉槿唯的家里，依然冷冷清清。

傅亦卿，没有出现……

5

厉槿唯喝醉后，在客厅的沙发上睡着了。

不知睡了多久，意识昏沉间，她仿佛进入了一个奇怪的梦境中，她梦到自己睡在铺了羊绒地毯的实木地板上……

厉槿唯一个激灵，猛地坐起来！

环顾四周，她发现这是一个陌生的地方。高级的实木地板，艺术性十足的墙壁，壁龛上的世界名画，塞满书的书架……

厉槿唯见过各种有钱人的房子，但让她想到用"壮观"两个字来形容的，只有眼前这个房子。

设计风格大胆超前，令人叹为观止。

走廊摆放着柜子与古董花瓶，玄关处的墙壁上挂着一幅水墨绘制的木槿花画像……厉槿唯就这么在屋里四处转了起来。

书房，卧室，厨房，客厅……

厉槿唯越看越觉得熟悉，她发现，所有这些眼熟的物品，似乎都是傅亦卿曾经碰触过的——在两个空间重叠时，因为他接触到了，她才能看见。

所以，这里是傅亦卿的家？

厉槿唯有一种很强烈的不真实感，就像在做梦，她能清楚地感觉到，自己并不属于这里。

就在厉槿唯摸不着头脑的时候，门外传来脚步声，紧接着就是开门的声音。

"姓傅的也真是，有什么重要的东西，还非得我到他家里来拿，我黎致看着很闲吗？"

"这段时间也不知道他怎么了，突然转行搞科研了，而且还是研究时空。

"整天都待在研究室里，再这样下去，真怕他会把自己累死。"

一个男人碎碎念的声音传过来，听着像抱怨，其实是操心。

厉槿唯在听到对方自称"黎致"时就愣住了。

这人不是傅亦卿曾提起过的吗？之前她还误以为宋川是黎致。黎致长什么样，她还没见过。

而随着对方经过走廊走进来，厉槿唯也终于看到黎致的模样了，年轻、英俊、风流倜傥，是一看就很受女孩子欢迎的那种花花公子。

让厉槿唯没想到的是，在她打量黎致的同时，黎致也看到了她。

"咦？姓傅的家里竟然藏着一个美人？"

黎致一脸惊讶。他从未听傅亦卿提过，他家里还住着一个女人啊！

厉槿唯低头看了看自己，难道，这不是梦？

她到傅亦卿的时代来了？

"我想起来了！"黎致突然想起什么，恍然大悟道，"你是之前那个晕倒在傅医生家里的女人？他后来有一段时间总是不见人影，是不是跟你在一块呀？"

黎致一脸八卦的表情。

厉槿唯点点头。

"你叫什么？"黎致好奇地问。

厉槿唯说出自己的名字："厉槿唯。"

话音刚落，厉槿唯忽然感觉到有一股力将她往后拽，她就像瞬间被吸走了一样。

一阵天旋地转之后，厉槿唯蓦地睁开眼睛，然后发现自己就睡在客厅的沙发上。

四周静悄悄的，冷清而又寂静，只有挂在墙上的古董钟，依然工作着，走一秒，"嗒"一声。

凌晨两点二十五分。

厉槿唯擦了擦额头上的汗，闭上眼睛，做深呼吸。

许久，她才低喃了一句："刚才，到底是梦，还是真实发生的？"

6

经过一番证实，厉槿唯确定那不是梦。

她醒了之后，就将所看到的都画了下来，然后拿给宋川看，确定这就是傅亦卿的家。

虽然不知道她是怎么去到未来的，虽然待的时间很短，但这无疑给她传递了一个信息。

那就是，傅亦卿一定会很快就来找她！

这一等，又是几个月过去了。

那晚似梦非梦的"时空之旅"再也没发生过，一切又恢复了风平浪静，仿佛什么都没发生。

"阿嚏！"

厉槿唯已经忘了这是今天第几次打喷嚏了，不知是不是换季的缘故，她这两天总是无精打采、浑身乏力，现在更是头昏脑涨、发烧冒汗。

"大小姐，退烧药吃了吗？"程延青走进总裁办公室，见她一副病恹恹的模样，忍不住问道。

厉槿唯头疼地揉了揉太阳穴："还没有，晚上回去再说。"

"大小姐，我现在就送您回去吧，您需要休息。今年这个 4 月时而干燥，时而潮湿，这种气候容易引发流感，您体质偏弱，还是要注意些。"程延青替她做了决定，收拾一番，就准备送她回去。

厉槿唯问："已经 4 月了？"

"大小姐，今天已经是 4 月 17 日了，看来您真的烧得不轻了。"程延青无奈叹气。

厉槿唯恍然发现，不知不觉，竟过去这么久了。

傅亦卿也消失这么久了……

"大小姐，刚才有个人想见您，我擅自做主，给拒绝了。"程延青犹豫了一下，将此事告诉她。

厉槿唯蹙眉："谁？"

"李严的妻子，方女士。我看她的状态不太对，怕又发生上次那样的事，就拒绝了。"程延青还记得自己上次心软，将李晴的母亲何珠给带了进来，导致厉槿唯受到伤害，他怕了。

李严被羁押了，他妻子来找她干什么？

"法院最终判决还没下来，方女士可能是想帮李严减刑，您是受害人家属，她可能是想来找您求情。"程延青就是因为猜到这一点，才给拒绝了。

厉槿唯点点头，表示明白了。

最后，因为身体实在不适，厉槿唯就回去了。

回到家，吃过药后，厉槿唯就睡了，从下午睡到晚上，醒来时已是晚上九点钟。

虽然睡了一觉，但厉槿唯并没有好转多少，依然是昏昏沉沉的。

她起来喝了口水，然后听到门铃响了。

厉槿唯顿了一下，走过去看显示屏，发现站在门外的是一位陌生的女士。

对方打扮得体，举止端庄，手里还提着两个礼盒，礼盒包装很高档，但看不出是什么。

厉槿唯猜到她是谁了——李严的妻子，方琳。

没想到被拒绝见面之后，她还不死心，居然找到家里来了。

说实话，厉槿唯不想跟方琳见面，也不适合，但俗话说，躲得过初一，躲不过十五。

与其一直躲躲藏藏，还不如把话给说明白了。

想到这儿，厉槿唯过去开了门。

方琳很讲礼数，上门求人，必须将礼品亲自拎进主人家里，全程没让厉槿唯插一下手。

"厉小姐，这是我托人从国外带回来的香水，你闻闻，这味道很好的。"方琳将姿态摆得很低，极力讨好厉槿唯，怕她不接受，还喷一下给她闻闻。

香水味重到刺鼻，厉槿唯不喜欢，她皱了皱眉道："方女士，你不用这么讨好我，你送我的东西，我也不会收的。"

"厉小姐，我知道你也很为难，但我真的没办法了，我也不知道他会做出那种事，他、他太让我失望了……"方琳忍不住掩面啜泣起来，看起来很是可怜。

虽然如此，但厉槿唯实在无法给她提供帮助，毕竟李严犯下的罪没有任何减刑的可能。

"厉小姐，我明白了，谢谢你还愿意见我一面。"方琳明白厉槿唯的意思后，也没再强求。

这倒是出乎了厉槿唯的意料，原以为方琳会不死心，一直跟她纠缠，现在看来，方琳还是有尊严的。

但下一秒，厉槿唯就发现身体有点不太对劲。

她手脚无力，视野也变得模糊，就好像被打了麻药一样。

很快，厉槿唯眼前一黑，昏过去了。

在倒下之前，厉槿唯想起了一件被所有人忽略了的事。

那就是李严被逮捕的那天，并不是她的死期。

她死亡真正的时间，是 2024 年 4 月 17 日，也就是——今天！

7

厉槿唯是被浓重刺鼻的汽油味给呛醒的。

她强撑着睁开眼睛，就看到方琳正满屋子泼着汽油，装汽油的正是她提过来的礼盒。

厉槿唯挣扎着想站起来，却发现自己一点力气也没有。

可以说，她能强撑着醒来，已经是拼尽全力的结果了。

"你要干什么……"

厉槿唯张口说话，这才发现嗓子也沙哑得厉害，连发出声音都很困难。

方琳听到了，转头看向厉槿唯，而后露出一个狰狞的笑。

她将倒空的汽油桶一甩，全无一开始有礼数与端庄的模样。此刻，她头发乱糟糟的，整个人也是疯疯癫癫的，迈着踉踉跄跄的步子，走到厉槿唯面前，弯下腰对厉槿唯说道："我女儿没的时候，我就疯了。这些年，都是我丈夫在照顾我，现在他坐牢了，你让我怎么活下去？"

"所以，你就让我去死吗……"厉槿唯不敢置信地看着方琳。

方琳看着厉槿唯的脸，忽然上手温柔地摸了摸，喃喃道："我女儿要是还活着，也跟你一样大了吧。

"只可惜，她没机会长大了。"

方琳失望地摇了摇头，擦去眼角的泪。她站起来，掏出打火机，最后看着厉槿唯，说道："过去那么多年了，为什么还要警方重新调查？是你把我唯一的支撑给毁了，你说，我是不是也该把你给毁了？"

厉槿唯惊愕地看着方琳，她疯了，绝对是疯了！

直到这一刻，厉槿唯才知道，纵火将她伪造成自杀的凶手，不是李严，而是方琳！

原来，一切都在按照历史轨道走。

原来，死于非命，才是她的结局。

厉槿唯忽然想起傅亦卿曾跟她说过的话："凌晨三点，大火燃烧了整栋洋房，由于是在顶楼，再加上是深夜，等被发现，为时已晚，格瑞总裁厉槿唯已葬身火海之中。

"而这，就是你'自杀'的整个过程。

"在这种情况下，要想活下来，除非，有奇迹发生……"

厉槿唯知道，不会有奇迹，自己也活不下来。

方琳走到门口，将打火机抛向泼了汽油的地板之后，就锁上了门。

火势迅速蔓延了整个屋子。

大火熊熊燃烧着，紧闭的门窗让浓烟无法向外扩散出去，火焰如同一条被困住的火龙，它发怒地在屋里四处冲撞、咆哮、嘶吼，几乎要将她吞噬！

方琳很照顾她。

整个客厅，唯有她躺着的沙发是没泼过汽油的，因此，她不会那么快被火海吞噬，也不会那么快被烧死，她会因吸入过多浓烟窒息而亡。

就那么一瞬间的工夫，厉槿唯已经无法呼吸了，吸入浓烟的嗓子生疼。

最后一刻，厉槿唯想到的，只有一个人。

"傅亦卿……"

唤出他名字的瞬间，厉槿唯恍惚间好像看到了一道刺眼的白光，而后，一道人影从光里走出来，宛如从天而降的天神。

厉槿唯没看清他的脸，只知道，他穿着一身白大褂，清瘦挺拔，周身尽显谦谦君子的气质，以及，那一头惹眼的白发……

即便没看到他的脸，但厉槿唯还是一眼就认出了他。

他是——傅亦卿。

8

厉槿唯醒来时，映入眼帘的是白色的天花板，耳边还有医疗仪器运作时发出的声响，她的第一反应就是自己获救了，而这里是医院。

刚这么想着，厉槿唯一转头，就见到病房里，有个穿着白大褂的医生，背对着她，手里拿着笔，不知在记录什么。

这医生的背影，厉槿唯很熟悉。

毕竟不是每个人的背影都那么好看的，仅仅只是一个背影，就让人无限联想。

但傅亦卿是一头黑色的短碎发，而眼前这个医生却是一头极为惹眼的白发。

因此，厉槿唯想认，又不敢认。

许久，她才出声喊道："傅亦卿？"

医生握着笔的手一滞，然后他将文件夹"啪"的一声合上，钢笔随手插进白大褂的口袋。

医生慢慢地转过身。

此情此景，让厉槿唯忍不住泪涌而出。

"怎么哭了？"傅亦卿笑着朝她走来，还是熟悉的语气，温柔的目光。

厉槿唯却只想哭。她抬起手，指着他的头发，哽咽道："你的头发……"

"只是在做实验的时候，受了点影响，没事，问题不大。"傅亦卿说得轻描淡写，似乎这真的只是一件无关紧要的小事，"顺利把你带过来，才是最重要的。"

"带过来？"

厉槿唯茫然地环顾四周，这里不是医院吗？而他不是及时出现将她从火场中救了出来吗？

看出她在想什么，傅亦卿摸了摸她的头，而后弯下腰，凑近她，温柔地对她宣布道："亲爱的厉小姐，欢迎你来到属于我们的——未来。"

厉槿唯蒙住，这里是，未来？！

傅亦卿也是回到未来才意识到厉槿唯的危机并没有解除。

而要想救她，只有一个办法，那就是在2024年4月17日那天之前，让两个时空再次重叠。

傅亦卿曾跟宋川说过，他要去见一个人，这个人正是当年给他们提供"记忆拷贝"的创始人，如今，对方已是一位著名的科学家，且最近钻研起了时空。

对方听了傅亦卿的经历之后，对时空重叠产生了浓厚的兴趣，傅亦卿也转身投入这个项目的科研中，他只有一个目的，让两个时空再次连接起来。

除夕夜那天晚上，他们做了第一个测试。

傅亦卿在那场测试中险些"丧命"，幸运的是，有惊无险，只是一夜白了头。

"后来我才知道，除夕夜那天晚上，我没过去，是你过来了。"

傅亦卿也是后来听黎致说起才知道，而那次的发现，对他们的实验是一个重大的突破。

傅亦卿现在想起来还心有余悸。

他差一点，差一点就永远失去她了……

厉槿唯也是没想到，这背后竟还有这样一层关系。而她既然活了下来，那她过去的结局是什么？

她的未来，被改变了吗？

傅亦卿告诉她："我查过了，你由'自杀'的结局转变为失踪，失踪于2024年4月17日。"

"那方琳呢，有没有查到火是她放的？"厉槿唯想起来忙问。

9

傅亦卿点点头："嗯，查到了，她也为此付出了代价。至于宋川跟赵溪，他们都过得很好。"

"我真的，是在未来吗？"厉槿唯依然有种不真实的感觉，很怕这只是一个梦。

即便傅亦卿很平静地跟她讲述，但她内心依然很害怕，怕这一切是假的。

"厉小姐，你知道你说出这种话，有多可怕吗？"

傅亦卿抓起她的手，将其放在他的胸口上，让她感受他剧烈跳动的心跳，让她知道，他此刻有多欣喜若狂。

他只是善于隐藏情绪，不代表他的内心毫无波动。

厉槿唯感觉到他的心在狂跳，这种极强的生命力，让她切身感受到了他的存在。

并且，她还感觉到他的手在发抖，原来，比她更怕这只是一场梦的人是他……

"我能跟你说一句话吗？"厉槿唯抬头看他。

傅亦卿问："什么话？"

"谢谢你，把我带到你的世界来；谢谢你，没真的留下我一个人在漫长的岁月里，等你……"

傅亦卿一愣，而后露出释然的笑。他伸出手，将她搂入怀里。

"我亲爱的厉小姐，你才是那个时空旅客，很荣幸，你能出现在我的未来，并且往后的每一天你都在。"

在傅亦卿的心里，厉槿唯才是他的时空旅客。

现在，这位旅客小姐终于不再漂泊在遥远的时空之外，在他这里长远地住下了。

而属于他们真正的未来，刚刚开始……

番外

厉槿唯曾跟傅亦卿聊过，未来是什么样的？

当时傅亦卿回了她一句："那是一个你一定会喜欢的世界。"

然后是第二句："若你在我那个时代，你会成为一个殿堂级别的大提琴艺术家。"

"你还能再夸张点吗？"厉槿唯压根不信。

在未来，每人会几样乐器，估计是一种普遍且正常不过的现象，会拉大提琴也不是稀奇事。

傅亦卿却摇头："在未来，人人确实会几样乐器，甚至水准都不低，但空有技巧，毫无感情，人们学会一样东西，更多的是为了完成一项任务，没有所谓的理想，更没有热爱。

"而你拉大提琴所具有的感情，正是这个时代所欠缺的。"

厉槿唯还是半信半疑："没人会为了热爱，就只做这一件事，并投入十几年甚至几十年的时间？"

"高效率时代，什么都追求快，人们想做成一件事，花几天就能速成。像你说的，为此投入十几年的时间，甚至是一生，是旧时代，也就是过去的艺术家才做得到的，现在的人，做不到。"

傅亦卿实事求是并没有夸大其词。

傅亦卿的话让厉槿唯想到，她谈到上一辈的老艺术家时，也是这种心情。

没想到，有一天，她也会成为别人口中的"老艺术家"。

"只可惜，我到不了你那个时代，也成为不了那个最年轻的'老艺术家'，大提琴也只会成为我的爱好，而不是理想。"

厉槿唯说得云淡风轻，但从小练到大的大提琴就这么放弃了，说不难受是假的。

那时厉槿唯还不知道后面会发生那么多事，更没想到，有一天她竟然真的到了傅亦卿口中的未来时代。

傅亦卿将她带过来了。

厉槿唯花了整整两个月的时间才适应了未来世界，在这过程中，她在心里将傅亦卿"骂"了无数遍！

因为她被傅亦卿"欺骗"了。

厉槿唯见过傅亦卿的家，因此一直以为，未来的变化是不大的，最多就多了些高科技产品而已。

直到出了傅亦卿的家门，厉槿唯看到了另一个全新的世界，那一瞬间，她在心里直呼傅亦卿就是个"骗子"！

也是在了解之后，厉槿唯才知道，傅亦卿在别人眼中是个老古董，只因他的生活习惯跟老一辈的人相似。

也就是说，他虽然人活在未来，心却活在过去。

厉槿唯当时还很感动，也很心疼他，觉得傅亦卿本来可以过上高科技生活，却选择让自己过"苦日子"，还在用着老一辈的东西。

直到厉槿唯发现，这种老一辈的生活不是谁都过得起的，因为，在未来世界过与老一辈人相似的生活，是一种"奢侈"！

因为太烧钱了，就算是富二代，也烧不起。

傅亦卿经常在家做饭，厉槿唯后来才知道，他做几道菜的开销是一个普通家庭一年的收入。

在高速发展的未来，吃饭已经被省略，普通人都是靠胶囊填饱肚子，吃饭这种奢侈的事情，是有钱人才有资格享受的。

至于自己做饭？呵，暴发户才干得出来这种事！

还有傅亦卿家里那整面墙的书，厉槿唯也是后来才知道，在未来，书是最昂贵的收藏品，有钱人的家里有几本书就够炫耀好久了。

而傅亦卿有整整一屋子书，据说他要是没钱了，随便卖出去一本书就够他挥霍几个月了。

厉槿唯原以为这已经足够让她震惊了，直到傅亦卿带她去看了他的车库。

厉槿唯只想说，谁家的车库里会放着十几架飞机啊！

没错，还有更离谱的，那就是开车也是有钱人的奢侈行为。

普通人的交通工具在厉槿唯眼里是特别厉害的高科技产品，会飞，然而，这竟然只是普通人才会乘坐的。

厉槿唯的认知再一次刷新。

终于，厉槿唯没忍住问道："你不是孤儿吗？怎么会这么有钱？你还会开飞机、开轮船，几乎什么都会！"

"嗯，是孤儿，不过，得加几个字，国家重点培养。"

"我说厉小姐，你连你要嫁的人是什么身份都没查清楚，就这么傻乎乎地过来了？"傅亦卿笑着调侃她。

厉槿唯不敢置信地看着他，那眼神好像在说"你是认真的吗？"

因为知道他是"林槿"，厉槿唯潜意识里就觉得已经跟他很熟悉了，哪里想得到，她对林槿确实是很熟悉，但对傅亦卿几乎是完全陌生的！

更没想到，傅亦卿竟然会是这么妖孽的一个人物！

不过，她厉槿唯也不差。

果真如傅亦卿所说，这个时代需要她的琴声，厉槿唯一登上舞台便一战成名。

她成了资历最高、年纪最小的大提琴家。

没办法，这就是"老一辈"的实力。

厉槿唯做梦也没想到，她的理想竟然在未来实现了。而她的生活也发生了天翻地覆的变化，但最大的变化是她成了"傅太太"。

厉槿唯也是后来才知道，傅亦卿早让宋川给她在未来办了一个身份，是他宋川的妹妹，久居国外。

同时，也是他傅亦卿的未婚妻。

有了这一层身份，厉槿唯的出现就不显得那么突兀了，更不会被特殊对待。

厉槿唯在这里认识了新的人，结识了新朋友，在这里，没人会对她闲言碎语，更不会有人无事生非给她徒增麻烦。

傅亦卿看着她脸上的笑容每天都在增加，颇有种"养成"的快乐。

厉槿唯很快乐，非常快乐！

尤其在得知两个时空重叠的情况，会在每个月的某天深夜十二点出现一次的时候，她就更快乐了。

虽然只有短短十分钟，但每个月能见到宋川跟赵溪一次，厉槿唯已经很知足了。

宋川跟赵溪看着厉槿唯脸上的笑容，就知道她在未来过得很开心，不过想想也是，照顾她的人可是傅亦卿，厉槿唯就算想吃苦都难。

而傅亦卿对厉槿唯有多宠，也是常人所无法想象的。

就像宋川曾对他说过的——

"没人比我清楚，你有多爱她。"

傅亦卿很爱厉槿唯，很爱很爱，这份爱被他深深藏在心里，他不会宣告给全世界知道，只要一个人感觉到，那就够了。

而这个人，就是厉槿唯。